赛娜与批拉

路远 著

作家出版社

序　言

　　内蒙古居于祖国北疆，广袤无垠的草原、葳蕤茂密的森林、浩瀚辽远的大漠、纵横千里的阴山组成了内蒙古多姿多彩的地理风貌。千百年来，各族人民在此繁衍生息，丰富着"绵力之久，镕凝之广"的中华文化。文学传承，生生不息。源远流长的内蒙古文学，在牧野上传唱，在群山中回响，点亮了祖国北疆一盏盏温暖的生命明灯。

　　进入新时代，在习近平新时代中国特色社会主义思想指引下，内蒙古文学工作者坚持深入生活，扎根人民，把澎湃的现实生活、昂扬的时代精神、丰盛的经验和情感提炼造型。人、生活、岁月在他们笔下是砥砺奋进的历史，是绵厚的家国之爱，是浓烈的人间烟火，一批批贴近时代、贴近人民、贴近大地的现实题材作品带着生活之感、时代之悟和人民之思传向全国。

　　为进一步加强文学的组织化程度，推出更多高品位的优秀作品，培养更多高素质的文学人才，内蒙古自治区党委宣传部牵头，内蒙古文联、内蒙古作协组织推进"内蒙古文学重点作品创作扶持工程"，汇集内蒙古众多优秀作家作品，努力推动内蒙古文学事业繁荣发展。该工程坚持以精品奉献人民，在宽广的世界视野中描绘中华民族精神图谱，部分作品荣获鲁迅文学奖、全国少数民族文学创作"骏马奖"、全国精神文明建设"五个一工程"奖、内蒙古自治区文学创作"索龙嘎"奖、内蒙古自治区精神文明建设"五个一工程"奖等，为满足人民文化需求、增强人民精神力量做出了积极贡献。

伴随习近平总书记代表党和人民的庄严宣告，中国人民踏上了实现第二个百年奋斗目标的新征程。内蒙古大地焕发出前所未有的活力，人民创造历史的伟大实践为文学提供了丰沛的源泉和广阔的天地。讲好内蒙古故事，发出富有影响力和感染力的声音，创作出不负时代、不负人民的优秀作品，是每位作家的光荣与梦想，也是全面推进北疆文化建设、推动内蒙古文艺蓬勃发展的强大动力。

"内蒙古文学重点作品创作扶持工程"入选作品，以无数真切鲜活的声音，书写着属于这个时代的有温度、有厚度的内蒙古故事。这些作品从内蒙古山乡巨变的现实课题中来，从当代内蒙古的发展进步和人们的精彩生活中来，以体现精神高度、文化内涵和艺术价值相统一的书写，为无数创造历史的人们立传。

破浪前行风正劲，奋楫扬帆正当时。衷心希望内蒙古文学工作者以深邃的历史眼光和宏阔的现实视野，倾听内蒙古从历史走向现在、走向未来的脚步声，创作一批见历史之大势、发时代之先声的优秀作品，展现新时代中国共产党和中国人民再创中华文化新辉煌、书写中华民族新史诗的文化自信和历史雄心；衷心希望内蒙古文学工作者真诚观照内蒙古人民的精神品格与伦常智慧，记录生活中细微的热爱、温暖的追寻，用奋斗和成长中的高贵品质点亮新的灵魂、新的梦想，为铿锵内蒙古书写新时代的史诗。

薪火传承，旗帜高扬。在习近平新时代中国特色社会主义思想指引下，期待内蒙古文学工作者担当使命，以浩瀚的文学为打造好北疆文化品牌提供滋养和支撑，展示内蒙古文学弦歌不辍、日新又新的文化活力；期待更多的读者在文学世界中感受辽阔大地上的人文情怀，感受内蒙古文学的独特魅力；期待内蒙古文学在中华文学版图上绽放出绚烂的光辉。

内蒙古文联党组书记、主席　冀晓青

——谨以此书献给我的乌兰牧骑

目录

第一章　赛娜 / 001

第二章　杜拉 / 055

第三章　吉娅 / 099

第四章　白岩 / 169

第五章　包金 / 218

第六章　苏蒙 / 281

尾　声　　 / 298

第一章　赛娜

1

　　野蒿子那股浓烈的味道，是她记忆中永远不能消除的一部分。只要一回到阿镇，那股味道就会强烈地浮现出来，荡漾起她心里的诸多回忆。

　　杜拉几乎开了一夜的车，可并没有感到丝毫困意。她赶到阿镇火葬场时，东方的天边泛着惨白的光晕。那时整个大地都还在熟睡着，寒冷空气中回荡着草木无奈的呻吟声。她觉得自己身上最后的一点儿温暖也被寒冷给俘虏去了。她后悔自己没有穿那件军大衣来。虽然那件军大衣已经很脏很旧了，穿在身上会使人不由自主地想起那个久远的年代。不过它的御寒性能很好，这点她在很多年前就已经体会到了。在寒冷的冬夜，它比一件羽绒服还要保暖。军大衣也是她多年来不能忘却的一个符号，因为这个缘故，她一直保存着。

　　院子里空空荡荡的，七扭八歪地停了几辆大车和小车。空气渐渐变成鸭蛋青的颜色。这时候院子里没有人，那些守灵人都躲到那一排平房里睡觉去了。附近，那个焚烧纸钱和花圈的土炉子，依然散发着稀薄的缕缕烟雾，味道刺鼻。

杜拉把那辆吉普车"牧马人"停在一个合适的位置。熄火时，她听见从车载收音机里传来一个男播音员的声音："……叶利钦宣布辞去俄罗斯总统职务，并将权力移交给总理普京……据悉，日本前首相小渊惠三在东京顺天堂医院因病去世，享年六十三岁……"

从下车的那一刻起她就感受到了刺骨透心的寒冷，但是这寒冷却使人变得更加清醒起来。野蒿子的味道钻进了她的鼻腔，她想痛痛快快地打一个喷嚏，可是却始终没有打出来。她头一回感觉到野蒿的味道除了苦涩之外，还有另外一种使她说不出道不明的味道。那是很多很多年前她所从来没有感觉到的。

吉娅已经把详细地址发到了她的手机上。杜拉按照地址很容易就找到了那个所谓的休息室。一间不太大的房间里放了两张床。吉娅和其他几个乌兰牧骑的队员蜷缩在床上，横七竖八的样子。吉娅染了一头的红头发，大家都戏谑地叫她"小红毛"。桌子上散乱地摊开了一副纸牌。看样子他们昨天一直玩到很晚。她真佩服这些年轻人，不管在什么地方，即便在这个死神的窝儿里，他们也会玩儿个昏天黑地。看见小红毛的脸上布满了倦容，她知道女儿这些天的辛苦操劳。对于一个不到二十岁的女孩子来说，能做到这一点已经非常不容易了。

杂乱的房间里几乎找不到一处可以落座的地方。她走到床前，屁股只是沾了床的一个边儿，然后静静地看着女儿的那张小脸。她似乎正在做着什么美梦，嘴唇抿了一下，脸庞上便浮现出一个浅浅的笑涡。杜拉开始有些心疼吉娅了。已经有多久没有见到她了，一年还是一个世纪？好像自从把她送到了这个偏远的小镇，就再也没有见过她了。她和女儿只是在电话里或者在QQ里互通消息。有几次，女儿要和她视频，她没有答应。是不想让女儿看到自己这张苍老的面容吗？还是心疼女儿的电话费？她知道手机的话费是很昂贵的。但是女儿丝毫也不会顾及这些，花起钱来大手大脚，好像她是个富二代似的。实际上她给女儿的钱少得可怜，每个月也就只够伙食费了吧。想起来还有些好笑，初来乍到，女儿总是不停地给她打电话，抱怨着那个老古董。当然也抱怨她，埋怨她为什么把自己送到这个兔子不拉屎的地方来；为什么不是民族歌舞团，或者歌舞剧院，而是一个小县的乌兰牧骑。她从电话里能够感觉出来，女儿和那个"老古董"或者说是"老怪物"格格不入！她太了解吉娅了，如果吉娅预感到自己会受到伤害，就会立即像小刺猬一样将全身的刺儿都直立起来，不让任何东西靠近。其实那只是她的虚张声势而已，那些刺儿都是假象，根本挡不住外来的攻击，到后来受伤害的总是她自己。自己年轻时何尝不是这样呢？不过事情发展到后来还算不错，吉娅电话里的抱怨声越来越少了。也许是她们彼此间已经互相习惯了，抑或是她们彼此间已经开始真正地了解了对方。从吉娅的口吻里杜拉听得出她开始对赛娜表现出了足够的尊重，隔阂似乎已经冰消雪融。也许，是那种天然的血脉关系悄悄起作用了吧？那时候杜拉的心里浮现出了一种欣慰，为自己当初做出的这个正确的决定而感到满意。因为那个时候，她已经得知赛娜的身体状况欠佳，失眠的痛苦每天夜里都在残忍地折磨着她，赛娜身边需要有亲人陪伴……

依然是那种蛋青色的熹微晨光，浑然不觉中悄然地从窗口渗透进来，于是整个房间开始变得混混沌沌。房间里充斥着一股难闻的怪味，可能是从前在这里过夜的守灵人的臭脚丫子味、口臭味，以及从人们下部排泄出来的气味没有散尽。但是吉娅却能在这种混合着各种味道的房间里睡得如此香甜，这倒令她没有想到。其实细想起来也没有什么不可理解的，当年，她和姐姐赛娜正是响应了那个伟大的号召，来到这个偏远的小镇，坐着胶轮马车，举着鲜红的旗帜，深入到极为偏远的牧区草原，住进了那些阴暗的蒙古包里，并且发誓要与当地的牧民群众打成一片。刚开始的时候她是无论如何不能适应的——那种气味、那种环境……可是后来呢，她不都一一安然接受了吗？环境是可以改变一个人的，思想也是可以改造的。她理解了人这个奇怪的生物，在各种恶劣的环境中都能生存下来，尤其是复杂的社会环境。

由于距离太近的缘故，她嘴里的哈气不小心触碰到吉娅的面颊。吉娅睁开了眼睛，呆怔地望着她。吉娅一下坐了起来，眼睛里透露出一丝的迷惘，似乎不认识她的样子，用一种陌生的目光看着她，呆呆地，半晌居然没有说出一句话来。吉娅这副模样让她心动，引她怜悯。她伸手轻抚耷拉到吉娅额头的一缕头发。吉娅突然一把紧紧抓住杜拉的手，从喉咙里哽咽出一句话来："我没骗你，她真的死了……是我最先发现她的……"说着，眼眶里滚动着泪花，可那泪珠儿却始终没有流出来。

大约一个小时之后，杜拉挽着吉娅的手一起走进了殡仪馆。所谓的殡仪馆其实只是一个空荡荡的大厅，只有些劣质的花圈。花圈挽联上的字写得很潦草，墨汁横飞，像丑陋的小妖张牙舞爪。杜拉平时最不能容忍的就是那些潦草的笔迹，这时却反而觉得这些字摆放在这里顺理成章，特别和谐。殡仪馆的管理人员早已经布置好了一切。她们径直走到那口装饰华丽的棺材面前，开始了遗体告别程序。杜拉看见棺材里的赛娜——她的面容比平时任何时候都要白，但绝不是那种死尸般的白，而是具有生命征象的那种天然的白净，像演出前抹了一层打底霜。从她的面颊上看不到一丝的痛苦，这说明她在离世之前，心态是从容的、平静的、满足的。杜拉嗅到一股强烈的药味儿，应该是从赛娜的遗体里散发出来的……

赛娜死得非常突然。杜拉昨天正在北京的一家宾馆里写剧本，突然接到吉娅的电话。吉娅把这个消息告诉她，她以为是在开玩笑："吉娅，这样的玩笑可一点儿也不好笑。"电话里吉娅用极为郑重的口吻说："听好了，这是真的，不是玩笑！谁敢拿这事儿开玩笑！已经定了——明天上午出殡，你爱来不来！"说完，吉娅挂断了电话，让她在凛冽的风中瑟瑟发抖。呆立了一会儿，杜拉一刻钟也没有犹豫，急忙开着她的那辆"牧马人"上路了。

这时候殡仪馆里还没有其他人，冷寂的大厅里显得空空荡荡。她觉得这个时候应该是说出那个秘密最好的时机了，如果现在不说，以后就不会再有这样的机会啦。杜拉有些紧张地拉吉娅的手低声在她耳边说：

"知道她是谁吗？"

"你怎么了？嘿，杜拉，她是谁？她不是我大姨吗？"吉娅用一种特别奇怪的目光盯着母亲。杜拉想了起来——从小到大，女儿从来没有认真而清晰地喊过自己一声"妈妈"！即便是现在，也是对她直呼其名，"嘿，朵兰""喂，乌兰娜""哈，杜拉"……吉娅随便叫着杜拉曾经叫过的各种名字，却从来没有叫过她一声妈妈，或者是额吉。是否在吉娅的血液中，早就存在着一种抵御她的情结？

"不……不……你再看她一眼，你再好好地看她一眼吧！她是……她才是你的母亲啊！真正的母亲，你是她亲生的女儿……"她用异常冷酷的口吻这样对吉娅说着。

这句的结果是吉娅站起来向外跑去。杜拉看见她没穿羽绒服。

2

这时候院子里已经完全明亮起来。墙角处的一些残雪却不像黎明时那样醒目了，颜色显得暗淡了许多。寒气依然，只是没有黑暗时的那股子锐利了，但一不小心被它扎一下还是会有些疼的。

杜拉拿着吉娅的外衣——一件红色的羽绒服在院子里寻找着女儿。但是没有，空旷的院子里找不到吉娅的身影。她知道那句话深深地刺痛了吉娅。但是，那可是一句憋了二十年的话呀，现在如果不说，以后就再也没有机会说了。即便有机会，难道她还有勇气说出来吗？三年前她把女儿送到赛娜的身边，为的正是要向吉娅说出真相，难道不是吗？

当她走到焚烧炉附近时，一眼就看到了他——无论岁月的流水如何侵蚀，人身上有些东西是永远不会改变的，譬如背影，他的背影如此深刻地印在自己的心灵里，那是时间的流水永远冲刷不掉的，时间愈久，那影像反而愈加清晰。

他正站在焚烧炉前面烧着纸钱。浓浓的烟雾包裹着他的身影。她一直惊异于男人抗击衰老的功能，多少年过去了，女人早已经被岁月的魔手塑造成残花败柳，而男人却是风采依旧。是啊，你看他的身材，一如当年那样挺拔俊朗，那是自幼曾经受过芭蕾舞基本功正规训练的结果。抬头，挺胸，收腹，有一种向上要离开地面的感觉——他给他们那些孩子当舞蹈教练的时候，每次都会这样说，并且用一根小竹条抽打他们凸出的小腹。当年他的舞蹈《边疆飞鹰》曾经迷倒了台上台下多少女孩子啊！

似乎感应到杜拉的目光，他慢慢地转过身子，目光落在她的身上。那是一种不确定的目光,他认出了她,可是却不敢相信似的。然后他一步步向她走过来,他的腿看来是永远不可能恢复原样了,一瘸一拐,与他那和谐完美的身材很不相称。可能是上帝不愿意把完美集于一个躯体吧,当他发现这个人太完美时,便要给他制造一点儿残缺。这个想法并未减轻她内心的负罪感,可它固执地存在于她的大脑里挥之不去。

多年未见,他的头发早已经被岁月的风霜染白了,脸庞依然是黧黑的颜色,可他身上那种与生俱来的贵族气质不减当年。看到他,依然会有小小的激动,那就是说,自己对他的那份情感依然没有褪色?

"嗯,知道你今天会回来的,小黄毛,路上还好吧?"他依旧是当年对她的那种亲昵的又有些漫不经心的态度,依旧称呼她为"小黄毛"或者"小朵兰"。尽管她多次给他纠正:"我早就改名了,我现在的名字叫'杜拉'。"可他置若罔闻,从来也不叫她"杜拉"。对他来说,杜拉是个陌生人,而"小朵兰"才是他熟悉的那个活泼可爱的小姑娘。尽管她现在已经成了国内一位知名度很高的编剧,但他对她的称呼依然如故。

"气色不错。"她打量着他说,"还是光杆司令?"

他的脸上挤出一个苦笑来,转瞬那笑容便消失了。

"哦,你还没有见到她吧?"他问。

"见到了。"

"小红毛吗?"

"是。"

几年前,是吉娅来到阿镇那年,她在给阿镇乌兰牧骑打电话找女儿时,他接听电话,居然一下子听出了她的声音。他说出了自己的名字，她显然有些错愕。后来，她与他经常电话往来。有一天他终于按捺不住自己心中的疑问，追问"小红毛"与她的关系，她沉默了一会儿，对他说："其实，你才是她的父亲……"

显然，他把这个谎言当真了。

她说的并非谎言——吉娅是他的女儿啊，只不过，自己不是她的母亲。

两个人沿着红砖墙慢慢地走着。砖墙的顶端虽然是斜坡式的，可依然积了许多的雪。小鸟儿落在上面，留下了一些稀稀落落的鸟爪印。白色的鸟屎落在上面，人的肉眼几乎看不出来，只有走到很近处才能看到。有时候风吹过来，将墙头上的积雪吹落，一片两片掉进人的脖子里，扑在人的面颊上，让人觉得凉飕飕、冷冰冰的。太阳快要浮起来了，但由于东边的云层太厚，一时还窥视不到那一抹给人温暖的曙光。

她一直担心女儿吉娅，有点心不在焉，目光在附近搜寻着。她相信吉娅不会跑远，应该就在附近的墙根下站着发呆。吉娅从小就是这样，凡是遇到不开心的事情，就跑到一处墙根下一动不动地站立着发呆，直到母亲找到她，牵着她的手领她回家。

杜拉走得快了些，结果就把行动不便的他给甩到了后面。他就默默地一直跟在她身后走着，显得有些焦急的样子。她理解他的心情。他一直认为吉娅是他的女儿。当年是自己在电话里告诉他的这个秘密吗，说她给他生了一个女儿？后来，吉娅来了。他央求赛娜在乌兰牧骑给他安排一份工作——看大门、搞收发、养马，只是为了能时常看到吉娅。他们之间微妙的关系没人知道，大家都对吉娅严守着那个秘密。

传来一阵哭丧声。原来是今天第一家的尸体要火化了，死者家属披挂着白色的孝衣，戴着可笑的孝帽子，呼天抢地，拥着棺材向焚尸炉那边走去。过了片刻，附近的焚尸炉高高的烟囱口冒出了浓浓的黑烟。许多前来送葬的小汽车开始返回。

他告诉她，赛娜的尸体火化排在了第七位，应该很快就轮到了。杜拉便有些着急了。吉娅还没有去和赛娜做最后的遗体告别，得赶紧找到她。

杜拉总是能在最关键的时刻感知到吉娅所在的位置。即便在大城市那森林般的高楼间，无论吉娅躲藏在哪儿——小酒吧、咖啡馆、比萨店、夜总会，或者是她闺蜜的单人房间里，她总能找得到她，然后牵着她的手，把她带回家。这几乎成了一种遥感，也可以说是心心相印。吉娅说她也知道某一时刻没有音讯的杜拉在什么地方"鬼混"——她喜欢用最刻薄、最歹毒的字眼来形容杜拉。所以吉娅当然也能很快找到杜拉的行踪，只不过，她只是"懒得"去找罢了。她知道不用自己去找，杜拉终究会回家的。

出了院子，杜拉果然在北面那堵砖墙后面找到了呆立的吉娅。她的红头发是非常醒目的标志。她的脸很白，两腮上似乎有泪水的痕迹，但那痕迹已经被她抹了去，脸颊便有了另一种颜色。杜拉知道此时此刻女儿的心田是何等荒芜凄凉，刚刚经过剧烈的地震，一切都变成了废墟。倘若恢复原貌，需要时间。时间的确是一服治愈人心灵创伤的良药。

她将两只手轻轻地搭在女儿的肩膀上。吉娅没有拒绝这份安抚，一下子紧紧地抱住了她，随即，一直憋在喉咙里的哭声也释放出来。声音不是很大，但杜拉听出那不仅仅是悲伤的哭声，更有着一份深深的委屈——

"你一直在骗我啊……不，是你们，你们联合起来欺骗我……"

"不不，那不是欺骗，吉娅你听我说，我们没有欺骗你，只是……只是一种善意的隐瞒……"杜拉字斟句酌，用一种平淡的口吻说。她想用平淡来熄灭女儿心中的狂飙。当然，也应该把一切都告诉她了，毕竟，吉娅已经不再是个孩子了。

3

十五岁的少女，看上去像天使，可只要穿上那身国防绿，顿时就变成了一个小魔鬼。

那时候朵兰是个小精灵，也是欢乐的化身。哪儿有她的身影，哪儿便有一片喜悦的祥云；即便没有她的身影，若是从什么地方飘过来她的歌声和笑声，同样会给乌兰牧骑带来欢乐的清风。

如果没有那次意外事件，她会依然沉溺于花季的长河，没有忧虑，没有阴影，没有矫揉造作，心地干净得如同七月里天空上被雨洗过的云彩。她柔韧的身体曲线优美，虽然她尚不懂得男队员们异样的目光意味着什么，但她知道那是她的资本。没有人敢小觑这资本，就像没有人能夺走她的花季一样。所以她是骄傲的，每天在宽阔的练功室里晃动的那根马尾巴，就是她骄傲的旗帜。

可是那件事情彻底粉碎了一切！

清晨五点多一点儿，天蒙蒙亮。黎明时的寒冷让人不得不缩头缩脑，把双手揣进袖筒里面。熹微的晨光已经显露出一抹惨然的苍白，那是一张黎明的通知书。起床号似乎从非常遥远的地方响起来，让人感觉到一座军营正在苏醒。

她肩膀上搭着一双白色的帆布制作的芭蕾舞鞋，第一个走进排练厅。其实说第一个并不准确，事实上在她之前已经有人来过了。

因为电灯已经被人打开，几扇窗户的其中一扇也被人打开了。

就在她走进来的那一瞬间，她听到一声沉闷的破碎声，同时看见了那个逃亡者的背影从那扇敞开的窗口倏地消失了。

起初以为自己刚刚睡醒，看花了眼，那不过是幻觉。很快她发现自己想错了，真的有人逾窗而逃！

木地板上，一片狼藉，泛着阴冷的白光。陶瓷的白色碎片散落开来，星星点点，每一片都在无声地诉说着一个惊天动地的阴谋。只有半张脸比较完整，那富态威严的神情是她所熟悉的——文艺旗手！整个文艺战线的教母啊。那个横断面恰恰让她看到了里面的空洞。那一刻她恍然明白了：在她走进排练厅之前，听到的那一声沉闷的声音缘何而来——有人打碎了这尊文艺旗手的半身塑像！

去年，为了请回这尊塑像，指导员包金不远千里跑到景德镇，凭着军管会开具的一封特别重要的介绍信，才请到这尊塑像。据说这一版不多不少只烧制了九百五十尊（有九五之尊之意），因为稀少而特别珍贵，能请到它那可是天大的运气。旗手穿着军装，手举红宝书，笑不露齿，煞是威严。指导员生怕有所磕碰，一路上抱着它坐火车转汽车，才算把它安全抱了回来，举行了隆重的安放仪式，把它放在排练厅正面的一张高桌子上供众人瞻仰。居然有人敢打破它，那可是一起十分严重的政治事件啊！

可惜的是她的年龄尚小，丝毫不懂得政治斗争的重要性。十分钟后，她站立在指导员的办公室里。指导员包金和队长恩和，都是很有文艺范儿的男人。两个人的眼睛里释放出四道寒霜。而她，却是一副事不关己的样子。她觉得这两个人的紧张不安有些好笑。气氛太严肃了，她没敢笑出来。

阳光从明亮的窗户投射进来，真正的炎热这才开始了。她能看到在阳光里浮动着的微尘颗粒。真是奇怪，若没有阳光，这些小颗粒肉眼是看不到的呀！难道说，这世上还有许多肉眼看不到的东西吗？她凝视着那些在阳光里悠闲飘浮着的小颗粒，目光追踪着它们诡谲的行踪，思想开着小差，一忽儿跑到这儿，一忽儿跑到那儿。很快她想到了姐姐赛娜——要是把这件事情告诉她，她准会吓个半死！一想到姐姐那一脸苍白失魂落魄的样儿，她在心里就忍不住想笑。

其实她并没有把这件事情看得有多严重。用姐姐的话来说，朵兰是一个四肢发达、头脑简单的女孩子。她的淘气是出了名儿的，有人说她比男孩子还要淘气。院子里食堂的房顶很高，可是朵兰居然能爬到屋顶上去。后来她骄傲地向姐姐揭开谜底：原来她是顺着房子后面的那烟囱爬到房顶的。那烟囱是四方形状的，每隔一米，便缩小一圈儿，留下半块砖头左右的边缘。她就是踩着这凸出的边缘攀上去的。她上房是为了寻找小鸟儿。在那些整齐地铺着的一层叠压着另一层的红瓦下面，家巴子（麻雀）喜欢把窝儿藏在红瓦下面，它们可能觉得那是一个又安全又牢固的地方。但是朵兰发现了它们的秘密。她爬上了房顶，揭起红瓦，发现了几颗带斑点儿的鸟蛋儿安安静静躺在用羽毛铺成的锅底状的鸟窝儿里。这时她听到附近飞回来的家巴子在惊恐地嘶鸣着，想引起她的注意，把她引开。她没有动那鸟蛋儿，不动声色地由原路滑下了房顶。又过了几天，她发现那只母家巴子似乎用嘴巴叼着什么东西飞向它的巢窠。她心里有了底儿，便飞身上房，从那个鸟窝儿里掏出两个毛茸茸的小家巴子。那小家伙嘴巴是娇滴滴的鹅黄色，在她的手心里拼命张大嘴巴叫着，似乎是向她讨要好吃的东西。她带着她的战利品回到了宿舍，找了一个小纸盒子给小家巴子当窝。不想到了半夜，刚刚会飞的小家巴子突然从纸盒里钻出来，在宿舍里东撞一头，西撞一翅，满屋子飞得稀里哗啦。同宿舍的女孩子们被吵醒了，她们把状告到了队长那里。队长进来，费了一番周折才抓住了那两只小家巴子。他狠狠地盯了朵兰一眼，说了句"下不为例"走了出去。后来朵兰知道了那两个可怜的小家伙最终成了梁大爷屋子里的那只又馋又懒的大花猫的一顿美餐，她非常后悔自己的孟浪。

"别怕朵兰，我们知道，这件事情与你无关。不过，你是唯一的目击者。只要你说出那人是谁，就没你的事儿了！"队长恩和望着她和颜悦色地说。

听姐姐说，恩和原先是一个普通牧民家的孩子，因为阿爸给公社放牧的马丢了一匹，让恩和去找马，找不到不许回家。他在草原上转悠了三天也没找到那匹马，却遇到一支文艺演出队，就是现在的乌兰牧骑。他被乌兰牧骑演出的节目给吸引住了，说什么也不肯离开了。当年的老队长喜欢上了这个虎头虎脑的男孩子，就收他当了队员。除了唱民歌长调之外，他还学会了拉四胡、吹小号。老队长退休，力荐恩和接替自己当了队长。

指导员包金就没那么和蔼了，他猛地拍了下桌子，吓唬她："说，你到底看清那人没有啊？他是谁？"

她依然是那副调皮讥讽的表情，咬着下嘴唇，没吱声儿。眼睛一直瞟着自己的双脚。忽然发现自己的脚背拱得很好看，浑圆而匀称，宛如蒙古包隆起的穹顶。可能是这段日子练芭蕾功练的，压腿要绷脚，踢腿也得要绷脚。穿那双平头舞鞋立足尖，就更得绷脚了。前一阵子说要演京剧，队长让练毯子功。毯子功讲究的是收，压腿得勾脚尖儿，踢腿也要勾，得用脚尖去踢自己的鼻子头。她一点儿也不喜欢毯子功。芭蕾恰恰相反，讲究的是放。她喜欢那种奔放的感觉，其他的伙伴年纪都小，不管是收也罢放也罢，他们都能很快适应。

见她魂儿出窍的样子,指导员更加生气,再次猛拍桌子:"好,你要不说,那我们只能认定这事儿是你干的!你就等着当反革命吧!"

似乎听到了一个可怕的咒语,她的心激灵了一下。但仅仅也就是一瞬间,她马上让自己平静下来——又不是我干的,我何必要害怕呢?

她抬起头,不看指导员,只是看着恩和。恩和憨厚的鼻子尖上挂着细密的汗珠儿。她觉得非常有趣儿。大家都知道队长的鼻尖爱出汗,有时候天气不热,只要一紧张,他的鼻子尖儿上就布满了密集的汗珠儿。

"你认为我看见了?"她用几分调皮的神情反问队长。

"什么叫我认为?我们是在问你看没看见。如果看见了,就实话实说;如果没看见,就说没看见。"恩和有些生气。他一生气,鼻尖上的汗珠就更晶莹剔透。

指导员插话,一针见血:"你是第一个到排练厅的,你必须得说清楚!"

她歪过头来瞟了指导员一眼,忍不住又想发笑。她一直觉得指导员是一个特别让人想发笑的男人,你瞧瞧他那副样子吧——头发总是梳得齐整光亮,大双眼皮儿层次分明;裤线如刀刃般笔直,而那身洗得发白的旧军装上束着一根皮腰带,两只袖子卷起来,将里面的白衬衣卷出一段白来。两只袖口翻出来的白色比例非常均匀,绝不会一只多点儿一只少点儿。他可能觉得这身打扮一定很精神,让人觉得他是杨子荣,或者是203首长少剑波。

她用沉默来消遣对面的两个男人,觉得他们急切的样子非常好玩儿,却不知这两个男人的心里已经燃起了熊熊烈火,而她的沉默无异于火上浇油。

"既然你不肯说，那就等军管组吧。"指导员已经失去了耐性，转身走了出去。队长迟疑了一下，望着她，正要说什么，她先发制人，用很高的声音大声说：

"我没看见，没看见……就是没看见……就是没看见……"她说的是实话，她真的没看见那人是谁，昏暗中只是见一个背影闪了一下便消失了。

队长无奈了，也转身走出了办公室。

她像一位得胜的将军，大步向外走去。她相信这件事情不会有什么结果，与自己没有任何的关系。自己什么也没看见，总不会把责任赖到她身上吧？不过出门的时候，她还是决定去找姐姐，把这件事情告诉她。姐妹俩是一根枝上的两朵花儿，一起绽放，一起享受雨露阳光，彼此照顾，如同一体。姐妹之间，不应该有秘密。

很快，她发现自己的想法儿错了，姐姐居然对自己隐藏了一个天大的秘密……

4

十八岁的时候，十五岁的妹妹朵兰还是一颗青涩的小杏儿，而赛娜已经成熟为一颗令人垂涎欲滴的红苹果了。

一般来说，搞舞蹈的女孩子身条长得都比较匀称，但由于天天练功，腰细臀圆，大腿略粗一些，乳房要比同龄的女孩子小些。赛娜不然，她的腰很细，大腿小腿都很均匀协调，乳房饱满结实，即使她在穿上练功服之前，用一条板带用力勒它们，可依然是"满园春色关不住"，它们倔强地挺立着，骄傲地显示着它的存在。所以男队员们在练功的时候总喜欢站在她身边。扶着把杆儿下腰时,她身体的各个部位就会暴露无遗,就连某些沟沟坎坎都会凸显出来。而他们,就能在偷窥中一饱眼福,莫名其妙地激动上几天。

比起头脑简单的妹妹,赛娜那个年龄已经完全明白了男人与女人的奥秘。没有任何人告诉过她,也没读过任何一本有关生理卫生的书,可她就是明白了。她的早熟被她用特有的聪明智慧很好地掩饰起来。她的言行做派让所有的人都认为她是一位端庄稳重的姑娘。她的舞蹈在她十六岁那年就已经出神入化,一场独舞足可以在台上台下掀起狂热的波澜。

她好像天生就是为舞蹈而生的。她的民族舞尤其出色,顶碗、抖肩、旋转、跳跃,每一个动作都令人着迷。她用那时而柔软无骨、时而刚劲奔放的肢体语言向观众表达着什么是艺术,什么是蒙古人的魂。朵兰认为姐姐把那"范儿"拿捏得准确到位。跳舞其实很简单,只要找准了"范儿",跳啥都有味道。

赛娜当然是阿镇乌兰牧骑的台柱子,无论去盟里会演还是到自治区首府,全凭着她往回捧奖状奖杯。她是阿镇乌兰牧骑荣誉的象征。无论指导员还是队长,对她都高看一眼、礼让三分。指导员已经与队长几次研究了她的入党问题。在发展新党员的名单上,她名列榜首。

此外,她的与众不同还表现在她的那条红色丝巾上——外出的日子,她总喜欢扎着一条鲜红鲜红的丝巾。那丝巾像一团火,把许多年轻人的心烧热了。

前几天由于突然野营拉练,她在夜晚的紧急集合时穿少了衣服,结果伤风感冒。起初那几天她并不介意,坚持练功和排练,但过了两天便支持不住了,夜里居然发起了高烧,卧床不起。指导员知道之后,用严厉的言辞批评她隐瞒病情,并且下令让她好好养病,病好了再去排练——身体是革命的本钱嘛!他还让同宿舍的两个女孩儿暂时搬到其他房间去住。指导员对赛娜的关心细致入微,女孩子们都有些嫉妒。可他并不避讳,对她们说:你们谁要是像赛娜这样优秀,我一样给你们特殊待遇。女孩子们吐着舌头,谁也不敢再说什么。

这些天,朵兰负责照顾姐姐的生活。朵兰是个粗心大意的姑娘,除了打水打饭之外,别的事情她几乎什么也做不了。她还小,玩心重,一玩儿起来,根本收不回心。

乌兰牧骑排练厅后面,有一片很大的空地,到了夏天,野草野花就恣意生长起来,长得蓬蓬勃勃,吸引来野蜂与蝴蝶。那儿有六月阳光的细腻柔软,还有九月金色牧草的气息。此后许多年,在她漫长的生活里,她都记得那气息。她管它叫"乌兰牧骑气息"。

朵兰和男孩子一样,喜欢在草垛上玩耍。尤其是秋天那些在草原上被收割的牧草,晾晒干了之后,被一挂大马车拉到了后院。那些赶车的汉子赤裸着上身,一个个黑亮黑亮的好像是非洲黑人。他们用竹制的三股叉子从马车上往下挑干草,然后把干草整齐地码在一起。草多了,就变成了一座小小的草山。朵兰喜欢钻进草垛里,把自己隐藏起来,让谁也找不到她。她嗅着草垛里干草干花儿散发出来的那股子气息,感到一阵眩晕。她太喜欢那种感觉了,那是只有到草原上去演出时才会有的感觉。那几个找不到她的男孩子在草垛外面拼命呼叫着她的名字。他们有的管她叫"多多",有的叫她"都都"或"肚肚"。上文化课时,有的学员把她的名字写成"都兰",有的写成了"杜拉"(很多年后,杜拉这个名字成了她身份的符号)。她一点儿也不生气,反而觉得好笑!自己都没想到她有那么多的名字！这些名字她都喜欢，无论他们叫她什么，她都会爽快地应着，用快乐的笑声回应着他们。

那时候她会突然从草垛的什么地方冒出来，一个空翻落在他们面前。在他们惊愕的目光里她笑得阳光灿烂。她和男孩子们玩得很疯，她帮他们挠痒痒，帮他们从肮脏的练功服上捉虱子。每当她从衣服的缝隙间发现一个惶恐乱窜的小动物时，就会兴奋地大呼小叫起来，然后用两只透明的指甲盖轻轻一挤，微微"砰"的一声，被挤爆的小东西迸出鲜红的血来，染红了她的指甲。她郑重地告诉男孩子们："那不是它的血，而是你们的血！我的指甲盖上染上了你们的鲜血，你们就是我的俘虏、我的奴隶，你们都得要听我的！"仿佛被她施了魔咒，学员班的几个男孩子真的把她奉若女王，对她言听计从。不知从什么时候起，她变成了队里的孩子王。

赛娜一直用忧心忡忡的目光注视着妹妹的一举一动。对于她过度的疯闹，时不时给予严重警告。但是狡猾的朵兰对姐姐的管束有的是应付的办法。她会大大咧咧一笑置之不理，也会恭恭敬敬表示臣服，或者痛哭流涕表示愿意痛改前非，而实际上依然我行我素，阳奉阴违。赛娜也并非没有办法对付她，她经常制订一系列严厉的行之有效的惩罚计划，可每到具体实施时，却因心慈手软而作罢。她总觉得妹妹还小不懂事，等她再大些，自然就会收敛疯劲儿。她可是一棵搞舞蹈的好苗子啊，也许将来会成为一名优秀的舞蹈家呢！

5

乌兰牧骑在一个很大的院子里。后院有非常空旷的草地。后墙那边，靠东一点儿是男女厕所，一排扁平的小土房蔫头巴脑地趴卧在那里；厕所下面的坑很深，与坑相通的则在墙外，那是为了淘厕所方便。蔬菜农场淘大粪的车有时停在外面，淘粪工人用长长的勺子将那些由屎尿组合成的稀汤舀上来，准确地倒入牛车上的大粪桶里。到了冬天，每个蹲坑下面，屎尿就垒起一根根雄伟的柱子，日渐增高，直逼人裸露的臀部。那时，指导员和队长就会带领大家跳进坑里，用愚公移山的精神，将那些"擎天柱"用镐头刨倒，砍碎，再把那些碎块儿用大铁锹扬出去。指导员称这是一次"在灵魂深处爆发革命的行动"。

当年设计厕所的工程师由于对周边环境的无知而出了纰漏，他没想到从院墙外面有人可以跳到厕所坑里来。这一疏忽，致使许多次从女厕所里传出来惊叫声，因为她们在方便的时候偶然朝坑下望去，看见一张男人的脸！当男队员听到惊叫声操起铁锹木棍赶来时，厕所坑下的窥视者早已经不见了踪影。当年不少漂亮的女演员就这样春光乍现，被男人欲火烧红的目光猥亵了裸露的下部。为了捍卫女演员圣洁的贞操，队里最喜欢管闲事更喜欢打架的李铁和赵强在许多晚上在厕所外蹲坑守候，却始终没有抓住那些神秘莫测的窥视者。那些窥视者来无踪，去无影。而李铁和赵强浑身一块块铁疙瘩似的肌肉，一次次错过了展示它们神力的机会。

朵兰先是去厕所方便了一下。望着下面的深坑，不禁胡思乱想：今天早上的那个肇事者，会不会是从这厕所下面钻上来的小偷呢？不久前女宿舍曾经有过外来小偷悄然潜入的事件。那小偷对乌兰牧骑的活动摸得很准，趁着他们出去演出时迅速下手，不但偷走了些粮票布票，还捎走了女孩子们几件贴身内衣。自从看大门的梁大爷被军管组带走之后，乌兰牧骑大院里越来越不太平了。

凭着丰富的想象力，朵兰进入了想象的空间：那小偷身轻如燕，一窜便从厕所的蹲坑跳将上来，然后沿着排练厅的东边那一排窗户，逐一推着试着，很快发现有一扇窗子里面的插销没有插住（昨天是谁值日的？怎么这么粗心大意？），他轻轻推开了窗户，翻身一跃，进了排练厅。外界的人们都对乌兰牧骑感到神秘，小偷当然也不例外，他以为那一排放练功服的衣柜里会有什么金银财宝，就急忙翻腾起来。突然间他听见脚步声，还听见一个女孩子哼着歌（那是我哼着小曲走进排练厅）。小偷一下慌了神，不小心碰翻了那尊塑像……

她为自己杜撰出的这个故事而兴奋，蹲坑的时间便比平时长了一些。她的想象力一直超越其他同龄人，这为她日后成为小有名气的编剧打下了基础。使她没想到的是，就在她全心全意虚构一个有关小偷的故事时——她来潮了！

头一回来潮，一般的女孩子都有些害怕，感觉世界末日来了似的。可她不是一般的女孩子，姐姐在有意无意间教给了她许多生理知识。姐姐一直关心她是否来潮，并且告诉她一旦来了，应该如何处理。所以面对突如其来的鲜血，她一点儿也不惊慌。她用装在衣服口袋里的麻纸做了简单的处理。站立起来之后，清楚地意识到从现在起，她正式长大了，谁也不能再把她当成孩子啦！

她觉得应该马上去把这个消息告诉姐姐。这是件好事还是坏事她说不上来，总之是一件十分重大的事情，比早晨发生在排练厅里的事件更为重要。

从厕所出来之后，她又改变主意了。她就是这样一个女孩子，主意来得快，去得更快！少女善变，信者实愚。那一刻她感觉有些失落，心里怏怏的。为什么失落，她说不清楚！后来她才知道来潮会改变女人的心情，而对于她，情绪波动尤为剧烈。她决定先不急着把来潮这件事情告诉姐姐。

天空越来越阴暗。是要下雪了吗？后院有一个小后门，平时是锁着的，可是只有她知道那把又大又笨重的铁锁其实是聋子的耳朵——摆设，只要你用力向下一拉，锁就会打开。朵兰喜欢独自一个人悄悄地从那小后门溜出去。墙外不远，便是一座小山包，山上，是赫赫有名的十三座敖包群。

朵兰在敖包山上独自玩耍了一会儿。敖包山是小镇的最高点，站在山顶上，向正南方向，能看到阿镇的全貌——那些青灰色和暗红色的砖瓦房。偏西一点儿，能看见一片灰不溜秋的灰色的小土房。她知道那儿叫"裤裆街"，也叫西商。那里住着的大都是山西河北盲流过来的外来人口，他们大都是手艺人，裁缝、皮毛匠、木匠、铁匠，以及开药铺的郎中等。朵兰和其他的女孩子曾去那里转悠过。那儿的确像个贫民窟，但各种各样的小吃却让女孩子们流连忘返。

向敖包山北边望去，便是一片极为开阔的草原了，能望得见一抹淡青色的山峦。骑上一匹快马也得跑多半天，才能跑到山脚下。望见青山跑断马腿。正是春寒肆虐的季节，草原依然一片荒芜。但这正是朵兰所喜欢的空旷和凄凉。与许多女孩子不同，她不喜欢完美，不喜欢那些世俗的东西。她喜欢残缺，喜欢不完整，喜欢伤感。长大后她喜欢上了悲剧，将古希腊悲剧和莎士比亚所有的悲剧都看了一遍或几遍。她不像那些心地软弱的女人那样，守在电视机前看一部俗不可耐的电视剧，也会眼泪滂沱，湿了一张张纸巾。她看悲剧从不掉眼泪。她相信自己的眼泪在她十五岁那年的某一天已经彻底流光了，她的泪腺从此封闭起来，进入了漫长的休眠期。姐姐说她是一个心地残忍的人，她并不否认。

　　山顶上，风似乎越来越大了，冷得有点儿冻手。嘴里喷出的哈气很快就在睫毛上结下细微的冰珠儿。她把脖子上绿色的羊毛围脖往紧裹了裹。围脖是姐姐亲手给她编织的，厚而温暖。阿镇是个边陲小镇，虽然也是盟所在地，但很小，与别的小镇并无二样。除了坐落在敖包山南坡上的那座赫赫有名的黄教寺庙之外，其他的建筑没有什么特色，大都是用青砖和红瓦盖起的平房。那时小镇几乎没有几座大楼，三十年后这里高楼林立，却将敖包山反衬得很矮小，一代名山从此黯然失色。

　　极目北方草原之后，朵兰的心情顿然好转，已经把刚刚由于来潮而产生的不快忘得一干二净。她这时觉得肚子饿极了，一想，才想起自己今天早上居然忘记了吃早饭。都怪指导员和队长，盘问了她将近一个小时，使她错过了吃早餐的时间！她急忙从山顶上下来，又从那个小后门神不知鬼不觉地溜进了乌兰牧骑大院里。想起姐姐卧病在床，而房间很阴冷，应该给她的宿舍点炉子了。于是朵兰便向大草垛走去。

　　这时太阳才刚刚从青灰色的山脊上懒洋洋地爬出来。

　　大草垛在后院，也离排练厅不远。冬天高耸如小山般的大草垛，现在已经塌下去一大截子。那是因为整整一个冬天，需要喂队里的那几匹马和骡子。冬天宿舍和排练厅都需要生炉子，虽然梁大爷一直紧紧地盯着他的宝贝草垛，不许任何人抱走一根干草，但还是防不胜防。大家总有办法躲过他警惕的视线，把引火柴抱回屋子里去。

　　由于一个冬天的积雪都融化在草垛里，草垛内部已经润湿。草垛里的温度极高，捂在里面的湿草开始腐烂了。每年春天，梁大爷

第一章　赛娜

总会用他的那把三股竹叉子将草垛的草挑开，在地上铺成一片，让五月温暖的阳光将它们晒干。等草干透，再把它们垛起来。朵兰很喜欢帮梁大爷做这件事情。她不由分说，从梁大爷手里夺过三股叉子，把那些干草扬得满世界都是。梁大爷一点儿也不恼，笑嘻嘻地看着她，抽起了旱烟。他的烟袋锅子的杆儿比一般的要长许多，铜制的烟锅儿已经被熏成了焦黑状；烟嘴是淡绿色玉石的，被他含得光亮光亮，总是湿漉漉的样儿。从那里面出来的烟味儿辛辣刺鼻，她嗅着会连连打喷嚏。但对于梁大爷来说，那却是人间最美的美味儿。他会用鼻子和嘴将漏掉的烟雾一丝不剩地吸进肚子里去。再吐出来时，那辛辣味儿就淡了许多。

今年却见不到梁大爷翻腾草垛了。朵兰听人说，梁大爷因为隐瞒历史，被军管组给带走审查去了。他居然是国民党特务！隐藏得真深啊！以前只听他说他当年也扛过枪，渡过江，当过兵，却没想到他当的是国民党兵。后来她才弄清楚原来他是起义反水过来的兵。

天气虽未转暖，但无人翻腾的草垛已经散发出强烈的腐烂味道。朵兰走过去抱了一捧干草。她发现干草里有些狼针草，忍不住玩耍起来。秋天里她最喜欢的一个游戏，就是和男学员们一起坐在草垛上，互相"斗狼针"。所谓"斗狼针"，就是双方各执一根狼针草，将针尖那头放在手里，而针尾那头像弹簧圈儿一般，双方用手指头拈着狼针草的针杆儿，针尾就旋转起来，两根狼针草的"尾巴"就死死地缠绕在一起，同时双方猛地向外拉扯。结果就要看谁手里的狼针草坚韧结实了，不结实的那一根会被扯断。胜利的那一根尾巴上缠绕着它的战利品——对方狼针草的尾巴。战败方的手指间，只剩下一根秃尾巴狼针草。在这方面，朵兰有优势，她不但会选择最优质的狼针草，而且她很会发力，总是在最恰当的时机突然发力，将对方手中的狼针草折断，有时甚至于把对方手里的整根狼针草俘虏过来。

如果只有一个人，还可以用狼针草占卜吉凶。她会选两根同样的狼针草，左右手各执一根，然后再选择左手是吉右手是凶。两只手决定两种命运。眼下她想测一测早上那件事情的结果，就用这个办法自己和自己斗起了狼针。结果最后，被她定为大吉的那只手胜了。一时，她开心起来。

因为斗狼针而想到了他。这些天来，他总是莫名其妙地闯进她的心扉，闯得那么坦然，那么无所顾忌，那么理直气壮。她讨厌他，虽然他的舞蹈跳得出神入化，许多女孩子都对他顶礼膜拜。但她一点儿也不喜欢他，总喜欢故意与他为敌。她也不知道为什么会这样。只要一见到他，就没有好脸子。他欺负过你吗？姐姐曾经这样问过她。赛娜问得很认真，似乎有某种担忧。朵兰摇摇头说没有。他不仅没有欺负过她，而且对她总是彬彬有礼，十分绅士的样子。譬如在食堂大家都排队打饭，看见她胳膊下面夹着一个饭盒走进来，他会主动把自己的位置让给她，自己则到队伍后面继续排队。她也并不谦让，总是理直气壮地享受着这一切。他这是想讨好我呢！她心里想。可是他为什么要讨好我呢？我总是在大庭广众面前羞辱他，叫他的绰号，开他的玩笑，他应该恨我才对啊？他没有讨好我的理由啊！她想不明白。反正就是觉得他很讨厌。可越是讨厌，他却越是频繁地出现在她的心里。这令她大惑不解。

仿佛他是她的天敌，每次与他斗狼针，都会败在他的手下。他始终微笑着用眼睛的余光瞟着她，似乎是漫不经心地那么一松又一紧，她手里的狼针草就奇迹般地被他给卷过去了。绝对是全部俘房，连秃尾巴根都不给剩下。她始终不明白他用了什么技巧，轻而易举就战胜了自己。有几次他在大庭广众面前打败了她，让她下不来台。而他总是喜欢用那种嘲讽的腔调对她讲话："小黄毛（全队只有他敢叫她小黄毛！），你不行啊，嫩着呢，长大了再来吧！"恼羞成怒的她把手里的一大把狼针草甩过去。像是一把把飞箭，那些锋利的箭镞准确地扎进他的衬衫里，肯定也扎在了他的皮肉上让他感觉到了疼痛。这也是她和男孩子们常玩的一种把戏——互相用飞射的狼针草攻击对方。他并不生气，一边微笑着一边细心地把扎在洁白衬衫上的那些狼针草一根一根拔下来……

朵兰曾在舞台的侧幕里仔细观看过他和姐姐一起跳的双人舞——《常青指路，奔向红区》。他演洪常青，姐姐扮吴清华。当姐姐一条腿立起足尖儿，另外一条腿向后抬起形成一个九十度的直角时，他的一只手自然地搭在了姐姐的肩膀上，另外一只手向前挥舞，做出指引方向的动作。那一刻便成为定格，灯光转暗。她的心也随之跟着黯淡。为什么呢？台下早已经掌声如潮，观众热烈的反应就是对他们表演最好的褒赞。可自己为什么会不高兴呢？难道他们不是一对最完美的组合吗？难道他们的双人舞配合得不是天衣无缝吗？她无视这一切，强烈地抗拒承认这一切，仅仅是因为讨厌这个男人成熟性感的嘴唇吗？

是的，他的嘴唇比他的眼睛更具有诱惑力！只要他的嘴唇微微一动，便有姑娘为之倾心。他是单眼皮儿，细细的眼睛，有点像后来风靡一时的韩国男明星。朵兰知道身边的那几个小姑娘没有几个不为他神魂颠倒的。她们私下悄悄地议论着他，议论他的舞姿，议论他的气质，还议论他的家庭。朵兰由此得知他来自某个大城市，父母亲都是高级知识分子。良好的家庭造就了他必定会成为一个艺术家。艺校的几年刻苦深造让他成了舞之骄子。如果不是家庭出身不好，他早已经被首府的歌舞团留下。来到这么偏远的小小的乌兰牧骑，实际上是对他的一种贬低。大家都管他叫"白岩"，他的人事档案履历表上也清清楚楚地写着他姓白。但却不知道他是属于哪个民族的，汉族？回族？或是东部蒙古族？

朵兰对他的情况真的不关心，并且对关心他嗤之以鼻。不过，有关他的议论却总是往耳朵里钻，挡也挡不住。只要是与他有关的消息，她听了就会心中一动。她无法解释这种矛盾的情景：一个你最厌恶的人，却又是你最关心的人？这简直无法理解！

怀里抱着一大抱干草，一路上稀稀拉拉地撒着。像平时一样，只要两只手里有东西，就会一脚踢开房门，直接走进去。她认为有时候人的脚要比手灵活得多。

干草挡住了视线，所以刚一进屋，她并没有看见床上的情形。她准备把干草放在地上时，草从眼前落下，视线便落在床上，眼前的情景把她给震惊了——

她看见姐姐和一个男人躺在一起！

正是她最讨厌的那个男人啊！

两人都熟睡着，睡得安详而甜蜜，他紧紧搂抱着她。

毫无疑问，姐姐被这个男人欺负了！她第一个念头就是想冲上去，操起桌子上的竹皮暖壶，砸在那男人的后脑勺上，让他脑袋开花儿！可是，她看见姐姐脸上的神情并非痛苦，而是一种享受！姐姐湿润的嘴唇似乎已经得到了最大限度的满足。

他到底向姐姐施展了什么魔力？她一时蒙住了，想不明白。怀抱里的柴草纷纷落到了地上……

6

那座用红砖垒起来的高耸的大烟囱已经是第五次喷吐出浓烟了。也就是说，已经有六位亡灵从那里升空而去了。至于它们的去向，是天堂还是地狱，就不得而知了。

她想起了一句名言：死亡是我们的结束，也是我们的开始。

杜拉紧紧地搂着女儿，不紧不慢地向焚尸炉那边走过去。老白头瘸着腿跟在他们后面。她们能听到他粗重的呼吸声。杜拉用极轻微的声音向吉娅讲述着那些十分久远的故事。吉娅奇怪她居然将过去的事情记得那么清楚，甚至于每一个细节。她的身份是编剧，而且小有名气。她不会是在向我讲述一个她正准备创作的剧本吧？

虽然太阳已经升起来了，但荒原上依然很寒冷。低洼处的积雪早已经被污染，呈暗白色，有的则已经变成了黑色。那是被拉煤的大卡车撒下的煤面子给污染的结果。附近有一条通向露天煤矿的自然路，无论夏天还是冬季，拉煤的大卡车络绎不绝，把草原搞得尘土飞扬。当然，那个大烟筒每天冒出的浓烟也不可低估。杜拉记得当年的火葬场许多天也不会烧一具尸体，那时镇上人少，死人自然也少。可是现在，几乎天天都有死者送过来，而且每天都会烧十几具。是人口增加的缘故吗？

杜拉觉得吉娅的身子有些发抖，就更加搂紧了她。老白头一直不离不弃地跟在她们后面。她觉得他跟着其实没有必要，或者有些可笑——吉娅会一时想不开出什么事儿吗？当然不会啦！自己从小把她拉扯大，对她比对自己还要熟悉。吉娅是那种爱冲动的女孩子，但她会很快地调整自己的情绪，回归于内心的平静。

吉娅突然停了下来，望着前面的焚尸场，流露出害怕的神情。

"再过一会儿，他们就要把她也烧了吗？"

"嗯，我们就是来送她最后一程的。"

"她会变成一把灰的，是吗？"

"会的……我们都会的……"

"死……多可怕啊……我不想死……"吉娅使劲往杜拉的怀里钻着，似乎在躲避着扑过来的死神。杜拉知道她已经开始思索生与死这类重要的问题了。对死产生恐惧未必不好，这种恐惧可能会使人更加坚强起来。

"听着吉娅，她去的那个地方，我们大家都会去的，只是早晚不同罢了。你得学会直面人生……"杜拉觉得自己的声音一时干巴巴的。说教？好吧，算是说教吧，那是自己最厌恶的……唉，可有时候你不得不说教，就像自己曾经写过的一些剧本，有时候会充斥着大量的说教，那些肉麻的语言令她自己都恶心，但她不得不写，因为她知道，没有那些说教，剧本就通不过审查那一关。

"我想让你继续讲下去呢。"吉娅仰头望着她，这时她的眸子是明亮的，闪烁着七岁孩子般的蓝色稚气。她的口吻是撒娇的，这让杜拉想到了吉娅三四岁的样子。

7

目睹着姐姐遭受这般羞辱，她一时无法决定是进还是退。意外的响动惊醒了他们，赛娜最先睁开眼睛，马上发现了站在床边呆愣愣地盯着他们的朵兰。

朵兰相信自己当时的样子一定与那个成语"呆若木鸡"非常

相似。呆若木鸡的她足足在门口呆愣了大约五秒钟，然后扭头跑开了。她听见姐姐在背后呼喊着她：

"朵兰——"

她没有回头。此时此刻她无法弄清楚她怀着一种什么样的感情——愤怒？怨恨？冤屈？被欺骗被蒙蔽的怨怼？或者几种感情混杂在一起？这让她的头脑极度发热，几乎要爆裂开来。

她一口气跑到了后院的草垛那里，一头把自己扎进了草垛里。顿时，那股浓烈的腐烂的气息钻进了她的鼻腔和胸腔里。她想呕吐，却吐不出来。那些狼针草趁机纷纷钻进她的嘴里、她的鼻孔里、她的耳朵里、她的眼睛里……像是有无数条小蛇扭曲着游进了她的五官，在她的身体里兴风作浪。草垛里的闷热让她觉得浑身都在燃烧，她感觉自己马上就要被烧焦了。是世界末日来了吗？如果真的是世界末日来临，那任何反抗都是徒劳无益的，只能听之任之，无可奈何地接受命运强加给她的这一切。

隐约听见姐姐呼唤她的声音由远而近。她像一条鱼一样，把身躯向更深的地方游去。游进深海，在茫茫无边的水世界里彻底消融自己，没人找得到她，没人看得到她，她将彻底消失在水的世界里。

那是一个冰冷而透明的世界，化解了浑身的燥热……

多年后杜拉回忆起当年的那一幕，反省自己那荒唐的行为——她之所以有那么强烈的反应，表面上是因为姐姐受到男人的欺辱，为姐姐而气愤，其实，那气愤之中更深一层的，是嫉妒！不错，是嫉妒，她不能容忍他和姐姐在一起，更不能容忍他们在一起那样亲密……他们凭什么可以那样？凭什么？

魔鬼是什么时候悄悄驻入她幼嫩的心房的？她不知道，全然不觉。在魔鬼的唆使下，她可以干任何可怕的事情。那时候她并不觉得告密是一种耻辱，却把耻辱当成了骄傲。难道正是从那一天开始，那无拘无束地甩着"马尾巴"的骄傲开始变质了吗？

8

一辆绿色的军用吉普，载来了军管组三名军人。他们都佩着枪。首长模样的挎着的是手枪。枪在皮套里，皮套别在腰间的皮带上。枪柄露出来探头探脑，颇有些不怀好意的样儿。其余两名军人背着的是那种铁把的短冲锋枪。他们的级别显然不如那个挎手枪的军人高。他是标准的军人形象，浓眉大眼，腰板笔直，声音洪亮。他凝视着朵兰仿佛在凝视着一件物品，眼睛里看不出丝毫的感情。

"好，你把那个人的名字写下来吧！"首长说。

她拿起桌子上早已经为她准备好的钢笔，在那张类似口供的记录纸上，使劲写下了那两个字。由于她用的力量过大，居然把那张挺厚的纸都划破了。

满腔的怨恨终于有了一个发泄的出口。她毫不犹豫地写下了他的名字。看着他的名字歪歪斜斜地躺在纸上，她解恨极了。虽然那一刻也有略微的恐慌，但快乐的泉水足以浇灭心中的怒火。

不但对他，对姐姐也是一个惩罚！

不，不是惩罚，是拯救！她这么做，完全是为了拯救姐姐，不然的话，姐姐就要被他夺走了，她从此会失去最亲爱的亲人。

她觉得这一招儿很妙，并暗中为自己的小聪明自鸣得意。

首长郑重地拿起那张纸看了一眼，然后把它递给旁边站着的指导员。指导员又把它传给身边的队长。恩和瞟了一眼，脸顿时灰白,他的嘴唇哆嗦着,把目光投向朵兰。朵兰被那目光电了一下。

"你早上还说啥也没看见呢……现在怎么又看见了呢?"

"早上不想说,现在思想觉悟提高了……不行啊?"

"这可不是儿戏,朵兰,你可不能随便……"

恩和的话没说完,首长威严地举起一只手。朵兰这才看见首长戴着白手套。那手套与平时他们干活儿时戴的那种线织手套不一样,是非常细腻的质地,紧紧地贴在五根手指头上,乍看上去,像是五根惨淡的玉柱。

"这个人,什么出身?"

指导员回道:"成分有点儿高,好像是资产阶级家庭。"

"平时表现怎么样?"

"表现一般,爱发牢骚,思想比较落后……"

首长点点头,用不容置疑的口吻说:"不用再问了,答案已经很明显了,就是他干的!"

队长又死死盯了朵兰一眼,急忙说:"还是再调查调查吧,也许……"

首长已经从椅子上站立起来,他身后那两个军人一个立正。首长把两只白手套交叉放在胸前,语气坚定地说:"调查得已经很清楚了,就是他干的!"

然后首长带着两名军人迈着军人的步伐走出了办公室。指导员包金很清楚此刻他应该做什么。他一路小跑在前面带路,一直将几个军人带到男生宿舍。

几分钟后,站立在院子里的朵兰看见他被两个军人推搡着从男宿舍走出来。他们已经给他戴上了手铐。灿烂的阳光下金属手铐反射着刺眼的光芒。他一脸莫名其妙的表情。有几个队员站在院子里观望着。没有人说一句话。沉默是伏天的云，挟带着灰暗的阴影悄然而行，一直潜伏到人的心底。

她有点儿失望，没有看到他的英雄气概！他在舞台上扮演洪长青那可是大义凛然呀——大背头一甩，戴着手铐和脚镣缓缓向那棵大榕树下走去。那里堆放着柴草。他走到大榕树下，庄严地举起一只拳头，像是在表示着他的无限忠诚。音乐声中《国际歌》响起来。家丁们举着火把点燃了柴堆。火光开始熊熊燃烧起来。他的身影在一片红光上挺拔而立，高大完美……她躲在侧幕里偷偷观望着他，能感觉到他鼻翼在翕动，嘴唇在性感地颤抖。火在烧，其实她知道那是红绸缎和黄绸缎被鼓风机吹拂起来，再加上聚光的红灯合成了火的效果。他的拳头握得紧紧的，似乎在宣泄着一种男性的力量，让台下的许多人热血沸腾。

可是现在，他的眼睛里掩饰不住内心巨大的惊恐。她清楚地看见了他内心的惶恐。这个发现让她更加得意起来：原来你也有害怕的时候啊？是的，他的目光里分明流露着害怕，他用求救的目光四下张望着，似乎祈求谁能拯救他。没有奇迹出现！大家的目光只有好奇和恐惧。除她之外，没人知道发生了什么事情。那件事情一直在保密状态中。他被推上军用吉普车的那一瞬间，目光落在她身上。多年以后她才渐渐领略了那复杂目光深刻的含义。

难道从那一瞥开始，他就知道是她出卖了他吗？

她记得那时，雪已经下了一会儿，院子里铺满了洁白的雪絮。在这里，六月下雪也不稀罕，何况是五月。但是赛娜却说那天根本没下雪，而是刮着大黄风。那里的人们管"沙尘暴"叫大黄风。那天的大黄风刮了整整一天，整个天地间都是混混沌沌的一团。

当姐姐赛娜从宿舍里跑出来的时候，军用吉普车已经开出了院子。赛娜奔到大门口，仅仅来得及看到吉普车远去，车后扬起一股白色的雪雾。那雪雾犹如许多小精灵，在空中翻腾着飞荡着，久久不肯消散。

她从姐姐的眼睛里看到了泪水。心底刚刚泛起的一丝愧疚顿时荡然无存。姐姐居然为那个男人流泪？难道她的心真的被那个男人给偷去了吗？从小到大，姐姐是只属于她一个人的，无论是感情还是其他的，谁也不能占有她。可是他，那个无耻的窃贼，那个自以为是的臭男人，在光天化日之下，在众目睽睽之中，居然偷走了姐姐的心！

9

从他被带走的那一刻起，朵兰就感到一丝莫名其妙的失落。她搞不清这是一种什么样的感觉。他走了，对手没有了，她可能是因为失去一个好对手而感到孤独吧？

也许，这个恶作剧开得有些过分了？

没错儿，他是她的冤家！冤家之间除了敌对，还有什么？也许，隐秘的心房深处曾经储藏过一丝好感？她的思绪开始飘飞，大块色团云絮般席卷而来，白色，金色，绿色……飞过四月，飞过五月，飞过六月，好，应该是在七月吧？

没错儿，那是七月的某个日子。

七月的太阳是一个暴君，它不加收敛地向大地泼洒着热量，把一切都烤得异常灼热。她坐在房顶上，感觉到屁股下面的红瓦有些发烫，有些快要坐不住了。但是房顶上的风很强劲，那是从北面草原上刮过来的风，挟带着青草、野花的气息，这令她很舒坦。她不想这么快就下去。她坐在房顶上便有种居高临下的优越感。

屋顶上的红瓦起起伏伏，形成凝固的波浪。她发现一男一女两个队员端着洗脸盆进了锅炉房，好像是进去洗衣服的，其实，他们正在偷偷地谈恋爱。他们自以为掩饰得很好，没有人发现，但却瞒不过她的火眼金睛。她不费什么力气就破译了他们之间使用的那些简单的暗号。譬如，如果他打口哨，便是通知她："一起去打饭吧，我替你去排队啦，你可快点儿啊。"如果他学百灵子叫，那是告诉她："一会儿老地方见。"他们的老地方是附近的敖包山。如果朵兰想让他们难堪，就会也在那个时间去敖包山，突然出现在他们面前，让他们不知所措。还有，如果他一声接一声地咳嗽，那就是发出了警告的信号，那么整整一天，他们便不会在一起了，各自都装出若无其事的样子，即使擦肩而过，也如同路人般不打招呼。

这二人，男的叫乌力吉，女的叫塔娜。锅炉房是他们经常幽会的一个地点。

她把目光收回来，看见梁大爷的那只大懒猫正慢腾腾地向食堂这边走过来。主人的消失并没有让它失去养尊处优的优越感，它依然我行我素，按部就班地进行着自己的生活。每天这个钟点，它都会钻进食堂旁边的仓库里。那仓库的墙上有一个很小的圆圆的窟窿，可能是当时生炉子没有烟道，便从墙上开了窟窿放了一截白铁皮烟筒。后来铁皮烟筒拆除了，留下这个窟窿没有封死。那仓库是老猫的乐园，里面存放着食堂所有的肉食、奶食、面食之类的食物。它每天进去美餐一顿，出来之后便回到门房的小炕上去呼呼大睡，打着香甜的呼噜……对于它的偷吃，几乎没人发现，也是朵兰看出了破绽。没人想到它臃肿的身材会如此轻巧地从那个小窟窿里钻进去。管理员把仓库的失窃归罪于里面的老鼠，却不知真正的窃贼却是经常被他爱抚的那只老猫。

  百无聊赖中，她恍惚看见一个男子走到了她的脚下，是白岩。他穿着一件雪白的衬衫，头发梳得光滑明亮。他的穿戴永远是那么得体。一件别人穿上显得普普通通的衣服，他穿上就能引领时尚。他正朝这边走近。她隐隐嗅到了他身上散发出来的男性的香味。她也曾在近距离嗅到过他身上的香味。许多年后，她才弄清楚原来那是一股野苜蓿的香味。她不知道是他身上喷了香水，还是他洗脸的胰子的味道，还是洗头发使用了什么香波，抑或是他身体自带的体香。这个从大城市来的男人，与小镇上所有的男人都不一样，穿戴、说话、做派、一举一动都与众不同。他对任何人都是那样亲近和蔼，"对不起""不好意思""打搅您了""亲爱的"……这样的词句当地人羞于说出口的，若说了会被人骂作酸文假醋。可在他嘴里却犹如行云流水。他那么自然地从嘴里流淌出来，明确无误地告诉人们什么是温文尔雅！姐姐曾经夸他的声音好听，说他的嗓音有一种"铜质般的声音"。朵兰弄不懂什么是"铜质般的声音"，笑着说："不就是破锣嗓子吗？"大家听了都笑了。他也笑了。他的脾气实在是太好了，任你怎么讥讽他、奚落他，他都不会生气。

  她居高临下地望着他，可以清楚地看到他那件浆漂过的直挺挺的白色衬衫里的脖颈和脖子上的剃得很短的头发根。他的头发保养得乌黑油亮，每一根都卓尔不群。她看见他的头发像刺猬的刺般挺立着。仔细望去，才发现原来他坐在墙根的阴影里，在全神贯注地读一本什么书。他读得忘情，居然丝毫没有发现头顶上有一个人正在向下窥视着他。她看着他的样子忍不住笑了，一种要戏弄他的念头油然而生。

  她从房顶的红瓦上找到一根羽毛。这根羽毛不像是家巴子的，略微大些，可能是过往的鸽子遗落下来的吧。她把那根浅灰色的羽毛系在一根细细的丝线上（那是她装在衣服口袋里的一卷白线，是姐姐让她还给塔娜的，她忘了还，现在倒派上用场啦）。她把那羽毛慢慢地放下去，一直放到他的后脖颈那儿，然后轻轻地让轻柔的羽毛划过他的后脖梗子。他感觉到痒痒，用手摸了一下。她非常及时地将那根羽毛拎起来。他什么也没有摸到，继续读书。她故技重演，又把羽毛放下去。他以为有什么东西钻进了脖子里，猛地跳起来，扑拉着脖子后面。他的样子令她开心不已，一下没忍住笑出了声。他闻声仰起头来，这才看见坐在屋顶边缘处的她。

"喂，你怎么上房啦？太危险了，快下来！"他挥着手里的那本书朝她叫喊着。她越发觉得他的样子好笑极了。

"我下不去啦，怎么办啊？"她还是强忍住笑，装出害怕的样子。

"从哪儿爬上去的啊？有梯子吗？"

"嗯……梯子……"她飞快地编织着谎话，像少妇们娴熟地编织着毛衣。"梯子被王管理员给搬走啦……"

"你等着……我找梯子去！你可别乱动啊！"他在下面仰头告诫她。

"不，我现在就要下去……你别走！"她任性地叫着，完全是个胡作非为的小魔头。

"你怎么下来啊？"

"我跳下去，你接着……"

他慌了神："那可不行，万一接不住，那就……"

"接不接吧？"

"我……"

她不容许他表态，早已经站立起来，两条胳膊平行伸展开来，好像鸟儿飞行之前展开了它们的翅膀那样。然后她平静地闭住了眼睛，身体向前倾斜过来。高高的跳水台上，跳水运动员用一个漂亮轻柔的姿势飞落下来。一瞬间她感觉到了在空中飞行的滋味。那种下坠的快感令她着迷。以后许多年来她都忘不掉那种快感。一瞬间的感觉足可以令人铭记一辈子。

她像一只大鸟，从房顶上飞落而下。身上薄薄的衣服被风儿鼓胀起来。她在坠落中期待着一个归宿。她在冒险中完成一项大胆的试验——他究竟会不会接住她？更确切地说，她像一个绝望的赌徒用生命做一次豪赌，只为了印证一下他对自己的心意。

与其说是他稳稳地接住了她，不如说是她准确地落进了他的怀里。他一下死死地搂住了她的腰。闭着眼睛的她感觉到他双手是那么有力，而他的胸怀却是那么地柔软。与此同时，她的两条胳膊也自然地搂住了他的脖子。她的手触碰到了刚刚在上面看到的那些密集而挺拔的短发……

10

傍晚，朵兰若无其事地给姐姐打来饭。那是队长特意叮嘱食堂给姐姐专门做的病号饭，一碗晶莹剔透的挂面外加两颗荷包蛋。可是赛娜没有吃，甚至连筷子都没摸一下。朵兰用一种悲天悯人的目光看着姐姐，把放在桌子上的那双筷子拿起来，塞进她手中。

姐姐却把筷子放在桌子上。她一直在沉默着。朵兰不知道这沉默意味着什么，是伤心难过，还是一份牵挂，或者是一种无以表达的愤怒。这时候她无法劝说姐姐，以往的撒娇或者是不讲理的命令都无济于事。她只能冷眼旁观。这时候她开始有些后悔了。如果姐姐知道了事情的真相，会怎么样呢？责备，痛骂，还是断绝姐妹情分？

直到这时朵兰依然没有意识到问题的严重性。

尖锐刺耳的小号声响起来。那是队长吹的紧急集合的号声。队长恩和一直吹小号，他那饱满慈厚的嘴唇还有那厚厚的风箱似的胸膛仿佛就是为吹小号而生的。他的《马刀舞曲》演奏得高亢有力，演出时受到观众的热烈追捧，经常返场数次。

号声划破了厚重的夜幕。赛娜强打精神向外走去。朵兰抓住她的胳膊说：你是病号，可以不用去开会的。赛娜摇头说：肯定是要传达有关他的情况，我得去！究竟是怎么回事儿啊，他为什么会被抓走了呢？赛娜能从那小号声中听到某些一般人听不出来的讯息。小号声告诉她，她必须得去，只有去了，才能知道所发生的一切。朵兰无法阻拦姐姐去参加大会。她开始担心如果姐姐完全知道了事情的真相，会如何对待自己？

开会的时候朵兰才知道自己的担心是多余的。会上讲的并不是那件事情。队长和指导员似乎已经忘记了今天发生的政治事件。他们向队员们传达了一个喜讯：乌兰牧骑将要在全国巡演。巡演之前，要从诸多的乌兰牧骑里抽调精兵强将，组合成一支过硬的乌兰牧骑在首府集训，然后，这支集聚了精兵强将的乌兰牧骑将奔赴北京，举办一场汇报演出。国家领导人将接见参加演出的演员们。阿镇的乌兰牧骑得到了一个指标。这个巨大的荣耀会落在谁的头上？将由全体乌兰牧骑集体作出决定。大家开始举手提出自己理想的人选。

朵兰想都没想，第一个举起手来，喊出了姐姐的名字：

"赛娜！"

会场一片阒静。三十多个人没有一个人反对。因为大家心里都明白，有资格去北京的只有赛娜。只有她的头上才配戴上那顶耀眼的花环。

宛如平静水面上泛开的一圈圈涟漪，队员们一个接一个举起手来。最后，队长也举起手。只有指导员一个人没有举手。他的眉头一直紧蹙着，似乎在思考什么重大的问题。

朵兰把目光投到姐姐身上，对她献上一个真诚的微笑。她认为这个微笑足以化解她们之间的那层隔膜。即使姐姐知道了她就是那个出卖者，也会原谅她。

指导员终于也下定决心般地举起手来。事情就这样定了下来。大家纷纷向赛娜表示祝贺。赛娜一时还没有从那突然的决定中惊醒过来，她的神情有些木然，除了微笑点头之外，她什么话也没有说。朵兰那时并不知道，她自以为是把姐姐推到了荣誉的顶峰，却是将一个紧箍套在了姐姐的头上，使她一辈子摆脱不掉。荣誉的花环外表光鲜亮丽，可实际上它对命运却起着至关重要的作用，会促使人走向一条不归路。这是当年幼小的她完全没有意识到的。

会议结束之前，指导员包金用简短的几句话说到今天黎明时发生的重大政治事件。他的语调平缓，不带任何感情色彩。几句话简明扼要，显然经过了深思熟虑。他说自从老梁头被揪出来之后，依然有阶级敌人潜伏在我们身边。今天发生的事情就是最好的证明。打碎神圣的雕像，只有丧心病狂的阶级敌人才能干得出来。幸好我们队伍里有阶级觉悟比较高的同志，已经检举揭发了那个人。至于他是谁，不用说大家也应该都知道了……

朵兰本想陪着姐姐一起回宿舍。可是姐姐却跟随着指导员而去。朵兰不放心，跟在他们后面走了一会儿。

夜色很浓，黑暗中夹带着沉重的湿气。那是雪化了的缘故。天边的云隐隐可见，边缘部分泛着一缕冷白色，好似一面巨大而破烂的旗帜。离后院墙不太远，敖包山下有一条弯弯曲曲的小河，夏天，河边聚集了许多青蛙。当雨季来临之前，青蛙们的鼓噪声此起彼伏，时而惊天动地，时而应答如对恋歌般热闹。而现在，它们悄无声息，应该还没有从冬眠的状态中苏醒过来。

朵兰不远不近地跟在他们后面。她也不知道自己为什么要跟着他们。是怕指导员把那件事情告诉姐姐吗？有人在宿舍里练习着拉四胡，那四根弦的胡琴缺少松香，音也没调准，声音刺耳难听，好像一个喇嘛在大庙里撕扯着一块破袈裟。隐约听到前面的对话薄雾般飘散过来，很不真切。姐姐的声音一时高亢起来："不是他干的，肯定不是，一定是搞错了……"指导员停下来，注视着赛娜。他似乎在问她为什么这么肯定。有证据吗？如果证据确凿，现在还来得及保他回来。赛娜犹豫了一下，说她有证据，可以证明出事的那段时间，他不在现场。指导员听了，沉默了一会儿，用低沉的声音和赛娜交谈起来。朵兰听不清他们在说什么。她不敢走得太近，怕被他们发现。可她实在是听不清他们在说什么。应该是非常重要的一段话吧？可是，她一句也没有听到……那一刻她的心紧张得乱跳。她百分之百地认为，指导员把那件事情已经全部告诉姐姐了。

赛娜从指导员身边离开，向朵兰这边走过来。朵兰觉得她的身体在摇晃，走得不太稳。她想去扶她，可是她没让她扶。月光下她的脸色非常苍白，像挂了一层冰霜。

漫长的寂静开始嘶嘶作响。每当夜里她睡不着觉的时候，耳边总是若有若无地回荡着那种电流般的嘶嘶声。那夜，赛娜坚持不让妹妹陪着自己，把她赶回了她的宿舍。她始终没和她说一句话，一个人厮守着孤独和寂寞，熬过了一个痛苦的不眠之夜。朵兰更加认定她已经知道了真相，等待着一次末日般的审判。

可是赛娜却再也没有提起过那件事情，也没有说起过他，仿佛那个男人从来不曾存在过似的。这令朵兰百思不解：她怎么会轻而易举就彻底忘掉那个男人了呢？难道她的心并没有被他偷去？如果真是那样，自己这番拯救就没有丝毫意义了啊！

也许，是指导员和她的那一番神秘的谈话使她彻底忘掉了那个男人？

黎明之时，高亢的小号声准时响起，驱散一夜的黑暗，将东方的一抹曙光吹醒了。曙光的飘带挂到了东山顶上。所有住这里的人们都能找到军营里的感觉。当朵兰从起床号声中醒过来，急忙从床上爬起来，揉着惺忪的眼睛，奔向姐姐的宿舍时，房间里的留守者只有一片不受欢迎的残破不堪的灰色——半个小时前，赛娜背着行装，踏上了去首府的长途汽车。

外面的小号声依然在响着，已经不是起床号，而变成了一支曲子。是所有乌兰牧骑队员都熟悉的《乌兰牧骑之歌》：

> 我们是红色宣传员，
> 战斗在内蒙古大草原……

窗外曙光乍现。屋子里的灰色隐匿起来了。她失魂落魄地坐在姐姐的床上。这张床，她是多么地熟悉啊！多少个夜里，她死皮赖脸地挤进姐姐的被窝，要和她一起睡；在这床上，她在姐姐低缓讲述的童话故事中进入梦乡；一天前在这床上，发生的那一幕令她永远不能忘怀，他人虽然远去，但他的那股特殊的野苜蓿的香味却永远地留在了这张床上。

熹微的晨光将她全身映照得很苍白。她单腿半跪下去，把头埋在床单上。是的，是能嗅得到他的气味——唯独他才有的那种淡淡的野苜蓿的香味。姐姐几乎带走了她所有的东西，却带不走这股气味。

姐姐走了，没和她告别，却把他的气味留给了她……

后来她发现其实姐姐还留下了别的东西——一本书。她不知道是姐姐故意把那本书留给她的呢，还是有意无意间遗落在宿舍里了。

那本书一直安安静静躺在床上的枕头旁边，一直耐心地等待着她的关注。她瞟了一眼，是一个俄国人写的，他的名字叫屠格涅夫。

屠格涅夫！

11

原本是排列在第七位的，可是，却有人"走后门"，硬给塞进来一具冰冷的尸体，强加在赛娜的灵柩之前，姐姐便成了第八位。

这是怎么啦？生孩子需要到医院的妇产科找关系，却不知焚烧尸体也得凭关系走后门啊？杜拉简直哭笑不得。她上前去和掌管焚尸炉大权的管理员交涉。那浑身油腻腻的管理员根本不拿正眼瞧她，只是很神气地把一截烟屁股从嘴上拿开，吐出一股呛人的烟臭味儿。杜拉无法躲避这粗俗。这些年来她觉得自己总是被世俗和粗俗所包围，她拼命突围，却根本突不出去。

这些年大家的脾气越来越急了——评职称要抢，坐公交要抢，在医院看病不排队往前挤……就是艺术创作上冷门题材也在抢。现在呢，原来焚尸炉也抢手，好像去天堂是有名额的，如果晚了焚烧，有可能去的不是天堂而是地狱了。

她真不明白大家都急什么？其实许多人都有着大把的空闲时间——他们聚在一起闲聊着那些无聊的话题；他们坐在麻将桌前玩耍着一整天不挪动地方；在酒桌上、在夜总会、在串店、在桑拿房、在一些高档会所，又有多少人优哉游哉地虚度着光阴、消耗着生命？有一次在酒宴上，有老友感慨："瞧人家杜拉，躺在床上就能赚钱！"（大家都认为编剧是一个非常赚钱的行当）众人就哄笑起来。因为杜拉说她的写作习惯是半躺在床上把笔记本电脑放在腿上，朋友就并无恶意地取笑她"躺在床上赚钱"。后来那位说她"躺在床上赚钱"的老友又感慨："唉，像我们这样每天打麻将，浪费生命啊！"杜拉不失时机地恶毒回击道："浪费就浪费吧，反正你们的生命也没用……"一句话，说得众人都不言语了。

尽管她也知道自己的毛病是口无遮拦、说话尖酸刻薄，也不愿意用话语去伤害老朋友们，可是，有时候她就是管不住自己的嘴巴。就像她在作品中，写得刹不住车了，便会用犀利的语言来针砭时弊，恰恰是这些文字给她招惹来不少的麻烦。

不管怎么说，正午之前总算是能送赛娜上路了。第八就第八吧！记得很早以前有一部外国影片叫《第八个是铜像》。会有人给姐姐塑一尊铜像吗？这个问题马上有了答案——从大门外驶进来几辆黑色的小轿车，显然是公务车。从车上走下来几个领导模样的男人，他们无一例外都是黑色的呢子大衣，从大衣敞开的翻领里能看到里面扎着领带，或者围着质地很好的羊绒围脖。所有的人都簇拥着那位挺着肚子的首长。他长得有点儿像个妇人，面孔白净细腻，头发茂密黑亮，金线边眼镜后面是一双深不可测的眸子。他一眼就看见了杜拉，径直向她走过来。当他走到杜拉面前时，杜拉从他那带着貂皮领子的大衣上感觉到一股热烘烘的气息。她只是觉得有些眼熟，可依然没有认出他是谁。他显得分外热情，紧紧攥住杜拉的手不放，寒暄着，问候着，每一句话里都透露出真情和温暖。

"没想到当年的小朵兰如今也成了大名人啦！哈哈……你是咱们乌兰牧骑的骄傲啊！我总对别人说，我们乌兰牧骑是出人才的，光是你们姐妹俩就给我们争得了莫大的荣誉嘛……当年我当指导员的时候，就看出你们姐妹俩与众不同，出类拨萃的嘛……"他把成语"出类拔萃"念成了"出类拨萃"，杜拉一下想起他是谁了——包金！

是的是的，当然是指导员包金！那时候开会，都是由他来念报纸的。他文化水平低，却总喜欢转些生僻的词句以显示他有文化，但是常常把字给念错了。譬如，他总是会把"酝酿酝酿"念成"温囔温囔"，把"前程似锦"念成"前程似棉"，把"良莠不齐"念成"良秀不齐"，更可笑的是他在早起列队点名时，把两个新入队的北京知青的名字给叫错了——那二人一个叫"马芮"，一个叫"褚轩"，他直接给念成了"马肉""猪肝"，惹得全队哄堂大笑，以后"马肉""猪肝"就成了他二人的绰号。杜拉没想到他会升官，而且官至"副盟长"，真是士别三日当刮目相看哦！

杜拉一直对这位当年的指导员印象不佳，却奇怪他虽然过了这么多年却变化不大，只是发福了一些，依旧是大大的层次分明的双眼皮（双眼皮这个特征使杜拉一直怀疑他这个少数民族是假的）。他一如当年，稳健自信，穿着非常讲究得体，言谈举止间透露出一种在宦海浸润过的豁达和精明。他告诉杜拉，昨天盟里召开了一个特别会议，决定报送赛娜的事迹给自治区党委宣传部，表彰她为乌兰牧骑作出的卓越贡献，并决定给赛娜塑一尊铜雕像，放在乌兰牧骑的排练厅供大家瞻仰。

"她是我们盟……不,是我们自治区的骄傲啊!"老指导员的那层次分明的双眼皮里的眸子有些湿润了,又说了些"节哀顺变""化悲痛为力量"之类的官方语言。这令她有些感动,倒不是因为他湿润的眼睛,而觉得他的悲伤是发自真心的——毕竟,当年他们都曾在一个乌兰牧骑里生死与共。这些年有几次乌兰牧骑的老队员们发起聚会——三十年大庆,四十年大庆,他都没有参加,因为他身处重要领导岗位,实在是太忙了,抽不出身来。而现在,他却突然地出现在杜拉面前,令她感到有些意外。

杜拉记起来了——姐姐成为先进典型的楷模,与眼前这位老领导的全力扶持是分不开的。他对赛娜一直非常关照。但是赛娜却从来不在妹妹面前提他一个字儿,这一直让杜拉感到有几分的蹊跷。有一次,在一次朋友的聚会上,她们遇到了一个相貌堂堂的男人,那男人身材健美而匀称,明眸皓齿,有着层次分明的双眼皮。赛娜见了他,突然说身体不舒服,起身离开了。杜拉觉得不对劲儿,急忙追赶出去,拉住赛娜的衣服追问原因,赛娜幽幽地说:"我讨厌双眼皮的男人,非常讨厌,见了就浑身起鸡皮疙瘩,夜里做噩梦……"

12

很多年以后,只要遇到大黄风肆虐的天气,赛娜都会想起白岩被军管组带走的那个阴暗的下午。

人的记忆会出问题,许多年前的一些事情,可能记住了它的主干,却忘却了它丰富多彩的枝蔓。赛娜始终认为,白岩倒霉的那天下午，外面一直刮着昏天黑地的大黄风。那是五月初，正是边陲黄风横行无忌的季节。而妹妹朵兰却坚持说，那是四月末，那天刚刚下过一场大雪，乌兰牧骑的大院里铺着一层晶莹的白雪，军用吉普车离开时，在那层洁白上面划开两道黑色的泥污，一直延伸到大铁门外。大地被弄脏了，被玷污了，但雪一直在下着，不多久，就把那两道丑恶的车辙给掩盖住了……赛娜不认可妹妹的说法。她说当年妹妹年龄尚小，事情不如自己记得那样深刻。她一直相信自己的记忆是对的，那天没有下雪，有的只是遮天蔽日的大黄风。

三十年前，那个从大黄风中走出草原的十八岁的姑娘，坐着一辆破破烂烂的大客车，走向首府，走向北京。那是她人生命运一个崭新的起点吗？她带着满腔的热忱，也带着无限的憧憬走进了那个古城，最终走进了怀仁堂，与那位叱咤风云的伟大人物站在了一起。一张陈旧的黑白照片将那段历史的瞬间做了定格。那照片便成了她一生唯一宝贵的财富。

杜拉说得对，赛娜一直活在自己辉煌的梦里醒不过来。有几次，赛娜是可以醒过来的，但她不愿意离开那令她沉迷的梦境。她把乌兰牧骑的誓言看得比自己的性命都重。她把那誓言中最后一句话深深地镌刻在心底——永不背弃！

世上有什么东西不能背弃？信念？理想？还是对爱情的执着？到了暮年，她经常突然这样问自己。可是每一次对自己给出的不同的答案都感到不满意。

不容置疑的是，那次北京之行使赛娜一举成名。她在首都宽敞明亮的舞台上表演了她的独舞《牧羊姑娘》。她相信所有的舞蹈语汇都是从心灵的源泉里流淌出来的。她天鹅般柔细的脖颈，还有柳枝般舒展的臂膀，再加上水波纹般荡漾着的双肩、小臂、手腕，将她的肢体美发挥到至善至美的地步。仿佛那些动作并没有经过精心的编排，而是随心所欲发挥出来的。身体已经不再听从思想的指挥，它们有自己的思想和灵魂，它们跟随着音乐翩翩而舞，每一个部位都清楚地知道下一步应该怎样表演。抖肩、柔臂、旋转、弯腰、腾跃……一系列舞蹈动作浑然天成，并不需要她去刻意表现。她相信她用自己的身体征服了台下所有的观众，即便是叱咤风云的大人物，也会被柔肢美腰的颤动而瞬间折服。她将蒙古舞发扬光大到无以复加的程度。

　　谢幕时她的预感得到了印证。一只宽厚仁慈的大手紧紧地握着她的小手。那可是他的手啊！许多人因为同他握过手，许多天都不愿意洗手，想把手上沾染的圣灵般的仙气保留下来。他微笑地看着她，赞许的目光是对她舞蹈的肯定，是最高的奖赏，也是独一无二的恩赐。镁光灯恰到好处一闪，记录下这一神圣的时刻……四面拥挤着呐喊着无数的辉煌，至高无上的荣耀令她热血沸腾。她激动得无以复加。她看见身边的许多演员都激动地跳了起来。大家开始齐声高呼那个口号。她也跟着一起呼喊，激动的泪水早已经夺眶而出，如大雨滂沱般肆意流淌着……

　　很多年后朵兰告诉她，正是她在台上享受着巨大的幸福和荣耀的那个时刻，那个不幸的男人被看守用枪押着，走下了八百米深的矿井，开始了一段暗无天日的生涯。

　　白岩开始服刑的日子，正是在那一天。

　　很长一段时间，赛娜并不知道白岩是被谁给出卖的。那天夜里，她向指导员证实，他今天一天根本就没去过排练厅。因为那段时间里，他一直和自己在一起。

　　白岩是夜里很晚的时候才到她房间里来的。那时朵兰已经回到自己的宿舍，睡得正香。白岩为赛娜带来了一本书——赛娜从来没读过的一本书《猎人笔记》。这些天他一直在读这本小说，读得有些走火入魔。他告诉赛娜：这是苏联的一个作家写的，里面的草原写得妙极了。

"他写的草原和咱们这边的草原差不多，可是，经过作家的笔一渲染，居然那么美，那么有味道。"

她想知道味道在哪里？他翻开书，选了其中一篇叫《白净草原》的篇章，开始给她朗读起来。

细想起来，他们之间的友谊就是从朗读开始的。那时乌兰牧骑要排练一个语言类的节目，类似小话剧。扮演女主角的赛娜说不好台词。队长就委派白岩辅导她。白岩的普通话字正腔圆，带着一点点京味儿。他单独给她上辅导课，纠正她的每一个错误的发音。起初她对他有一种排斥心理，对他的许多言行举止并不认可。但他具备了讨女孩子喜欢的首要条件：有耐心，脾气好。他采取了一套迂回战术，先是以请教她蒙古语开始，拜她为师。他学得很认真，而且练得也刻苦，这令她有些感动。然后他才开始与她一起商榷汉语的发音。她在不知不觉中落入了他的圈套，在学习正确发音时也学会了朗诵散文和诗歌。在他的配合下，她能朗诵得娓娓动听。那个节目上演之后受到了好评。从此之后赛娜成了乌兰牧骑的报幕员，同时用蒙古语和汉语两种语言报节目，两种语言都说得那么标准、那么清晰、那么准确无误、那么甜美。赛娜的才艺在他的挖掘中逐渐显露出来。

他经常找来些小说给她朗读。起初的本意只是学习，但后来，朗读的性质改变了。当他为她读那些描写爱情的段落和场面时，他语音里的那份激情让她心跳不已。那时候，他的嗓音变得格外甜美，极为温柔。他把男女主人公的那份真爱叙述得分外真切。她一边听着一边感觉到自己的脸在发烧发烫。起初她还不太适应当着一个男人的面听这些近乎"淫秽"的语句。她甚至想让他停下来，把书给她，由她自己来看。可是她无法拒绝他那磁性般的语音的诱惑。到后来，她好像中了毒瘾般渴望听他朗读，沉浸于聆听的愉悦中不能自拔。

　　……一种奇怪的感觉支配了我。这凹地形状很像一口圆圆的边缘倾斜的锅子；凹地底下矗立着几块很大的白石头，它们仿佛是爬到这里来开秘密会议的。这里面那么沉寂，那么荒凉！天空那么平坦、凄凉地悬挂在它的上面。

她仿佛看见眼前出现了一幅奇异的画面——河流、篝火、孩子。一个猎人来到这里参加了守夜的群体。他躺下后看见了一幅奇妙的景象：

　　火堆周围有一个淡红色的圆形光圈在抖动，仿佛被黑暗顶住而停滞在那里的样子。火焰炽烈起来。有时向这光圈外面投射出急速的火光；火光的尖细的舌头舔一舔光秃秃的柳树枝条，一下子就消失了。接着，尖锐的长长的黑影突然侵入，一直达到火的地方。黑暗在和光明搏斗……

听到这里，她觉得自己有几分眩晕。但是当他接下来开始讲述几个鬼故事的时候，她又害怕起来——各种声音都能被他学得惟妙惟肖，精灵的咳嗽声、人鱼的哭泣声、溺死鬼的召唤、林妖的拍手声……她的身体越来越向他靠近，最后干脆依偎在他身上。其实那正是他的小小伎俩，是他预期希望达到的目的。她依偎着他，听他用更加低沉的声音讲那些鬼故事，却不再感到害怕了。他的一只手自然而然地搂住了她的肩膀，像在安抚一个胆小害怕的孩子。

书读完了，已经是后半夜了。他依依不舍地坐在她身边，慢慢地松开手，做出要走的样子。她却更紧地搂住了他，不肯放他去。他听见她低低的却温柔的声音：

"不要走……陪着我……我害怕……"

女人说害怕其实只是在某些时候的一个借口，一个合理而又坦然的借口。害怕鬼怪也许是真的，但她们更害怕的是孤独。能有多少人守得住人生漫长的寂寞呢？他们就以那样一种僵硬的姿态半躺半坐着。一只十五瓦左右的灯泡在顶棚上散发着幽黄的光芒。天长日久，那灯泡上面布满了蝇屎，看不清里面的钨丝，只是一团混浊的光。他想下去关了电灯。她拉住他说："别关……门也别插……如果有人突然进来，灯亮着，说明我们没干什么坏事儿……"

他笑了："我们能干什么坏事儿呢？"

她也笑了，说："还问我，你想干啥坏事儿自己还不清楚啊！"

仿佛受到她的鼓励，他的手开始不老实起来，犹如一个千里跋涉的拓荒者探索一片神秘的地域。她并没有制止它的探索，但只允许它浅尝辄止，一旦它深入到禁区，便马上加以制止。她的手是她躯体最好的保安，警戒着任何企图非法的入侵。

在反反复复的尝试与警告、进攻与防范之后，整整一夜他们相安无事。天蒙蒙亮时，两个人都疲惫地睡着了，那本《猎人笔记》被他们挤到了枕头一角。其实这对他们来说是十分危险的。因为没有锁的门随时会迎来闯入者。他们疏忽了，在相拥中昏睡着，全然不知道外面发生了什么事情，直到那个精灵般的女孩子一脚踢开了门，把一大捧干草抛在了地上，他们才乍然惊醒……

赛娜把那天夜里直到第二天上午的经过毫无保留地告诉了指导员。为了证明他的清白，她必须得将一切和盘托出。指导员听了之后沉默良久。后来他叹了口气对她说："你不能去做证，如果你去了，你的一生就全毁了。"指导员一针见血地指出了事情的结局："你们毕竟在一起过了夜，没有人能证明你们是清白的！只要你说出真相，那你就别想去北京了；别说作为代表去北京，就是在咱们乌兰牧骑，以后也不会有好日子过啦！一个作风有问题的女演员是不会得到重用的，你能否在乌兰牧骑待下去都是个问题！所以，这件事情我会为你保密的，只要你不说，没人知道……"

指导员的一番叮嘱成为她多年来缄默的理由。

多年来她从没有过多地对自己做良心上的谴责，是因为从来没有人向她调查过那件事情。如果有人来调查，她也许会把一切都说出来的，但是没有。可他呢？他也从没向组织上说起那天夜里直到黎明时的行踪啊。他为什么不说呢？是为了保护她的名声吗？还是怕她也受到牵连？

如果不是后来朵兰重新提起那件事情，她真的就要彻底遗忘了。离开北京后，赛娜跟随着那支从所有乌兰牧骑里挑选出来的精兵强将组合成的特殊的乌兰牧骑进行了全国巡演。等她返回到故里阿镇时，已经是一年以后了。

一年后，她已经是一位遐迩闻名的公众性人物了，她的头上顶满了荣誉的花环，那花环使她接受了另外的身份，她不再是从前的那个赛娜了。对许多人来说，她就是一尊神，一尊高高在上的骄傲而美丽的女神！

13

　　早春的阴冷是令人讨厌的。尤其是遗体举行告别仪式是在一间没有暖气的大房间里，那种阴冷几乎能穿透人的骨头。杜拉看见吉娅把她的白色羽绒服往紧了裹，可是身体依然在微微地颤抖着。

　　老白头不知从哪儿请来一位"大仙儿"。那是一个瘦小却很精干的中年男子，可能是常年与死尸打交道的缘故，他的眼珠里散发着一股子阴冷的寒气。杜拉离开阿镇已经许多年了，这种彻骨的寒冷对于她是一种久违了的感觉。

　　大仙儿完全是按照汉人的风俗来进行他的程序。他把一瓶白酒倒在一个粗瓷碗里，然后用一块白棉花蘸上酒，在尸体的脸庞上擦拭着。吉娅的身体紧紧地贴着杜拉，她的眼神此刻是茫然无助的。从她的脸上找不到那种悲恸欲绝的表情。杜拉知道她此刻的心一定被痛苦所熬煎着，但她却不让那痛苦从内心溢出来。真的佩服这丫头的刚强，这一点上，吉娅像极了她的母亲。杜拉悄悄地攥住了她的手，发现她的十指无比冰冷。

　　赛娜刚强吗？在人们眼里，她总是很弱的样儿。她说话从不高声，声音中透露着女性特有的温柔。可只有杜拉知道，赛娜的刚强是在心里，她的"狠劲儿"是无人可比的。譬如练功，那时她由于年岁大了些，腿筋有些硬了，无论压腿还是踢腿，她总要比其他人多压一会儿，多踢几下。有几次她让妹妹给她扳腿——她平躺在垫子上，将一条腿抬起来，让那条腿的脚背向脑门上方接近。朵兰双手用力压向她的那条腿。她咬着牙不吭声，其实巨大的疼痛正在袭击着她，大粒的汗珠从她的额头鬓角滚落下来。朵兰将这一切看在眼里，她心疼姐姐，不敢再用力了。赛娜盯着她严厉地喝道："用力……压呀！"朵兰闭住眼睛狠心往下压。她似乎听到了肌肉的撕裂声和骨头的破碎声。但是赛娜一声不吭，真的一声不吭！朵兰那时就领教了姐姐的心狠——她的这股子狠劲儿是她日后得到极高声望的阶梯。可有谁知道，那每一个阶梯都是用姐姐的血泪筑成的啊。

面容庄严的包副盟长代表上级领导致辞。他对赛娜的一生做了盖棺论定的总结，但那些空洞的千篇一律的溢美之辞让人听了昏昏欲睡。之后，便是有关领导慰问家属。杜拉只是觉得许多重要的上级领导从她和吉娅面前走过去，与她们握手，依然是"节哀顺变"的安慰话。杜拉以沉默无言来应对他们。她知道这都是官方语言，走的是官方程序，里面不掺杂任何感情色彩。不过，他们的那份惋惜是真的，大家都遗憾赛娜英年早逝（还不到五十岁啊！），就像是遗憾一颗巨星的陨落。

只有到了乌兰牧骑的队员们来向他们的老队长进行遗体告别时，真正的悲恸才开始了。他们走到她的遗体前时，一个个眼泪汪汪，年轻的女孩子们忍不住大放悲声，哭得死去活来。他们都管她叫"赛额吉"（有好母亲之意），而她也一直把他们当成自己的孩子来看待。他们对这位一辈子没有出嫁的队长充满了深深的敬意。悲恸是会传染的，很快，厅内充满了唏嘘的哭泣声。

最后一项仪式便是将赛娜的尸体送进火化炉。杜拉跟随着姐姐的遗体慢慢向前走着。送尸车在坑坑洼洼的地上颠簸着。蒙在尸体上的白布单滑落下来，杜拉看见了姐姐那张苍白的毫无血色的脸——她居然还是那样地美啊！虽然生命已经离开了身体，但那份美丽却永存于肉体之中。

直到遗体被送进火化炉的那一刻，杜拉觉得自己的一颗心突然被什么东西给融化了，融化成了一汪泉水，那么清澈，那么纯净。如果说在这之前，她和赛娜之间一直有一层隔膜，一种相互间的不理解，甚至是一种怨恨，那么现在，那层隔膜完全消失了。

　　三十年的恩恩怨怨啊，在几百度的高温中，犹如脂肪一样被燃烧掉了，很快就燃烧得干干净净，没留下一点儿痕迹。

　　永别了，姐姐！

　　永别了，赛娜！

第二章　杜拉

14

　　许多年后,当一种可怕的瘟疫在全世界的大地上疯狂奔跑时,一切都消失了,只有满地"大白",杜拉像所有的人一样被困于斗室之中,百无聊赖。她相信宿命:这场瘟疫不是偶然的,而是必然的——当人性的毁灭到达一定程度时,大瘟疫就会发生。这些年,她目睹了多少人性毁灭的丑恶啊。也就在那时,她看到了一幅白雪皑皑的雪国图,回忆起自己二十多岁的时候,怎样穿越了整个蒙古高原——从东部的额尔古纳河,到西部的阿拉善胡杨林。她有时乘车,有时徒步,有时骑着一辆三轮摩托车戴着一副防风眼镜,有如一个虔诚的朝圣者那样跋涉着、奔波着、寻觅着。她在寻觅着一个人,一个曾经被她出卖过的男人,可是,却一直没有找到。

　　当年在一场武斗中她死里逃生。不是她命大运气好,而是胸口处放着的一本书替她挡住了子弹,不然的话,子弹就会穿过她的胸膛,射入她的心脏。幸亏那本书挡住了子弹,子弹头在穿越了厚厚的纸张之后已经没有力量再往前走了,便卡在了两根肋骨之间。当然,大夫说,她之所以能侥幸活命,也是因为子弹的射程比较远,消耗了它的威力。但不管怎么说,救了她的是那本书,那本无意间被她放在胸口的书。那是那个男人留给姐姐的那本《猎人笔记》。陈旧的书皮儿上,在作者"屠格涅夫"的名字第一个字上,印上了一个弹洞,从扉页贯穿到封底。从此,"屠格涅夫"变成了"○格涅夫"。

许多人都把过失推到那个狂热的年代,说自己年幼不更事,被时代给利用了,不管那时候做错了什么,都与自己无干,都是时代的过错。杜拉却对自己有着深刻的反省:如果不是自己头脑发昏发热,怎会上演那么可悲可叹的一幕闹剧呢?

那年她把自己的名字"朵兰"改名为"乌兰娜"(红色女儿之意),她为自己的新名字而自豪!

那是在老赛镇,全盟唯一通火车的地方。在一幢小楼的顶上,她石雕般屹立着,冷眼望着下面——那些蠕动着的小将已经将这座房子团团包围住了,使她无路可走。她可能是他们造反派中最后的一名幸存者了,大部分战友都做了可耻的逃兵或者当了该死的叛徒。只有她死不投降,是为了捍卫自己那崇高的信仰。有人举着话筒高声叫喊着让她马上投降。她在心中冷笑着:燕雀安知鸿鹄之志?为了伟大的理想,她宁愿粉身碎骨!

她穿着绿军装,两只手紧紧地抓着一面红旗,那是他们战斗队的旗帜,那是他们信仰的象征。她那时在房顶屹立的姿势颇像很多年后她在大洋彼岸看到的那尊女神像。她看见有人已经搬来了梯子,开始往房顶上爬。毫无疑问,他们是要与她争夺这面旗帜,以便彻底毁灭她的信仰。她心中又是一声冷笑:"真正的革命者是宁死不屈的,想让我投降,办不到!"这时她看到广场对面那尊威严屹立着的石头雕像,那个神圣的挥手姿态令她热血沸腾。

两个男人已经爬上了房顶,向她奔跑过来。房顶是平的水泥板,所以他们跑得很快。她知道庄严的时刻来临了,便将两只胳膊平伸开来，一只手握着旗帜的一角，将那面鲜红的旗帜甩在身后，身体像真正的跳水运动员那样向前自然倾斜，然后双脚和身体都离开了跳台，身体平行地向下坠落着，犹如一只大鸟儿在娴熟地飞翔。那面红旗跟着她一起坠落，在空中它完全舒展开来，扭曲着美丽的水波纹，又好像壮丽的火焰在空中漫卷而过，形成了一道惨烈的彩虹。她随着那道鲜红的彩虹一起飞翔而过，恰似一颗巨大的流星。

坠落——在那一瞬间的坠落中，感觉到胸口处硬硬地顶着一样东西，好像刚才枪响之后，有什么东西凶猛地撞击了她一下，正撞在胸口的那个位置。可是她完全想不起来胸口处是什么东西？瞬间的回忆如同闪电——哦，那是上一回从房顶上跳下去的感觉呀——闭住眼睛，自由地飘落着，什么也不用担心，因为她知道下面那个人会稳稳地接住她的……可是这次，下面没有人接她了，迎接她的，只有坚硬冰冷的水泥地，或许，还有一直潜伏在阴暗处等待着她的死神。

感觉落到了一个人温暖的怀里。她再次被人给稳稳地接住了。

是他吗？

在那温暖的怀中她微微睁开眼皮，看见的，居然是一张她无比熟悉又无比亲切的面孔——赛娜！

姐姐！

她怎么会知道我在这里呢？

她当然知道——姐妹二人的心灵一直是息息相通的，无论她在哪里，赛娜都能准确地找到她。

哦，姐姐！

胸口的血水与眼睛里的泪水同时流淌而下，之后她便进入了漫长的昏迷。在以后漫长的岁月中，她除了记住胸口的疼痛之外，还有一种热乎乎的感觉，两种截然不同的感觉一直如影随形。

15

为了躲避城里的武斗内乱，赛娜组织了乌兰牧骑十几个队员，赶着马车来到了草原深处的甘珠尔湖畔。

那是一处宁静的世外桃源。朵兰——乌兰娜被姐姐安置在一座离湖很近的蒙古包里。那座蒙古包的主人是一位非常仁慈的老额吉，当赛娜带着队员出去演出时，额吉细心照顾着她，用酸奶来治疗她胸前的伤口。有时候老人还从山间采来什么草药，捣碎了涂抹到她的伤口上。她感到一阵火辣辣的疼痛。但疼痛过后，伤口居然奇迹般地痊愈了。在她的乳房下面，留下了一个永恒的伤口，也留下了热乎乎的感觉。

子弹穿透那本书已经无力了，便卡在了她胸间的肋骨里，以后永远留在了她的体内。后来当一切生活恢复正常，赛娜多次劝她去医院做个小手术，把弹头取出来，但她却毅然拒绝了。她不是害怕手术，而是想给自己留下一个铭心刻骨的纪念，让那粒子弹作为历史的见证，时时刻刻提醒她：别忘了那段可悲可叹又可耻的历史。当她从漫长的昏迷中清醒过来的时候，她已经躺在了姐姐的宿舍里了。

她能坐起来了，也能站起来出去走走了。她觉得自己是一条春季里刚刚蜕皮的小蛇，浑身的嫩肉虽然无法抵御外来的进攻，却有了一种脱胎换骨般的清爽。小蛇游走于湖畔附近的青草地上，轻捷而无声。青草间的小溪流也在无声地流淌着，滋润着草地上那些刚刚成形的绿色生命。远处，隐约传来犬吠声，孩子们的欢笑声。后来响起了歌声。她知道那是姐姐带领的乌兰牧骑正在给牧民们演出。他们的演出在这里极受欢迎，方圆几十里的牧民们骑着马、赶着勒勒车前来观看。这里与城市形成了鲜明的对照，没有口号、没有标语、没有武斗、没有拳脚相加声、没有棍棒打击的破碎声，更没有枪声。大自然的宁静和谐在这里得到完美的体现。到处是充满了生命活力的景象——昆虫们在草地上奔忙、蜻蜓在飞翔中交配、水鸟在湖水里嬉戏、大肚蝈蝈在草棵子里絮叨着神秘的咒语。她漫步走着，时不时被匆匆流淌的小溪挡住去路。她可以一步跨过去，也可以从旁边绕过去。越过这片湿地，便是甘珠尔湖了。她向着湖边走去。当她翻上一个小山坡上，放眼望湖，不禁有些愕然——这是湖吗？这简直就是一片海啊，一眼望不到湖的彼岸，只见一片蓝色截断了绿色，然后铺展向天边，与更蓝的天空接壤，真正的海天一色呀！对于从来不曾看见过大海的她来说，这片湖水本身就是个奇迹，是苍天对她显示的奇迹。她几乎是小跑着奔向湖边。脚步的震颤致使肋骨间的弹头蠢蠢欲动，胸部感觉到疼痛。她捂住伤口免得那伤口崩裂开来。当她跑到那湖边时，原本离湖面很近的几只水鸟呼啦啦地飞走了，潮湿的风热情地扑过来与她缠绵。她拥抱着风，也拥抱着湖，将赤裸的双脚踏进那清凉的湖水里，感受着从未曾有过的清爽的滋味儿。

时间在这里是停滞的。悬在天空上的太阳则是永恒的，过了许久它也不曾移动一下，仿佛与整个蓝天凝固在一起。她失去了意识，失去了理智，失去了大脑中曾经存储过的所有的记忆，只剩下了情感。她觉得一切都是那么地美好，好得令她想哭。

从那天起，她每天都要到湖边来坐上几个时辰。她很自然地带着那本书过去，然后坐在岸边阅读起来。她把每一行文字都要熟读几遍、品味几遍、咀嚼几遍，直到完全理解了那文字所要表达的深刻含义之后，再去读下一篇章。那些文字帮助她启发她开始了对自然的理解、对动物的理解、对人的理解，渐渐开启了一扇心智之门，为她日后走向文学创作之路奠定了基础。书的每一页上都有一个圆圆的弹洞，有三行每行五六个字消失不见了，需要她用猜测来填补上那片圆圆的空白。起初她总是填错，使上下文难以衔接起来。后来，她越是读，越是学会了填字，把每一个字都填写得恰到好处。这为她日后的写作奠定了扎实的语言功力。

对于朵兰每天去湖边的举动赛娜起初是不放心的。她担心妹妹的身心受到打击，一时想不开，会不会做出不理智的事儿来？为此她曾偷偷跟踪朵兰来到湖边，当看到朵兰静静地坐在湖边在读那本书，赛娜悬着的心落下了。当一头狂暴的狮子变成了一只安静的羔羊时，整个草原都会为之平和而安详。

一个月之后她们乘坐着拉牛奶的大卡车返回到阿镇。卡车进阿镇时已经是半夜时分，枪声依然稀稀落落，犹如过年时偶尔有人在放鞭炮或者"二踢脚"。司机关了大灯小心谨慎地向前行驶着。恐惧在每个人身上弥漫着。朵兰觉得自己冷得发抖。姐姐赛娜感觉到她的身体在颤抖，便紧紧地搂住她。

"姐……我想离开这个地方……"她声音颤抖着说。

赛娜惊愕地看着她："你想去哪儿，朵兰？"

"我想回家……"

16

所谓的"家"早已经是一座空屋，门窗都严密地紧闭着，一只生锈的大锁半死不活地趴在院门上，行使着看门的职责。

云压得极低，仿佛就浮在大青山的上面，甚至与大青山融为一体。即便有大青山做屏障，北方蒙古高原的风依然翻山越岭吹过来，让你嗅得到那股子甩不掉的青草气息。

父亲和母亲都是自治区首府高校的老师，还有点儿小官职：学科主任。他们一起被下放到偏远农村五七干校改造去了，那是一个非常偏远的地方，叫"三道沟"。走时匆忙，竟然没有留下只言片语。她知道钥匙藏在什么地方——从院门旁边的墙上取下一块小石头，从那个小小的洞穴里取出了一把钥匙。锁头真的锈死了，她费了很大的力气才打开锁，推开门进到院子里。

小院不大，却是杂草丛生，荒芜得如同破庙的后院。野蒿子长得有一人多高，密集得让人插不进脚。她从院子里找到一把同样生锈的镰刀奋力砍了起来，终于打通了一条道路。老式房子的屋檐都比较长，这样雨水就不能泼打到门窗上。家门的锁没有锈死，钥匙拧了几下就开了，这让她感到欣慰。她推门进到屋子里，看见房间里已经全部被灰尘覆盖，墙角旮旯结着蜘蛛网，一只毛乎乎的花斑大蜘蛛正在虎视眈眈地盯着她，仿佛在因为她闯入了属于它的领地而恼怒。

她用一块头巾将头发严严实实地包裹住，然后用一把鸡毛掸子打扫房间。为了防止尘土飞扬，她先是接了些水泼洒到地上，然后开始清除那些蜘蛛网连接成的空中堡垒。那只花斑大蜘蛛见势不妙，急忙凭借着一根细丝飞身而去，不知消失在什么地方。

大约用了两个小时，她把房间打扫得干干净净。到厨房看了一下，还有足够吃的米面。这下她放心了。当她把一切收拾利落的时候已经天黑了。她感到很累。她在医院做过检查，大夫告诫她：子弹还卡在肋骨间,所以你不能做过于劳累的活动。大夫劝她做手术取出弹头,因为 X 光片清楚地显示,那弹头在往她身体里移动,而它正对的地方是她的心脏。即使大夫如此危言耸听也没能唬住她,她依旧固执地坚持不做手术。至于继续舞台生涯,想也别想了。无论跳舞还是唱歌,都成了奢望。她曾尝试过唱歌,只要一用力,胸口就疼痛难挨。她也尝试过跳舞,一个动作过后,就能清楚地感觉到胸口那个弹头在往里钻,根本无法使动作连贯。

回家后,她一头栽倒在床上睡着了。

第二天一早,她被一阵婉转的鸟鸣声给唤醒了,抬头望去,一只黄莺站立在窗户外面的一棵樱桃树上啼鸣。这声音似曾相识,似乎在儿时,这只黄莺就是她家院子里的常客,有时是一只,有时两只,叫得特别好听。

她慢慢地坐起来,身心产生了一种非常奇异的感觉,仿佛自己是死而复生一般。她安静地思索着自己所经历过的生活,觉得真的是死而复生啦——她由狼变成了羊。后来她发现,自己原来连羊都不是,羊还有一层皮,可她,连皮都被剥夺了。她只能算是一只失去狼皮的羊,赤裸着躯体在寒风中勉强维持着生存。

似乎就是从那天开始,她读书,读了很多书。父亲是位学者,他的书架上放满了书,除了一些理论书籍之外,都是古今中外的文学名著。以前她的目光从来不会在那些书籍上停留片刻,而现在,那每一本书都使她如获至宝。书读得多了,她的思索就更为深入一些。其实她只是那几千万个无辜者当中的一个,在中国,到处都有像自己这样的"失去狼皮的羊"。

偶尔,她会再次翻开那本带着弹洞的书。从书中她再次嗅到了那男人的气息——一股淡淡的野苜蓿的香味。很快,她又喜欢上了维克多·雨果的书，书中所描绘的气氛牢牢地抓住了她，使她欲罢不能。人性的强大犹如一道神圣的阳光，让她沐浴其中，从灵魂到肉体，都进行了一次非凡的洗礼。

17

以书为伴，她躲藏在那所院子里，在那间古老的平房里度过了一生中最为平静的一段岁月。在每个星期固定的日子里，她都能收到赛娜的一封信，有时是汇款单和粮票（她说那是乌兰牧骑发给朵兰的工资，朵兰依旧是乌兰牧骑的队员，后来她才知道，乌兰牧骑早已经将她除名，那所谓的工资是姐姐从她的工资里分出来一部分汇给她的）。她知道赛娜很忙，信上寥寥数语，叮嘱她要照顾好自己，要去医院，要做手术取出子弹，等等，却很少谈及自己的状况。

女子比男人成熟得要早，二十多岁的女人已经到了身体和思想都完全成熟的年龄。她经过一段漫长的阅读和思考之后，大致弄清了人生的意义。她读书是从那本《猎人笔记》开始的，在这之前，她几乎没有读过一本名著。那本书是打开她思辨之路的一道闸门，智慧的泉水从此源源不断地涌进她的心扉，浇灌着她干涸的心田。先是大量阅读俄罗斯文学，从托尔斯泰到陀思妥耶夫斯基，从《静静的顿河》到《日瓦戈医生》，她都读了。然后是欧美文学，尤其是法国文学巨匠维克多·雨果的作品，她爱不释手。文学打开了她心灵里面的另外一个世界。这时，她开始反思自己，并对社会有了一个清醒的认识。

一个偶然的机会，她认识了一个叫"寒冰"的青年。那是一个狂热的文学爱好者。他声称家里藏着几百册文学名著。后来他悄悄地告诉她：这些书，都是他从一家图书馆"窃"来的。"偷书不算偷——鲁迅先生说的！"他得意扬扬地告诉她。她认同他的说法儿，把这么好的精神食粮禁锢起来，本身就是一种犯罪！何况自己也能从中受益呢。他借书给她是非常谨慎的，每次只借给她一本，每本书都用旧报纸包着书皮，书皮用糨糊粘得很死，不看内容，是不会知道这是一本什么内容的书。他给她限定的阅读期限也是非常短的，厚书三天，薄一些的只有一天或者两天的时间。很久以后她才弄明白，他对时间如此吝啬并非其他什么原因，而是为了缩短与她相见的周期。

后来他才向她坦白："从看见你的第一眼，我就不可救药地爱上了你……"可她却始终没有爱上他。后来她才弄清楚问题的症结所在。原来她的第一次珍贵的处女血从精神上早已经献给了另一个男人，对她来说，那男人是她心灵上的一座祭坛，她把最宝贵的献给了那神圣的祭坛。在后来漫长而枯燥的岁月里，她接触过形形色色的男人。细想起来，真正爱过的几乎没有一个。只有寒冰曾让她动过心，但那也仅仅只是心动，绝对不是真正的爱。她和他相处了仅半年。分手的原因令人啼笑皆非，是因为他写的一篇与他们毫无关系的文章。

那时他在一家工厂的团委工作。文学创作只是他的业余爱好。他的工作是每天写板报。厂子大门口有几块宣传栏，要不断更换内容。这是一个很重要的工作，他干得很出色。他的毛笔字写得龙飞凤舞，其实他从来没练过毛笔字，没描过红也没临过帖，无师自通。他的漫画也不错，虽然不会自己创作，但照葫芦画瓢还是绰绰有余的，能把报纸上的漫画惟妙惟肖地复制到宣传栏上。

她还记得那天他得意扬扬地来到她家里，把一张散发着油墨气味的当地报纸扔在她面前。她拿起来读着。整整一个版面上有一篇文章《论〈水浒〉中的投降主义》。署名是工厂理论组。他告诉她："这是我写的,怎么样？"如果单单就这一篇文章,她还会原谅他,毕竟写作是他的饭碗。可是过了不久,他又在报纸上发了一篇文章《从大毒草〈猎人笔记〉看屠格涅夫的险恶用心》,难道他不知道她和《猎人笔记》的亲密关系吗？他用两千多恶毒的文字毁掉了他在她心目中的好印象,并使得因为借书给她而获得的光辉形象消失殆尽。她看透了这个猥琐的小人,义无反顾地离开了他,连一句话都没给他留下,以至于他一直搞不清楚她为何会突然不辞而别,以为她另有所爱移情别恋。

八十年代是中国知识分子的春天,寒冰（其实他的真名叫"韩彬"）由于一首诗而获得了一个奖,成了一个不大不小的作家。他曾经踌躇满志地找过她,请她吃饭,一副恩赐者的派头。她断然拒绝了。

八十年代中期,她和许多年轻人一样,觉得自己像是一条冬眠的蛇,正在渐渐苏醒,并且慢慢地蜕去外面的那层已经僵死了的老皮……

她心里放不下的只有一件事情,就是当年被她诬陷过的那个男人——白岩,他究竟怎么样了？如果他的境况尚好,她内心的愧疚会减轻许多；如果他依然活得很悲惨,那她就一辈子也不能原谅自己。

她决定去寻找他。

几乎用了两年多的时间,才有了他的消息——他已经结束了将近十年的矿井生活,返回到离阿镇不远的一片草原上,在牧场当一名普普通通的牧马人。得到这个消息后,她什么都没想,马上收拾行装出发了。

她不知道自己为什么一定要去寻找他，也不知道找到之后要做些什么，难道，仅仅是为了说一声"对不起"吗？

18

她记得那个日子——那个大黄风遮天蔽日的日子，她搭乘着一辆破旧的拖拉机来到了偏僻的罕乌拉山深处。拖拉机把她独自扔在路边就开走了。司机只是大致指给她一个方向："喏，那边，那边就是玛尼图草原啦，你要找的那个男人，就在山那边放马哩……"

那时她已经穿越了北方几乎所有的地方，才终于打听到他确切的下落。

她背起简单的行李向山那边走去。那是她所走过的一生中最为漫长的一段路啊。大风中，她艰难地行走着，顶着风，好像在与一个怪兽搏斗，每走一步，都得付出非常大的力气。那狂风则推搡着她，不想让她前行半步。大粒儿的砂石被大风扬到空中，它们肆无忌惮地飞行着，恶狠狠地撞到她的头上、身上、脸上。她从来没有遇到过这种天气。她的倔巴劲儿上来了，一边咬牙咒骂着老天爷，一边继续顶着风大步向前行走着。幸亏她有所准备，戴上那个老式风镜。这风镜保护了她的眼睛，却护不住其他露在外面的皮肉。脸上和手上的皮肉被沙砾打得很疼。不知走了多久，也许是三个时辰，也许是多半天，总之当她终于走到那座山脚下时，她已经耗尽了全身的力气，根本没有一丝力量越过那座高耸的山脉了。

她无力地瘫坐在山沟里。这里的风势弱一些，但是从空中落下来的砂石却犹如倾盆倒下来一般，似乎要将她埋葬在山沟里。她就这样歇了一个时辰左右，才渐渐恢复了体力。当她再次从山沟里带着一身的沙土爬出来时，她的全身已经裹满了黄色的沙粒，看上去像是一个刚刚从沙丘下面冒出来的土遁者。

沿着一道漫长的山坳，她奋勇向前，坚定地走着。走进山坳之后，风减弱了许多。但是光线更加阴暗。她不理会这些。对于她来说，从来不知道什么是娇生惯养，只要是她想做的事情，就非得达到目的不可。当年在乌兰牧骑是这样，后来成了一名自由职业的剧作家之后更是这样。

大约傍晚太阳落山的时候，她走出山坳，到达了那个牧业点。对于时间，她只是在心里揣摩，因为她已经完全找不到天空上的那轮太阳了。太阳已经被大黄风吹散了，犹如一颗混沌的蛋黄在水里渐渐溶化得无影无踪。她熟悉这儿的气候，每年春天，总是刮上一个多月的风沙。漫长的岁月中，草原一直在风沙中沉沦，已经失去了它早先翠绿的风采。

走出山坳后，眼前豁然开朗起来，一眼望不到边的荒原无止境地延伸向远方。可见地平线是弧形的。天与之接壤的地方也是弧形的。

远远就望见那个牧业点了。她看见一个一瘸一拐的汉子从那边奔向一匹马，吃力地爬上了马背，然后打着马儿迅速远去。附近，似乎有人在召唤他。她走向那牧业点，才看清这儿没有蒙古包，只有两间低矮的小土房子。是那种黏土和苬草搅拌在一起然后用铁三股叉子挑起来，一下一下垛成了墙，等墙泥干透了，再用几根木头搭上顶子，用芨芨草编成席子，铺在房顶上，再把那些苬草泥压上去，用泥抹子抹平，建成的小土房子。

她细心地发现这小土房子盖得很艺术——虽然低矮，可边边角角却处理得浑圆自然。房檐上镶嵌着羚羊头骨，横排挂着一缕缕骨制品，细看，原来是打磨得很精细的嘎拉哈（羊腿拐骨）。尤其是用芨芨草围起的小院，干净利落，犹如世外桃源。看得出，这房屋的主人是个很有情趣的人。

自然是他住在这里了！整洁而有品位是他独有的特点。一个毫无艺术修养的人是不会有这样的生活情趣的。她推开那扇木栅栏门走进了小院里。屋子里很安静，似乎没有人。她犹豫了一下，还是勇敢地推开了那扇木头门。

由于窗户太小，屋子里光线并不很好。她的猜测是正确的，屋子里果然是空的，没有人。但屋子收拾得非常干净。床单是白色的，窗帘也是白色的，那正是他所喜欢的素洁的白。整个房间里，能坐的地方只有床了。她的屁股刚刚挨着床，就觉得不对，急忙站立起来，看见白床单上落下了一层细细的沙粒儿。她急忙用放在床上的一把笤帚把沙子扫干净，那笤帚也是用芨芨草自制的，很好用。她站起来走出院子，把自己的身子抖搂了一下，又用那把笤帚把身上仔仔细细地扫了几遍，觉得已经不再沾着一粒沙子了，这才重新回到房间里。

从那床单上她嗅到一股似曾相识的味道，顿时想起了很多年前在姐姐的床上嗅到的那味道。她像一个虔诚的朝圣的教徒一样，跪在那床前，把头埋在床单上，静静地待了一会儿。

这一刻，大脑里风起云涌，多少年前的往事都浮现在眼前——她像一只小鸟一样从房顶上飞落而下，稳稳地落在他的怀里。

他被军管组带走的那一刻，回头一瞥，最后留下了凄凉无奈的眼神。

他还会是当年的样子吗？见了他，第一句话应该怎么说呢？说什么呢？

请你原谅……

他会原谅吗？由于无知而造成的伤害，同样是一种伤害啊！作为被伤害者，可以原谅你的无知，却不能原谅你的愚昧。

如果他不能原谅自己，那该怎么办？走开，还是向他跪下，祈求他，直到他原谅自己为止？

她实在是太累了，趴伏在床上便睡着了。不知过了多久才乍然惊醒。鬼使神差般她感觉到那洁白的床单下面有样硬硬的东西，手伸进去一摸，摸出一个硬皮破旧的日记本。强烈的好奇心油然而生，她急切地想知道日记里都写了些什么。女孩子的好奇心往往胜于道德感，她有生头一回偷看别人的日记。

一本厚厚的日记里却没有多少文字，大量的都是钢笔画，画了许多舞蹈造型。线条感很强，有的刚劲，有的轻柔，有的龙飞凤舞，有的工整严密。她对这些画没有多大兴趣。再往后翻，发现了几幅假肢设计图——上面标着尺寸和材质，还有一些数据。这勾引起她的好奇心，继续往后翻着看，看到了几张照片，她身上的血似乎一下冷了。

那是几张小腿被截肢之后的照片——一条腿从膝盖的地方便没有了，只剩下一个浑圆的肉柱体。她相信那是他的腿，那是曾经跳过英雄洪长青的腿，那是曾经站立在排练厅墙下面将她稳稳地接在怀里的那条腿，可是，他已经永远地失去了那条腿！

她的目光扫视房间，果然看见在墙角处放着一副假肢，还有一副用河柳木自制的拐杖。

这么说，刚才她来的时候，曾经望见的那个一瘸一拐的汉子，就是他了？

一时，她心里泛上一种说不出的滋味儿。

她走到外面，抬眼望去，大风不知什么时候就停了。天和地仿佛刚刚经历了一次沙浴，色调变得单一起来。已是黄昏，荒原上早已经是一片迷蒙的昏黄。就在这时，她望见了归来的马群。

马群很大，起码有三四个牧马人在驱赶着它们，正在朝着这边走过来。马群掀起了巨大的尘土，犹如阴云在天空上漫卷着、扩散着。马蹄踩踏大地的声音已经依稀可辨。她甚至听见了牧马人高亢的吆喝声"嗨……勒勒嗨……哟哟嗨……"她知道那几个牧马人中间，有一个是他。刚才他是随他们一起轰赶马群去了……

突然之间她害怕起来，所有的勇气在一瞬间消失殆尽。她不能见他，不敢见他，她没想到自己当年的告密会对他造成如此严重的伤害，她无颜面对他，更没有勇气说出那一句轻飘飘的"对不起"……她返回屋子里抓起自己的东西，一溜烟儿跑掉了。在以后很长的一段时间里，她都无法弄清楚自己为什么会临阵脱逃。内心的怯懦从何而来？为什么会害怕直面他呢？难道，面对一个曾经被你伤害过的人请求他原谅，真的有那么难吗？

她开始理解了，为什么那么多的人都在回避过去残酷的真相，缄默着，永远闭口不提那段往事。因为一个没有信仰的灵魂是不可能真正面对这一切的，虚假的道歉只会对被伤害者造成再次的伤害。

真相永远是摧残心灵的刽子手，真正能直面它的勇士并不多！

她跑得太匆忙，走出山坳的时候，才发现她把一样重要的东西遗忘在那间小土屋子里了——那本书，那本原本属于他的书，那本留下了死亡弹洞的书：

《猎人笔记》。

19

她被懊悔的魔爪给死死攥住了，骂自己怎么会把那本书丢在那里。多年来，这本书一直伴随着她，几乎成了她最亲密的伙伴。失去它，她觉得自己的魂儿丢了！她想回去取回她的魂儿，可是却鼓不起返回去的勇气。她犹豫着在山坳里徘徊了很久。天很快就黑了下来，附近什么地方传来了狼嚎叫的声音。使她害怕的不是野狼，而是发现自己迷路了！

她辨不清东南西北，找不到来时的路。那山坳里的沟壑支岔很多，像一个大迷宫。经过了几个小时的瞎闯乱撞之后，她彻底绝望了，在黑暗的山坳里等待着比黑暗更糟糕的厄运来临……

终于还是被沉重的黑暗给撕碎了。

也许自己与他的故事到此就应该终止了，可是，后面部分为什么会顽强地浮现出来呢？是真实的记忆，还是自己某部剧作中的情节？

她有些糊涂了。

再次苏醒过来时，已经躺在了那个干净的小土屋子里。他就坐在她身边，用那种平静的目光凝视着她。

"你为什么要来？"

他并不知道她已经走了一段十分漫长的心路历程，让她走得非常艰辛。她是来向他赎罪的，可当真的见到他时，却无法开口。她与他之间，语言已经是多余的东西。横亘在他们之间的并不是一座冰山，而是缄默，是永远化解不开的缄默。

事情应该是这样的：他发现了她丢下的那本书，并且准确地猜测出她的到来（也许，他以为这个突如其来的造访者是赛娜）。同时在野狼的嚎叫声中他判断出她会迷路并且可能遇到的危险。他瘸着一条腿走到山谷里去寻找她，在黑暗中他的那个三节电池的大手电筒起到了决定性的作用，不仅吓跑了恶狼，也使她走进了他的视野之内。他用肩膀将她扛起来，然后背着她（也许是抱着）回到了牧业点的那座小屋。等她醒过来时，已经是第二天阳光普照的时辰。

杜拉先是嗅到了一股野苜蓿的清香。她忽地从床上坐起来，看见他正坐在床边，默默地打量着她，几乎不敢相信自己的眼睛——十多年的劳改生活，使他完全变成了另外一个人，一个标准的牧马人！他的脸黑得如同非洲黑人，而头发却已经有一多半变白，黑白相间，便成了灰色；他的胡须显然是不久前剃过的，胡楂倔强地冒出来，钢刷子般坚挺，也是黑白分明。他的身板似乎僵硬了，但显得更有力了，那应该是常年重体力劳动造成的。他的眼窝深陷进去，将他的瞳孔隐藏在极深的地方，若不仔细看，你无法看到他眼睛里的内容。他的苍老超乎她的想象，几乎像一个年过七旬的老人，而那年，他应该才四十多岁？

没有握手，没有问候，没有寒暄。乍暖还寒的季节里一切都变得冷漠。就在两个人在沉默中回顾往事的时候，外面突然热闹起来。原来是当地的牧工们听说有个漂亮的女人来看老白，认定这个女人是老白从前的相好，是乌兰牧骑的那个女人。也有人不知听谁说的，说这个女人是来找老白成亲的。于是大家拿了酒和肉前来给他们庆贺。小土屋子顿时被贺喜的声浪充满，热浪消除了方才冷漠的尴尬。

那顿酒一直喝到太阳落山。她不知道自己喝了多少酒。事后想起来，她是想把自己灌醉了，麻醉自己的心灵。不然的话，她不知道应该如何面对眼前这个千疮百孔的男人，更无法掩饰自己的尴尬。

而且那句埋藏在肚子里的话，如何说得出口呢？

那些粗犷的汉子肚子里灌满了烧酒，少不得要和她开些粗野的玩笑。在如此偏远的地方这样的玩笑并不过分，她觉得一切都很正常，她一点儿也没有生气。她知道他们弄误会了，把自己当成了姐姐赛娜，但这又有什么关系呢？从某种意义上来说，自己是可以代表姐姐的，完全可以代表！

酒尽人散。那些闹哄哄的汉子终于都走了。月光将一片凄凉投射进这座小土屋子里。月亮是干净的，像是个处子，尽管附近不断有乌云浪子在挑逗她，她平静而不为之所动。酒瓶子歪斜地倒在桌子上，最后一滴酒砰然而落，滴到了土地上，马上被干燥的土地吮吸进去，仿佛它也是个嗜酒如命的酒徒。

不知从哪儿找出一瓶白酒，两个人接着再喝。她已经做了决定：今晚一定要醉倒在他的床上。到了后半夜，两个人果然都喝多了，互相望着对方傻笑着。她管他叫"老白"，而他则叫她"赛娜"……

她想不起来自己是怎么上床的，是自己躺上去的，还是被他抱上床的。依稀记得她想呕吐，可却忍住了。又不知怎么弄的，她发现自己在他的怀里。"赛娜，赛娜……我的赛娜啊……"他的声音像蚊子般哼哼着。她将两条胳膊环绕在他的脖子上，犹如一个溺水者紧紧地搂住了一根漂浮在水面上的木头。意识在虚无中穿梭，飞快地穿入二十年前的某一个时刻——她从高高的房顶上轻盈地跃下，云彩般轻柔地落在了他的怀中……

后来发生了什么？两个人几乎都不记得了。

事实其实很显然——她把自己的身体给了他！那是唯一的一次。

在她的回忆中，她虚构了一个美好的场景——她紧紧地搂着他，在眩晕中寻找着他的嘴唇。那个吻似乎跨越了整整一个漫长的世纪，如一位蹒跚的老人慢慢行走着，你以为他气喘吁吁已经没有力量能走到终点了，可他却突然降临在你面前。他们惊恐不安手足失措地迎接着这个吻，犹如沙漠中两个饥渴的人痛饮着甘泉……

与其说她把身体献给了他，不如说那是一次她对自己灵魂的救赎。她是带着赎罪的心情迎接他坚硬的插入，那一瞬间她感到心灵得到了净化，身心无比放松。

她在心里一直反复地说着那句话："对不起……对不起……对不起……"

那夜，她把处女的贞操献给了他，像一个庄严的仪式，把最宝贵的东西献给了心中最隐秘的那个祭坛，正式完成了一个埋藏了许久的夙愿。就在他坚硬地刺入那一瞬间，她感到了肋骨间的那颗子弹砰然爆炸开来。那是积蓄了太久太久的能量，在那一刻终于得到了彻底的释放。

20

她记得那天下午是个晴朗平淡的日子，白岩赶着牛车去送她。两个人坐在车上默默地没有一句话。她想把一切都问个明白——为什么赛娜当年没有站出来保护他？这样的女人还值得他爱吗？当谎言披上一层美丽外衣的时候，它真的就是美好神圣的，永远不能被戳破的吗？事到如今，自己已经清楚地明白当年所犯下的罪孽，正是为了救赎自己，她才决定来寻找他。而她呢——赛娜，那个无时无刻不在代表着正义善良化身的姐姐,她为什么不能像自己一样,向他请求宽恕,说一声对不起?那也是在救赎自己的灵魂啊!

牛车走得很慢。拉车的老牛不紧不慢地甩动着它的那条沾着些粪便的尾巴。草地上已经有了飞行的小飞虫匆匆忙忙地忙碌起来。一切迹象都表示着又是一个充满生机的春天已经来到了。他们依然保持着沉默,似乎都在回忆中艰难地跋涉着步履蹒跚。云在天上慢慢地飘着,风在地上匆匆地走着。终于,他首先打破了沉寂,两个人开始交流起来。但他们都有意避开她——赛娜,绝不谈她,而是谈些别的。话题不知不觉到了那本书上——《猎人笔记》。她把那本书归还给他,说是物归原主。他没有收下,说留着做纪念吧。她有些激动,滔滔不绝地讲起那本书对她所起到的至关重要的作用。

接着,他们又聊起了苏俄文学。她与他的见解居然出奇地一致:中国作家受苏俄文学影响太深了!但是,苏俄作家的作品拯救了整个民族的灵魂,使他们浴火再生;为了得到一个诗人的一部新作,几乎莫斯科的人会在大清早去书店门前排起长长的队伍,而我们呢?我们的作家写出过能让整个民族为之振奋的作品了吗?即使写出来了,会有那么多真诚的读者吗?我们的百姓现在还有多少人在认真读书呢?这个问题让他们讨论了很久,也争辩了很久。她说,对民族命运的关切,是苏俄文学的魂,那些伟大的作家以及他们所书写的伟大的作品,都在顽强地表现着这个主题。他沉吟了一下,表示同意。她又说,我们的作家早已经成为如恩格斯所说的"时代的传声筒",没有自己的思想,更没有血肉,所以缺乏具有独创性的文学巨著,更不会产生伟大的文学巨匠。对此,他不同意,认为我们也有很多优秀的作家。他列举了几位当代作家的名字。她摇头予以否认。在她的心目中,那些作家远未及文学巨匠的高度，有些人甚至于连作家都不是，只会写点官样文章，或者抒发一点个人的小情怀而已。他沉默了一会儿，说真没想到当年的小丫头，如今会对文学艺术有这么高深的见地，便问她是不是在写小说？改革开放之初，写小说是一种时髦。

"我喜欢剧本！"

"剧本同样能表现出人类深刻的思想。"他回应道。

"嗯，我打算以后当一个剧作家。"

她不想对他谈得太多。其实，她已经开始动笔写剧本了。她写的两部电影剧本已经被国内两家电影厂签约。但她不认为那是她的成就，真正的好剧本还没有诞生呢。在他们彼此间的交流中，她无法脱离过去，回到现实。使人难以忘怀的过去被当成了现在进行时，一旦过去与现在重新结盟那就更糟了，那会使人分不清现在和过去的区别。

而昨夜那一幕，仅仅是一个梦吗？醉酒之后的幻觉？

从他的脸上，丝毫也看不到昨夜放纵的愧疚，似乎他们之间，什么事情也没有发生过。难道早上他没有发现白色床单上的那朵鲜红的梅花吗？

她坐在牛车的中间，从后面看不完整他的脸，有时候他侧过头来和她说话，只能看到他脸部的一个侧面。他很瘦弱，可能是多年劳动改造的缘故吧。可是男人的脸庞瘦下来之后，反倒是有了棱角，更像个男人的样子了。她突然想起来不知从哪儿看到的一句名言——思想是一个男人最美的肌肉！

"你还爱着她吗？赛娜？"她突然问。

他沉默片刻，想了一下说："你读过福楼拜的《包法利夫人》吗？"

"读过。"

他说:"对夏尔来说,世界再大,也大不过爱玛的一条丝绸衬裙;而对我来说,世界再美,也美不过赛娜的那条红色丝巾。"

她记起来了,那时候,姐姐总爱扎一条红色的丝巾。她一点儿也不喜欢那条丝巾,因为它像一团火。

可是,它却牢牢地铭刻在他的心底了。

今生今世,自己是不可能再得到他的爱了。但她却悲哀地发现,自己正无可救药地走向一条死路。多年来对他的牵挂现在都有了合理的解释,原来自己一直是爱着这个男人的呀!从少女时代起就爱上了他,可是自己却不愿意承认——当年对他的挑剔,是爱;对他的挑衅,是爱;对他的刁钻古怪,是爱;对他的出卖告密,更是爱!她这一生,其实是被爱给毁掉了啊!

太阳眼看就要落山了,山峰巨大的阴影已经投落下来,遮盖住这片草地。他告诉她,每天一趟的班车马上会过来。杜拉计划坐班车到阿镇,去看望她姐姐赛娜。她们已经有几年没见面了。

牛车走到一条自然公路上。天地间阒静无声,犹如置身于远古洪荒时代。这时自然界的所有线条都变得清晰而单纯,像一幅碳素笔勾勒出的图画。他们等待了没多久,一辆被尘土所覆盖的老式客车气喘吁吁地驶过来,车身被尘土覆盖着,几个轱辘上满是泥泞。车停下后,她上了车。移过灰蒙蒙的车窗玻璃,她看见他一瘸一拐地向前踉跄了几步,向客车摆手。

她下了决心,从今往后,彻底忘掉这个男人!至于原因,只有一个——他心里,一直深爱着姐姐。

客车的轱辘轧到自然路的一块石头上,车身猛地颠了一下。那一刻,她再次感觉到身体里的子弹头又往里钻进去一些。也许应该听从大夫们的劝告,去医院做个小手术,把那粒与她相依相伴多年的子弹头取出来。

她想。

21

杜拉原本计划是要住宾馆的。她已经在网上预订了一家宾馆的套间。但是吉娅不答应,她硬是拉着杜拉的手不让她走。杜拉只得与吉娅一起住进了赛娜的家。赛娜活着的时候,她家几乎就是乌兰牧骑女孩们的娱乐活动室,她们经常没羞没臊地泡在这里不走,在这儿蹭吃蹭喝。赛娜病重住院时,把家门钥匙交给吉娅一把,让她搬到这里来住,说是委托她看家。杜拉心里明白,姐姐是把她身后所有的财产都留给她的女儿吉娅了。

那是一个装修得颇有味道的两室一厅的家。看得出赛娜在装修它时付出了自己大量的心血,还有她不俗的审美情趣。装修很简洁,用料也很节省,但颜色搭配得非常好,处处显示着一种艺术的氛围。这是真正的低调的奢华。

她的目光落在挂在卧室里的一幅油画上——一眼就能认得出来,那是她,赛娜!一位女舞蹈演员正在婀娜起舞,双臂像天鹅展开美丽的翅羽在空中颤动飞翔着……画家准确地抓住了舞姿的神韵,用黑红白三种反差很大的色彩来突出舞者。

愿她的灵魂此时此刻在天堂起舞,杜拉在心里默默地祈祷了一句。然后她就在那张宽大的床上躺了下来。这一天紧张而劳累,尤其是心累,她想闭住眼睛好好躺上几分钟。电视机里,正在播出着当天的重要新闻——金大中与金正日在平壤会面,半个世纪来,南北双方首脑第一次握手。朝鲜半岛五十五年来的坚冰在相逢一笑间开始融化……换一个频道，是有关"千禧虫"被如何解决的报道。她对这些都不太感兴趣，用遥控器关闭了电视。

吉娅怯生生地问："能不能打开写字台的抽屉，找一找赛娜的遗嘱。"因为赛娜在弥留之际曾紧握着她的手叮嘱她：要她打开家里面的抽屉，看一下她的遗嘱。杜拉说："那你就找找看吧。"

吉娅对于这里的一切简直是了如指掌，她很快找到了抽屉的钥匙，打开了写字台上的锁。让杜拉感到吃惊的是抽屉里满满的几乎都是同一种药。她拿起药瓶看了一眼：是安眠药——扎来普隆。杜拉有些吃惊。吉娅却见怪不怪地说："她天天夜里睡觉前都要吃药——应该就是这个安眠药吧。"

杜拉知道赛娜经常失眠，需要吃安眠药帮助睡眠，但没想到她对安眠药会如此依赖，也许，她的突然去世与她服用安眠药有关？

杜拉觉得心里怦地跳了一下。平心而论，这几天忙于赛娜的后事，她并没有静下心来细想姐姐的死亡原因。官方的说法是"劳累过度"而猝死。据吉娅讲，她去世的前一周，为了保证今年乌兰牧骑会演的质量，她一直在加班加点，每天都特别劳累。那些天她的精神一直处于特别亢奋的状态。医院方面已经排除了她死于心梗和脑梗的可能性。她被发现死于家中卧室是第二天的下午。那天，大家排练一直等不到她出现，就让吉娅去家里找她。吉娅有赛额吉家的钥匙，只不过这几天排练紧张，她懒得跟赛额吉回去住。当她用钥匙打开家门，来到卧室时，才发现赛额吉一动不动地躺在床上，床头柜上，放着一个开了盖儿的药瓶，药瓶里是空的……

杜拉想，若不把她的死因弄清楚，自己对不起一直在天国里游荡的父母的亡灵。

吉娅从抽屉里找到一封信，还有一张存折。信封上写着的是

"给朵兰看"。吉娅把信交给了杜拉。杜拉在拆开信的时候,从信封里嗅出了赛娜的气味。自从她的肋骨间种植了一粒子弹之后,她的嗅觉变得越来越灵敏了,能辨别出形形色色的人不同的体味儿。

  朵兰,最近我的预感越来越强烈:我的身体状况越来越差,可能会支撑不住了,也许会突然撒手人寰,所以,我写下这封信,算是遗嘱吧。

  首先我要谢谢你把吉娅送到我身边来。自从她来了之后,我的生命似乎有了新的内容和意义,你不知道,她带给了我多少欢乐啊,一扫我多年的孤独和寂寞,更让我看到未来的希望⋯⋯

杜拉的目光从信上抬起看了身边的吉娅一眼,吉娅得意地冲她扮了一个鬼脸。她低下头去继续读信:

  自从那次我们狠狠地吵过一架之后(好像我还打了你一下,是吗?),我已经在心里暗暗发誓:永远不再理你,把你从我心里彻底抹去。你知道吗,你伤我伤得有多深吗?你用那么苛刻的——不,可以说是歹毒的语言来伤害我,按理说,我会恨你一辈子的,但是,我最后选择了宽恕——我宽恕你了!

吉娅用诧异的目光瞟着杜拉,她刚刚知道这姐妹俩原来早已经决裂。为什么呢？曾经亲密无间的姐妹，会成为不共戴天的仇敌？

杜拉的嘴角浮现出一个难言的苦笑。她不想把事情的来龙去脉告诉吉娅。要讲清楚那次激烈的争吵是很麻烦的。倒也不是因为麻烦就不想对吉娅讲，而是讲了之后，她能理解那一切吗？姐妹二人的思想差距居然如此之大，这是任何人都难以理解的。人与人最远的距离，不是身在天涯，而是你就在我身边，可两颗心却隔着一条云河。

吉娅是个聪明透顶的姑娘，既然杜拉不说，她绝不会主动询问。杜拉继续低头看信。信的后半部分，基本上就是遗嘱了——吉娅作为赛娜的女儿，可以继承她所有的遗产。当然，细心的赛娜早已经委托了律师，做了公证，律师会把赛娜的房产以及数额不多的一点儿存款转到吉娅的名下。让杜拉愕然的是赛娜委托杜拉为自己写一部传记，有关她生平事迹的全部版权归杜拉所有。

赛娜毫无疑问是位公众人物了，用她的生平事迹写一部传记文学——或者是影视剧本、舞台剧本，或许会有一定的影响。对于这一点，杜拉深信不疑。但从哪个角度来写，杜拉尚未来得及思考。她还没有从姐姐过世的悲恸中解脱出来。赛娜临终前对自己的宽恕让她有些错愕——这意味着，赛娜到死也固执地认为自己是对的，在姐妹俩日益严重的分歧中，赛娜一直没有反省过自己，她认为自己是绝对正确的。如果是这样，她的宽恕便带有施舍的意味，这是杜拉所不能接受的。

是的，近年来，与赛娜的来往越来越少，情感也似乎越来越淡薄了。她们见面的次数也越来越少，尽管现在交通工具越来越发达了——从首府乘飞机去阿镇不到一个小时，但她越来越懒得专程去看望赛娜了；而赛娜呢，几乎从来没有专程来看望她，有一年她倒是突然出现在她们的故居——那个被杜拉收拾得别有情趣的小院子里，但杜拉知道，那也不是专程去看望自己的，而是……说出来她觉得自己有点儿不厚道——赛娜的突然袭击，只是想知道妹妹的房间里藏着什么样的男人！没错，她总想知道自己的隐私。

22

小院里很安静。仅有几平方米的空地上种着黄瓜、豆角和西红柿，长势不错，黄瓜和豆角都长得健壮，已经结了果实，沉甸甸地悬挂着，像隐伏在绿荫下的精灵正在酣睡。知了的啼鸣则是精灵们酣睡的呼噜声——忽高忽低，忽长忽短，忽近忽远。在靠近窗户的地方种植了两株西番莲，它们的花蕾刚刚盛开，花瓣儿滚动着亮晶晶的露珠，像闪闪发亮的珍珠，展示着蓬勃的生命气息。在两株西番莲旁边，放着一张小桌子和两把矮椅子。这家具还是当年父亲从旧货市场淘来的宝贝，现在被小院的主人擦拭得一尘不染，很乖巧地趴卧在花丛的影子里。

赛娜慢慢地喝了一口杜拉端给她的奶茶。说实话，这奶茶烧得还算不错，里面似乎有锡林郭勒老额吉烧茶的手艺。赛娜心里奇怪杜拉怎么会自己熬奶茶？她过早地离开了阿镇，那么，她是和谁学来的熬奶茶的手艺呢？知了的叫声惹得她心烦，她不喜欢这声音。百无聊赖间，杜拉从房子里走出来，走到对面的矮椅子上坐下，目光盯着她，似乎她的脸上是一块电视屏幕，能看到什么有价值的新闻。

"我是来开会的，正好住的宾馆离这儿比较近，就过来看看你。"赛娜依然是那种慈祥而悲悯的神态。这神态估计要跟随她一辈子了，杜拉想。

"我知道你是不会专程来看我的。"杜拉淡淡地说。她也奇怪从什么时候起，姐妹二人竟渐渐如同路人，她们之间横亘了一座什么样的冰山呢？

"吉娅怎么样？还在上学？"

谢天谢地，她还没有忘了她的女儿！这些年她把吉娅放在这里，不闻不问，不管不顾，仿佛那不是她的女儿似的。即便有时候问上一声，也是敷衍了事一般，全然没有母亲的那种关切之心。她真的把吉娅当成了外甥女了吗？这样也好，这样一来，自己就是吉娅真正的母亲了。她用平淡的口吻告诉赛娜：吉娅目前在艺术学院上学，她是一棵非常好的苗子。赛娜听后眼睛里似乎闪过一丝亮色，说：

"毕业后让她到我们乌兰牧骑来吧！"

"那得征求她个人的意见啊。我看，她大概没什么兴趣。"

"那可不能由她！她是咱乌兰牧骑的后代，得接班呀！"

杜拉没有接话，嘴角浮现出一丝苦笑。看来赛娜真的不了解这些八〇后啊，他们从小生活在蜜罐里，被家长精心呵护着、娇宠着，几乎没有吃过一点儿苦，更受不得丝毫委屈。除非迫不得已，他们怎么愿意到阿镇那种偏远的小镇去呢？肯定不会。吉娅的眼光盯着的是北京和首府的各大文艺团体，让她到阿镇去？想也别想。

杜拉有意支开话题，与赛娜谈起其他事情。原来是父母所在的学院落实政策，给亡故的双亲支付了一笔抚恤金。钱虽然不多，但杜拉必须得与姐姐商量这笔钱的归属。

谈到父母，杜拉的心底闪过一片荒凉——十多年前父母在一个偏僻的山沟里接受改造，那儿美其名曰"五七干校"，关押的大都是"走资派"和"臭老九"。到了"文革"后期，落实政策，那些接受改造的人一个接一个地回城了。但是她们的父母却依然没有被"解放"。一直等到年底，干校的人几乎全走光了，但他们俩依然没有收到他们的"解放通知书"。夫妻俩彻底绝望了。于是，在一个大雪纷飞的夜里，夫妻二人互相扶持着踩到板凳上，两根绳子在房梁上结了两个套。他们把头伸进绳套里，面面相觑，望着对方，道声"一会儿见"。二人同时踩翻了脚下的板凳，随着板凳"砰"的倒地声，两个人一起悬挂在空中……第二天一早，管教干部拿着他们的"解放通知书"兴冲冲前来报喜，却见二人双双自缢于房梁下。一张遗书和几张钞票工工整整摆放在桌子上的显眼处。遗书上写道："……请组织上不要误解我们，我们不是自绝于党自绝于人民，恰恰相反，我们是怀着一腔对党的无限忠诚才决定离开这个世界的，我们只是想用这个行动来证明我们对党的绝对忠诚，相信组织上会善待我们的两个女儿……我们所有的积蓄都在这里，总共六十四元钱，请用这些钱来缴纳我们的党费……伟大的领袖……万岁！伟大的……万岁万万岁……"管教干部拿着遗书跺着脚连连叹道："傻啊傻啊，你们是天底下最傻的傻瓜！那么多天都等了，再等一夜就等不及啦？罢罢，看来是老天爷要收你们回去啊……"

杜拉记得，父母都是典型的知识分子，母亲是汉族，父亲是蒙古族，两个人在大学是同窗，恋爱结婚生子，一起钻研学问，相敬如宾，婚后从来没有发生过一次争吵。他们是那么善良，有一次父亲从集市上买回一只大公鸡，想熬鸡汤为病弱的母亲补补身子。可是鸡买回来了，父亲却犯难了：怎么样宰杀它呢？父亲一手握刀，一手抓着鸡的两只翅膀，无论如何也下不去手。那只公鸡挣扎着哀叫着，更让父亲手足无措。到最后，与母亲商量不要吃它，把它放生。于是父亲骑着自行车带着那只公鸡来到郊外，把公鸡放在草地上，自己则反身骑上自行车头也不回地走了。走了很久，似乎还听见那只公鸡欢快的啼声……

即便是父母离世之前，细心的他们也考虑得非常周全——他们在地上铺了一层细碎的沙子，这样，当他们把自己吊起来时，即使大小便失禁或者流血也不会弄脏地，方便别人来收拾打扫；他们还在身边的桌子上放了口罩、手套和一把大剪刀，剪刀是为了在放下他们尸体的时候，好用它来剪断那两根麻绳，而手套和口罩无疑是给为他们收尸的人们准备的；他们甚至还为自己准备了两个骨灰盒，为的是不让组织上为处理他们的后事花一分钱……

多少年来杜拉都忘不掉当年她读父母遗书时的心情——那是一种十分悲恸十分难言的感情，她始终无法将那感情准确地用文字描绘出来。而赛娜的过世又把她心底多年前的那种感觉翻腾出来。她非常想用一段话来概括自己的心情。很多年后她在阅读一本有名的外国小说时，意外地发现了一句话，那段话正是她一直想说而没有说出来的：

"我目睹——每一个迈向死亡的生命都在热烈地生长……"

不知为什么，杜拉一直没有把那份遗书给姐姐看。是她去那个偏远的五七干校领回了父母的遗物，包括那张遗书。她无法理解自己这样做的动机，为什么不想给赛娜看？是怕她伤心难过，还是怕她看了之后会重新考虑父母的死因动机？事实上赛娜从来不知道那张遗书的存在，她一直笃信父母二人是在一次野外劳动中遇到山洪暴发，他们是为了帮助老乡们抢险救灾而英勇牺牲的。这个谎言是杜拉编撰出来安慰姐姐的，她清楚赛娜需要这种善意的谎言来安慰她那颗苍白的心。果然，赛娜真的相信了，总是非常自豪地向人们说她的父母是英烈，生得伟大，死得光荣。乌兰牧骑的领导对她的说法也深信不疑，这对于塑造赛娜这个典型人物是有益而无害的。

"总共有多少？"赛娜盯着杜拉问。她问的是父母的抚恤金。

"总共一万八千九百六十四元。"杜拉说。

"这么多啊？"赛娜有些意外。

杜拉正想说，她打算用这笔钱来购置一架钢琴。吉娅早就嚷嚷着要一台钢琴了。她在艺术学院学习的是声乐，需要一架钢琴。不料，赛娜却伸出手来：

"把钱给我。"

杜拉沉默了一下，没有说话。

"给我，我有急用。"

杜拉什么话也没有说，把那张存折给了赛娜。她没想到赛娜会把金钱看得如此重要。从那一刻她对姐姐的鄙视已经上升到顶点。但是显然她错了，后来她才知道，原来，赛娜是用这笔钱救火去了——那正是整个乌兰牧骑最困难的时期，阿镇乌兰牧骑已经三个月发不出工资了。赛娜用那笔钱给队员们开了工资，才使得几个本来打算"跳槽"的队员没有走，乌兰牧骑才算勉强没有散架。如果为她写传记，这应该是辉煌的一笔吧。

问题是杜拉会为她写传记吗？

裂痕，她们之间的裂痕是从什么时候开始的？

坚冰并非一天形成，也许，姐妹二人的真正裂痕是从三十年前那个男人被军管组带走的那天就开始了吧？

23

那年的冬天平静而温暖。父母留下来的小房子经过一番改造，安装上了土暖气——那是杜拉的一个追求者的杰作！他在某个工厂的党办当秘书。他们相识得颇有戏剧性，原来他少年时代也曾在乌兰牧骑当过学员，舞蹈器乐都能拿得起放得下。后来练功摔伤了才离开了舞台。他们是在一次笔会上认识的。那时候许多文学刊物都爱办笔会，几乎每年都办。杜拉因为写了几首组诗而成为本市的重点作者。而他，毫无名气，虚心地捧着一部自己刚刚创作出来的短篇小说，逢人便喊老师，请人家给他的小说提意见。

杜拉对于这样的作者本来是没有丝毫兴趣的，但是，冤家路窄，那个寒冰出现了！

几年没见，寒冰俨然已经是文学大师了。他由于刚刚获得国内一个文学奖而在笔会上大出风头。他在笔会上大谈特谈他的创作经验，那份炫耀令她感到恶心。笔会闲暇之时，他居然厚着脸皮来到杜拉的房间交流创作经验。杜拉赶他也赶不走。他信誓旦旦地请杜拉再给他一次机会，他会用世上最真挚的感情把杜拉带进文学神圣的殿堂。

杜拉觉得自己快要疯了，恰巧这时，那个胖乎乎的文学青年捧着他的小说出现了。杜拉犹如抓住了一根救命稻草，急忙热情地接过了他的小说，与他旁若无人地交流起来。被冷落的寒冰见状只得讪讪而去。

寒冰走后，杜拉才开始认真地打量这个文学青年——胖乎乎的样儿，皮肤白皙，眼睛很小，眯成一条狭长的缝隙。你看不到他的瞳孔，觉得他总是一副笑眯眯的样子。然后瞥了一眼稿子，作者的署名是用钢笔写的，字迹比较清秀——柳三奇。她开始对他有了一点儿兴趣，攀谈了一会儿之后，得知他也曾在乌兰牧骑工作过，马上便有了几分亲近感，他们找到了共同语言。他的手风琴拉得很好，在笔会结束的晚宴上，他特意带来了手风琴，给大家即兴演奏了一支曲子，是那支那个年代过来的人都耳熟能详的曲子，南斯拉夫一个电影里的歌曲《啊，朋友再见》。

手风琴欢快的旋律马上感染了大家，大家如醉如痴地跟着唱了起来："啊朋友再见，啊朋友再见，再见吧，再见吧再见吧……"

他拉得痴狂，眼睛弯成了两弯月牙。

从那刻起，她对他有了好感。

后来，他们成了文友。他曾经帮了她很大的忙，无论是生活方面还是创作方面，他都无私地始终如一地帮着她。直到有一天，他突然当上官儿，她才用新奇的目光打量他。

寒冰与柳三奇也是在那次笔会上认识的。酒会上由于手风琴激发了大家的热情，人们几乎都疯掉了，只有寒冰保持着异常的冷静，甚至可以说是冷酷，他小声说了一句："一群傻×！"之后便转身而去。

许多年后，杜拉正在享受着全民盛宴——看电视春晚时，在观众席上惊奇地看见了一张熟悉的脸庞——那是寒冰，他西装革履，衣冠楚楚，脸上流露着幸福的笑容。在他身子下方打出字幕，"著名诗人韩彬"。她读过他的成名作，那是一首叙事长诗《爱你胜于爱我的父亲》。那时她就知道，这个人已经无可救药了！从那年起，她再也不看春晚了。

那年冬天是平静的。柳三奇时常到她的房间里来谈文学，有时候也谈谈人生呀爱情呀什么的，有时若是谈到了韩彬，杜拉就会转移话题。她不想谈这个人，甚至连提到他的名字都觉得恶心。柳三奇那时已经将名字改为"柳冠奇"，他对杜拉几乎是言听计从，格外殷勤，对她的生活也关怀备至。他坚定不移地相信杜拉将来必是一位杰出的女作家，她的作品一定能在文学史上千古流芳。他知道自己才气平平，不可能写出什么不朽的作品，他更愿意当一位勤勤恳恳的伯乐，帮助杜拉攀登上文学艺术的峰巅。当他看见杜拉还在使用烧煤的铁炉子，他奇怪地问："为啥不安个土暖气呢？"杜拉以为他只是信口说说而已，没想到第二天，他就带着几个工人来了，大家七手八脚把土暖气帮着给安装起来了。柳冠奇亲自点火，炉火熊熊燃烧起来，一个时辰之后，房间里已经暖洋洋的如同到了春天一般。

在土暖气散发出来的丝丝缕缕的温暖中，杜拉勤奋创作，用一支自来水笔写下了一页页的剧本。她将自己的心灵完全沉浸在创作的快感之中，虽然每天只吃煮挂面，或者一个馒头加一碗小米粥。她并不觉得日子过得有多苦，却感到无比充实而幸福。

然而，这种美妙的感觉在年根儿时，被赛娜的突然到来打破了。

24

"我怀孕了……"

赛娜说出这句话的时候，脸部平静得犹如冬季被冻结的冰湖，没有一丝情感的波澜。

杜拉吃惊地看着赛娜，好半天没动一下，也没说一句话。她不知道自己应该说些什么。

窗外，阳光扑腾着想闯进来，像个顽皮的小男孩儿。斑斓的树叶的影子投在窗玻璃的银幕上，放映着迷乱的悬疑片。

赛娜把她的旅行包放在地上，然后坐到椅子上，环顾着这个对她来说早已经十分陌生的家。她的目光在墙壁上的父母的合影照上停留了片刻，看不出她那微微褐色的眸子里贮藏着的是悲伤抑或是怀念。自从父母被发配到那个遥远偏僻的山沟沟里，赛娜从来没有去看望过他们。她是从杜拉那里得知父母死讯的。她没有掉泪，有的只是沉默，仿佛听到的不是自己双亲的死讯，而是与她毫不相干的人。后来听杜拉说，父母是抗洪水而牺牲的，她才略微有些激动，握住杜拉的手说："朵兰，让我们继承先烈的遗志，把自己火红的青春献给这个伟大的时代吧……"杜拉感受着她炙热的目光，可她紧握着的手却是那样地冰冷。她想从那双冰冷的手里挣脱出来，可是赛娜紧紧地握着不肯松开，她反倒不好意思让自己的手做反抗的奴隶去挣脱那十根枷锁的桎梏了。

"我……去给你倒杯水来……"

桎梏解除了。杜拉急忙转身走到桌前倒了一杯水。赛娜接过水杯，她的手略微有些抖。这个细节没有逃过杜拉的眼睛。

"能告诉我——是谁的吗？"杜拉盯着她问。其实，赛娜似乎一直在等待着妹妹的提问。

"他的……"

"他？他是谁？"

"就是他嘛……你知道的。"

杜拉猜到了——是他！

赛娜含糊不清地应付了几句，便把话题转到正题上："这事儿没人知道，我是请病假回来的。"

杜拉沉默着。她相信赛娜会把所发生的一切都毫无保留地告诉自己。如果她回来是为了得到自己帮助的话，她必须得说出全部的经过。果然，赛娜把那杯水喝得一滴不剩之后，便给她讲述了几个月前所发生的那段故事。

杜拉静静地聆听着，听到后来，开始感觉到毛骨悚然，头皮发麻——居然如此相似、如此雷同：荒原探望——迷路——遇救——发现他的日记本——牧马归来——老乡们前来贺喜——狂饮烈酒——醉酒之后一夜情——于是，她怀孕了……

姐姐完完整整地抄袭了原本属于自己的版本！

只是，多了一个结局：爱情有了结果……

这怎么可能？

她开始怀疑是自己的记忆出了问题——丝毫不差的情节怎么会同时发生在姐妹二人身上？难道说，赛娜那些年也一直被自己的良心折磨着撕扯着，最后，她也选择了赎罪，和自己一样，独身闯入荒原，找到了那个不幸的男人，以献身的方式来为自己往昔的过错而救赎？

也许，自己根本没有去过那个荒原，更没有见到他，只是把姐姐的版本嫁接到了自己的身上，所以才会有一模一样的两个版本？

或者，自己只是去看望过他，而并没有发生过那些事情？

多少年后她在写一部姐妹花的年代剧时，把这个情节用在了剧中人妹妹身上，为的是突出姐姐完美无瑕的形象。当剧本完成的时候，她又恍惚起来：究竟这是虚构的，还是真实的？是不是自己创作得太投入了？为什么突然间回忆起当年见到他的感觉，那温存难忘的一夜——那感觉是如此逼真，丝毫没有杜撰的痕迹……

难道真的是自己的记忆出了问题?

不容置疑的是赛娜的确是怀孕了!第二天杜拉陪着她去医院妇产科做了认真的检查,大夫明白无误地说:怀孕已经三个月了,胎儿一切正常!

接下来,姐妹俩开始讨论一个严峻的问题:这孩子,要,还是不要?

赛娜起初是打算坚决不要的。她回来,就是要做掉肚子里的胎儿。她从来不曾想过自己要做单身妈妈,更不愿意让未婚先孕毁掉自己的名誉和前程。她告诉杜拉:如果孩子生下来,她的一切就全完啦!她只能忍痛离开自己热爱的舞台,她只能承受着身败名裂的打击,她从前所树立的美好形象就会毁于一旦,她在阿镇会从此再也抬不起头来……总之,她没有别的选择,只能堕胎!

而杜拉的态度更是坚决:孩子是无辜的!他已经是一个小生命了,怎么能如此狠心毁灭掉自己的骨肉呢?世上最宝贵的是生命,与生命相比,名誉算什么?前程算什么?即使是艺术生涯也不算什么,为了未来的生命,一切都可以放弃!她没有告诉姐姐,自己也曾怀孕过(与寒冰),虽然她是那样厌恶寒冰,但她却打算把那个孩子生下来,可是,老天没允许,那个胎儿流产了……也许正是因为这个原因,她才坚决地劝姐姐把孩子生下来。

姐妹二人争得面红耳赤,谁也说服不了对方。杜拉甚至使用最古老的格言,论证一个生命是何等地重要,那是上天给女人最大的恩赐。她们争得累了,休战,赛娜喝水,杜拉抽烟,养精蓄锐,然后再接着争论。又争论了一天一夜,休息,思考;然后又是一天一夜,开始进入了理智的分析。天快亮时,赛娜终于败下阵来,低头缄默不语了。

"孩子只要生下来，你什么都不用管，我来抚养他！我来做他的母亲！"杜拉坚定地挥着手，口吻是绝对不容置疑的，好像她是一位运筹帷幄的将军。

也许是为了弥补自己对他的愧疚？

又过了七个月，小吉娅降生了。

除了姊妹二人之外，没有任何人知道这个李代桃僵的秘密！

25

仅仅过了一周，杜拉就后悔了！

她把抚养一个孩子看得太简单了。她真的开始单独抚养这个孩子之后，才知道这是一件多么烦人的事情。每天二十四小时，她都忙得团团转——给婴儿热奶，给婴儿把屎把尿，给婴儿换尿布，给婴儿洗头洗澡，给婴儿按摩，给婴儿长痱子的地方抹上爽身粉……即使这样，婴儿还是不满意，哭闹起来没完没了。她只得抱着孩子在地上走来走去，直到哄她入睡才能喘一口气。

至于没有写完的剧本，稿子一直躺在写字台上等候着她。有时半夜婴儿已经熟睡了，她坐在写字台前，拿起钢笔来，可半天脑子里是一片空白，居然写不出一个字来。

她后悔自己太逞强了。可她从不后悔自己苦劝赛娜，生下这个孩子。如果她同意姐姐的计划，把这个孩子打掉，那么，现在哪里会有这个可爱的小东西呢。她便不由得坐在婴儿身边，仔细观察她睡觉的样子。小东西睡得正香，睡梦中似乎还在吃奶，小嘴儿一嚅一嚅的，可爱死了！这时所有的后悔全都烟消云散，她觉得自己为她付出任何牺牲都是值得的。

时光在悄无声息地流逝。随着时间流水的侵袭，记忆也越来越模糊，居然渐渐不再意识到这孩子的来历。日子久了，自然而然，这孩子就是她自己生的一般，内心深处顽强地拒绝着那个事实——不不，她不是赛娜的，她是我的，我的……

柳冠奇好久没有来了。他的小说越写越烂，被各地编辑部频频退稿。有一次他兴高采烈地把自己的小说拿来给杜拉看，说这是他最得意的一篇作品。杜拉认真地看了之后毫不客气地说：这是她所看到过的世上最垃圾的小说！她劝他不要再写了："因为你根本没有写小说的才气，何必要浪费自己宝贵的时间呢？我看你走仕途倒是更能实现你自身的价值。"

这句话彻底伤了他，他低头沉默了一会儿，然后站起来，什么话也没说，默默地走了出去。杜拉开始觉得自己刚才的话说重了。她望着他走出了家门，他的背后写满了不被人理解的凄凉。杜拉觉得自己不应该让他的心灵受伤，但实话实说是她的原则，虚伪的奉承对任何一个人来说都是百害而无一利的。

大约有一年的时光，他都没有再出现。恰巧这段时间杜拉忙着照顾婴儿，几乎快要忘记这位异性朋友了。所以当那天他突然出现在她面前的时候，她反而吃了一惊："三奇？"

柳冠奇完全变成了另外一个人：他穿着一套十分高档的西装，戴着名牌手表，头发抹了发油显得光滑而明亮。他戴着一副很大的"蛤蟆墨镜"，让她足足呆怔了几秒钟才认出他来。

"我是来感谢你的，杜拉。"柳冠奇从停在她家门前的那辆高级小轿车里抱出来一大堆礼物，不管不顾地塞到了杜拉的怀里。他告诉杜拉，他已经更名为"柳冠奇"了，因为原名使他永远屈从于老三而难以出人头地，他可不是一个愿意久居人下之人，他要出人头地。从那一刻起，杜拉把他当成了另外一个男人，一个与原来的柳三奇没有什么关系的男人。

"感谢我什么？"杜拉完全蒙圈了。

"感谢你迷津指路啊！要不是你让我放弃写作，我恐怕现在还在过着穷困潦倒的日子哩！看来文学真的是害人不浅啊！"

柳冠奇告诉杜拉，这一年多他利用在组织部门的亲戚调换了单位，在铁路局混上了一个科长。虽然科长的官儿不大，但有实权，可以直接调配车皮。那正是"倒爷们"最辉煌的年代，铁路运输热得烫手。谁能拿到车皮，就等于拿到了白花花的银子。

看着柳冠奇得意而炫耀的样子，杜拉心里油然冒出一个成语：飞黄腾达！从他富态的面相上来看，他将来必定是要飞黄腾达的。杜拉客气地邀请他进屋子里坐坐，他也不客气，拎着大包小包与杜拉进了屋子里。

迎接他的是婴儿的哭泣声。婴儿刚刚睡醒在摇篮里哭闹。杜拉急忙将细长的筒形的热奶器放进暖壶里，过了几分钟取出来，将牛奶倒进奶瓶里，然后将奶瓶朝下，让那奶头里流出一股细细的奶子滴到自己的另外一只手背上——这是她在测试牛奶的温度，怕温度过高烫了孩子。温度显然是合适的，于是她立即将奶头塞进婴儿的嘴中。婴儿顿时停了哭闹，香甜地吮吸起来。杜拉将这一切做得如此娴熟，完全是一位称职的妈妈，这让柳冠奇看得目瞪口呆。

"你有孩子啦？"他问得战战兢兢。

"是啊。"她坦然回答。

"这……"他无语了，"哦，我还有事儿，先走了……"

他有些仓皇地走了出去。看得出他精神上受到了打击。虽然他从来没有向她表白过，但是杜拉知道他其实一直是喜欢自己的。这个从天而降的婴儿一下子搞得他手足无措,他甚至都没问一下孩子的来历,或者孩子的父亲是谁?

杜拉觉得没必要和他解释。如果有一个男人喜欢上了她,那前提是他必须得同时也喜欢这个孩子!如果不能,那对不起,一切免谈!

在此后的几年里,很少能见得到柳冠奇了。后来听说他当上了副局长,炙手可热。他太忙了,想见到他简直比见总统都要难。何况杜拉也并不想见他。她与他的关系,仅仅是一次酒后的拥抱,他仗着酒劲儿想强吻她,而她却很清醒,在他想得寸进尺的时候果断地推开了他,没有让他的目的得逞。她正在心底将这个男人渐渐淡忘,让他淡出自己的记忆。

有一回杜拉被几个闺蜜拉着去了一家夜总会,在那儿意外地看见了柳冠奇——他坐在一间豪华的包厢里,左手搂着一位小姐,右手也搂着一位小姐。两位小姐同时把两把麦克风放在他的嘴巴前,他与小姐们一起忘情地高唱着《春天的故事》:"一九九二年,那是一个春天,有一位老人在中国的南海边画了一个圈儿……"

一瞬间,杜拉的心里泛过一阵酸楚。

文学害人,但起码还能保持得住那一寸寒酸的净土,还能在内心感觉到几分尊严。而另外一些脱离了文学的人呢?他们除了钱和官职之外,是不是什么都没有了?或者说,他们只有抛弃了做人的最基本的道德底线,才能获得金钱和地位呢?

柳冠奇是头一批反腐严惩贪官的时候被处以死刑的。是注射死亡。杜拉在电视上看到了记者采访他的画面。他说自己每天生活在巨大的恐惧之中。记者问他恐惧什么?他说担心事情败露,所以每天最大的烦恼就是如何藏钱。他不敢把贿赂所得的钱存到银行里去，怕被查出来，所以，他把现金藏到住宅的每一处隐秘的地方——花瓶、鱼缸、天花板上、地板下面、厨房、车库……他获得贿金的速度是按小时计的，每小时进账一万元。送钱送到他恐惧的程度，可是他却不敢不收，因为如果他不收，那么，上级以及身边的官员们就会因为他的清廉而惧怕他，便会与他疏远，他就会被视为异类，那么，也就意味着他的官运到头了，身边的每个人都想要除掉他，巨大的危险会时时刻刻伴随着他。他把几亿元都小心翼翼地积攒起来，为的是将来一旦东窗事发，他好如数将那些赃款交上去。所以，尽管他拥有着金山银山，可花在自己身上的钱却不到万分之一。

杜拉觉得他死得有些委屈。

相比而言，另一位凭着文学起家的寒冰则要幸运得多了。近年来他的一首诗走红了，得了一个国际某某诗歌大奖。那个来自非洲的国际大奖几乎无人知晓，但寒冰的名字却通过诸多媒体的热捧而一夜大红大紫。有文章说，那个奖超过了诺奖，是真正的文学奖；我们的诗人为国争光、为民族争光，建树了奇功伟业……杜拉好奇，找来那首获奖诗歌一看，当时就呕吐了，那是为某位大人物写的颂歌。开始是这样几句："如果我能够，我将把世上最美好的词语汇集在一起，化作鲜花——献给你；如果我能够，我将把我内心所有的情感，变成哈达——献给你；如果我能够，我愿意下辈子依然生活在您的呵护下——快乐而无忧地成长；如果我能够，我愿意永远做您的儿子，无数次喊您伟大的爸爸……"

杜拉呕吐完之后想：如果一个文人可以无耻到这种程度，那这世上还有什么事情是他想办而办不到的呢？

果然，事实证明了她的想法，寒冰从此成了"著名诗人""文化名流"，他成了电视台的嘉宾明星，成了各大院校争抢着请他去做讲授的学者名人。每次当主持人介绍他时，都不忘他"博士"的头衔，甚至直呼他为"韩博士"。她记得当年他曾以小学毕业当上诗人而为荣，可当文凭吃香的年代，他一下子又成了"博士"？他这个博士是怎么来的？隐约听人说，有一阵子他与某大学一位校长来往过密，亲兄弟一般。他帮那位爱好诗歌的校长推荐作品，帮校长出诗集。投之以桃，报之以李，校长帮他拿到了博士学位。更有好事者把他的博士论文与网上一篇论文做比较，居然有百分之七十以上的相似之处。

有一次，杜拉被邀请去参加一个全国性的学术会议，与会者都是国内的文化名流。一位大文豪被请上台给大家讲课。杜拉听那声音，就知道这位"赫赫有名"的大文豪不是别人，是他！于是她一秒钟也没有犹豫，拎着她的小包起身向外走去。他在演讲时有个习惯性的霸道动作：一手叉腰，一只手的食指直指前方点颤着，或者是对着镜头，或者是对着人，发出一连串的质问："你懂诗歌吗？你懂文学吗？你获过世界级大奖吗？既然没有，那就请你闭上你的嘴！"

当她走出会议室的门口时，听见身后传来一阵热烈的鼓掌声，那掌声犹如凉飕飕的冷风一直尾随着她，尾随了很久。

"我们要学会拥抱黑暗，当你与黑暗拥抱之后，你会发现——黑暗已经不那么黑了……"

他的声音却不肯放过她，一直在她背后追赶着她，令她的脊梁骨发冷。

第三章 吉娅

26

吉娅还是个孩子的时候，就喜欢钻进母亲的被窝里，抱着她的胳膊睡觉。那时她会特别无赖，杜拉怎么也赶不走她，她抱着她的胳膊好像一位溺水者抱住了一根可以救命的木头，那是无论如何也不会松开手的。其实杜拉已经习惯了女儿的无赖，只是表面上严厉，内心却激荡着温情和享受。

杜拉没想到的是吉娅的"恶习"不改，虽然离开这么久了，但还是要钻进她的被窝抱她的胳膊。她顺从地让女儿抱着，眼角却瞥到女儿白嫩的肩膀上有一朵漂亮小花的刺青。女儿的乳房已经顶起了小山包，那质地很好的乳罩似乎已经不能将它们包裹住了，就像一朵含苞待放的花蕾饱满地在里面支撑着。她腰身曲线毕露，皮肤白皙得像是用牛奶浸泡过。她已经不是孩子啦，也许，正偷偷摸摸地和哪个男孩子私下约会呢。杜拉心里想。关于男女方面的事情，要不要找机会和她谈谈呢？

吉娅显然不喜欢那些严肃的话题，她最喜欢向杜拉提各种各样的怪问题：

"为啥美人鱼最专情？"

"让我想一下……想想……真想不出来。为啥？"

"因为美人鱼不会劈腿呀。"

"有两个人啊，同时掉到陷阱里了，死的人叫死人，活人叫什么？"

"我怎么知道他叫啥啊！"

"哎呀，他肯定叫'救命'啊。"每逢这时候，吉娅就会得意而高兴地笑起来。和自己当年一样，她也是个十分顽皮的小姑娘。

"这个你肯定能答得上来——乌龟的心长得像什么？"

"嗯，是的，我能答上来……答案是——像箭。"

"为什么像箭？"

"因为有句成语叫——归（龟）心似箭嘛。"

"好，算你蒙对了。我再问你——为什么热恋中的男女喜欢在黑暗的地方谈情说爱？"

"这个嘛……这个……"杜拉支支吾吾，觉得不好回答。性爱是男女两个人的事情，当然不能公开了。可对于吉娅来说，现在就和她谈论性爱是不是为时过早了呢？没想到吉娅却大大方方地说：

"因为爱情是盲目的！"

离开自己才两年，吉娅居然已经有了自己独立的意识！这太令人惊奇了，似乎，也应当对她刮目相看了。于是杜拉拐弯抹角地套她的话，想知道她是不是已经有了男朋友。但是狡猾的小红毛一眼就看透了杜拉的阴险用心，笑嘻嘻地搂住她的脖子反问：

"你猜？"

"我猜——有了？"

"错啦——没有！"她得意地在床上打着滚儿。过了一会儿，她觉得有些累了，这才安静下来。杜拉心里想，她说得没错儿，爱情是盲目的。

虽然春寒未退，但暖气已经停了，寒冷像还乡团一样卷土重来，顽强地占据了屋子里的每一块空间。吉娅嚷嚷冷，从自己的鸭绒被子里钻过来，抱住杜拉的胳膊，说这样她才能感觉到温暖。从小到大，她一直是这样睡的，时刻不离开她，总是黏着她，像一块甩不掉的口香糖。看到吉娅已经不再被葬礼上的悲痛所纠缠，恢复了她那活泼好动的天性，杜拉心里感到了一阵踏实。毕竟，她一直把我当成她的亲妈，所以，赛娜的离世不会在她心中激起太大的波澜。这样也好，不然的话，天天沉溺于悲伤中对她的发育成长是非常不利的呀。杜拉想。

"嗨，杜拉，你说赛额吉是我的亲生母亲，我总觉得不是真的……你是在逗我玩儿吧？"

"这事儿我还能逗你玩儿？"

"噢，既然这样，你还有一件事情没有告诉我呢。"吉娅的眼神突然多了几分诡秘。

"什么？"

"那我父亲是谁？"

"你想知道？"

"当然，我有知情权，你不能再瞒我了！"吉娅理直气壮地说。

杜拉沉默了一会儿。

吉娅期待地看着她。

杜拉又沉默了一会儿，似乎在注意聆听窗户外面奔跑而过的夜风。她突然记起作家塞林格的一句话来："你千万别跟任何人谈任何事情；你只要一谈起，就会想念起每一个人……"那是《麦田里的守望者》中最后的一句话。对她来说，如果对吉娅说出实情，她就会想念起某一个人。

那个曾经令她神魂不得安宁的男人啊!

27

乌兰牧骑的女孩子们是一群天真的云雀,每天都在用美妙的歌喉不停地歌唱。虽然有时候她们并不知道唱的是什么,但是管那些陈词滥调的歌词干什么啊,只要曲调好听,就可以永远无休无止地唱下去。

不知什么时候,云雀变成了金丝雀,被人关在笼子里养起来,过着养尊处优的生活。它们再也不想回到草原上啦!

赛娜坐在乌兰牧骑的办公室里,神情悲哀地想着。刚刚,又有一名年轻的女演员向她递交了辞职报告。她辞职的理由很简单:要结婚,要生小孩儿,要当专职太太。这些理由她无法反驳,只能表示同意。其实,即使她不同意也没有丝毫用处,她们照样会义无反顾地离去。虽然离开的时候姐妹们抱头痛哭,哭红了眼睛,但这并不影响她们去选择另外一种生活。赛娜掐指算了一下,仅仅这两年的时间,就有十一名队员离开了乌兰牧骑,其中九名是女演员。她们当中,有三位当了官太太,嫁给副旗长啦,局长啦,最次的也是嫁给科长做了夫人。有四位嫁给了富商。还有两位被当地黑社会的老大包养起来。她们能唱会跳,人长得漂亮,最主要是头脑简单,没有丝毫独立的思想,犹如笼子里乖巧的金丝雀那般讨人喜欢。她们单纯得像一汪透明的山泉没有一丝杂质,可以放心地直接饮用而不必担心泉水中会有细菌;她们更像是一张 A4 白纸,可以往上涂抹任何想写的图画。所以,那些掌握着权力和金钱的男人尤其喜欢她们。

"包局啊，再不给我们派人来，我们乌兰牧骑可就真的要垮掉了啊？什么？又有接待演出任务？这怎么可能呢，队里只剩下不到十个人了，一台晚会怎么演啊？演不了……"

她生气地说着，怒气冲冲地挂断了局长的电话。这在平时可是少有的。包金曾是乌兰牧骑的老指导员，对赛娜一直关照着，如同长兄。后来他调到文体局当了局长，提拔赛娜当了队长。这队长一当几乎就是一辈子。随着年龄的增长，她越来越像一位慈善的老妈妈了。女队员们私下里都管她叫"老额吉"（老奶奶）。

许多年来她把乌兰牧骑所有的队员都当成自己的孩子，把乌兰牧骑当成了自己的家。她编排的舞蹈连续获得了国内大奖，这使她名声大振，自然而然跻身于专家的行列。首府歌舞剧院几次想调她，可是她坚决不肯走。宣传她的文章对她用尽了溢美之词，什么"一辈子献身于乌兰牧骑的伟大事业"，什么"高风亮节"啦。同时当地领导也把她当成了地方的一张名片，将各种荣誉的桂冠戴在她头上。有时候她觉得自己活着已经不是自己，而是另外一个人。她过世后，报纸广播电台还有电视台对她的宣传连篇累牍，她成了一个知名度非常高的大名人。

屋子里安静极了——四周没有一点儿声音，外面没有练琴的吵闹声，也没有了冬天寒风刮着电线时那怪兽般的嚎叫声，也没有夏天附近河边传来的蛙鼓声——因为那条河早已经干涸了，在上游拦腰把水给截流了。有关部门在靠近政府大楼附近修建了一个人工湖。人工湖无疑是政府的形象工程，可是从此之后，那条著名的小河消失了。有一次她漫步在那干涸的河床上，隐约听到了逝去的小河在无言地哭泣着——那哭泣声隐藏在龟裂的皱纹里……

午后的阳光透过老式木头窗框的窗户，从铺着红砖的地面上折射回来，给房间抹上一层橘红色，宛若一幅深褐色的古典画卷。一张黑白照片放大到二十多英寸的样子，端端正正挂在墙壁上。那是她当年在北京怀仁堂演出之后被领袖接见时拍摄的。历史的时空定格在那一瞬间，也定格了她一辈子的人生。她从此没有了选择，一辈子就是为了那一个瞬间而活着。

电话铃声再次响起，话筒里还是包局的声音。她已经心平气和了，想听听这位老领导还有什么话要对她说。电话那边，包局有些兴奋，告诉她：你们的问题解决啦，刚刚有五名从首府艺校毕业的学生，三女两男，他们主动做志愿者，下来锻炼工作几年。局里决定把他们全部分配给你们乌兰牧骑啦……

"怎么样，这下你满意了吧？"包局最后问了她一句。

她当然满意了。艺校毕业生虽然稚嫩一些，但她的本事就是能用最短的时间，把他们训练成优秀的乌兰牧骑队员。又红又专现在又重提了，"一专多能"本身没错，应该提倡。跳舞的要让他们学会一样乐器。而搞器乐的，也能上台去翩翩起舞，或者放声高歌。人手不够，一专多能是最有效的手段。一下给她分来五个新人，这无疑等于是给乌兰牧骑注入了一股新鲜血液，足可以使她的这支队伍起死回生。在这之前她已经想好了，如果局里解决不了这个问题，她就直接到盟里去找包金，尽管她十二分不情愿去见他。这些年来，随着包金的升迁，她几乎很少与他来往了，顶多也就是他会突然打一个电话过来，关心一下她的生活，与她说些不痛不痒、不咸不淡的话儿。可能是因为他目前的身份与众不同了吧？或者是他那个出了名的醋坛子老婆金花对他的管制越来越严，几乎限制了他和所有女人的交往。赛娜隐隐听说，金花早已经对她起了疑心，怀疑她与自己的丈夫有私情。金花是当地"土族",她的家族很大,势力也强硬——她的父亲曾当过盟长,她的两个兄弟一个是公安局局长,一个是组织部部长。金花长得不漂亮,体形发胖,在盟法院任民事厅的厅长,是个无甚情趣的女人。当初包金与她结婚,当然是考虑了她的家庭背景。果然,婚后包金一顺百顺,步步升迁。近年来夫妻关系不知为什么越来越不和谐,妻子甚至提出离婚。但在外人看来,他们夫妻间的关系还是非常亲密的,夫妻二人经常一起出入各种社交场合,金花把自己打扮得花枝招展。赛娜越发注意与包金保持着距离,除非工作需要非找他不可,其他一切场合都尽量避免与他碰面。

赛娜让乌兰牧骑的司机树海开车和她一起去老赛镇的火车站接那五个新来的队员。乌兰牧骑有两台车,一辆是大客车。车太旧了,汽缸出了问题,已经扔在院子里很长时间了。另一辆是美式中吉普,那还是几年前一个剧组到草原上来拍电影,请乌兰牧骑给他们当群众演员。戏拍完了,结账时,剧组说他们没钱啦,只能用那辆道具车来抵账了。美式中吉普虽然也很老了,但引擎没有问题,而且马力大,很有劲儿。树海天天开着它到处跑。那些年阿镇不通火车,也没有高速公路,所以,能有一辆汽车是非常重要的。

树海长得人高马大,队里的人都叫他"骆驼"。骆驼是从部队复员到乌兰牧骑的,人很实在。除了当司机之外,他还是电工、勤杂工、保管、场务……他的沉默寡言是他优秀品质的外化,他的勤奋能干是苍天恩赐他的美德。

大约快到黄昏时,美式中吉普开进了距离阿镇几百公里的老赛镇。当年这是全盟唯一一个通火车的地方。一条铁轨从北京或者是首府铺到这里,然后越过国门,通往蒙古国乌兰巴托和俄罗斯。站前广场依旧保留着那尊被神化了的石像,所以给赛娜的印象依然是三十年前的样子。天边浮现出一抹火烧云,预示着明天是个好天气。节气进入了七月,草原开始了它梦幻温情的日子。

依旧是那个广场,高耸的石像依然庄严地屹立着,风风雨雨这么多年,它居然没有倒下。只是那幢小楼早已经被拆除不见了。当年就是在那幢小楼顶上,朵兰双手举着红旗纵身跃下,落在姐姐的怀中……那时妹妹的名字叫乌兰娜,时代的红色曾经渗透了她的骨骼,后来又像冰块般被烈火消融,消失得无影无踪。这真的是很奇怪。

一列火车爬进了老赛镇的车站。最后一辆老式的蒸汽机车头已经换成了新式的内燃机车头。它轻捷而不再笨重。听不到汽笛声,也看不到车头上喷吐着的浓浓的烟雾。赛娜记得当年她在站台上等车,老远就能看得到数十公里之外的火车喷出的黑烟,然后便在辽远的地平线上看见那个庞然大物扭曲着笨重身躯蜿蜒而来……

光线非常温柔,扯起一道梦的帷幕。追忆往事,令赛娜心中泛起一阵伤感。但这伤感只是一股青烟,很快便被草原的风给刮得烟消云散。列车的门打开了。从车上下来的旅客并不多,但大家依然是你争我抢地忙碌。赛娜一直不理解人们为什么到哪儿都要争抢,上车争抢,下车也争抢,买东西争抢,就连上厕所也争抢。公众场合,一个个都心急如火,好像都很忙。可是,他们空闲的时间有的是啊——打麻将、喝酒、跳舞、唱卡拉OK、遛鸟儿、遛狗、钓鱼、逛大街、轧马路……

五位青年背着双肩包、拎着拉杆箱下了车。一看他们就与众不同。搞文艺的人,气质上与其他人不一样,穿戴打扮也喜欢标新立异,只要瞟一眼,就能看得出来。其中一个女孩子把头发染成火红色，远远望上去，好像她的头上是一蓬燃烧的火焰，显得特别扎眼。赛娜和树海上前，一问，果然是从首府来的那五名新分配来的队员。

分别问清了他们的名字后，赛娜向他们做了自我介绍，并对他们的到来表示欢迎。他们当中，那个火红头发的小姑娘让赛娜有些不快。女孩子应该端庄大方，怎么可以打扮成这样子呢？怪里怪气的！但这少女的面容似曾相识，她一时想不起究竟在哪儿见过她。她身材适中，一双野性的大眼睛盯着她，似乎与她有种天然的亲近。

"我叫吉娅。"她向赛娜介绍着自己，"您的粉丝。"

"粉丝"这个词刚刚流行没几天，赛娜不懂她说的是什么意思。见她懵懂的样子，那女孩儿笑着说："我是您的崇拜者啊！"

赛娜看到那女孩儿的脸上流露着狡猾的微笑，搞不清她说的是真心话还是给她戴高帽恭维她。但那女孩儿一对水汪汪的大眼睛机灵地左顾右盼，赛娜便知道这是一个极为聪明伶俐的女孩子。

美式中吉普是纵向双排座，后面可坐六七个人。赛娜也坐在后面，与几个年轻人聊天。她注意到那个叫吉娅的女孩子不时用好奇的目光打量着她，好像是专门研究她似的。她的目光也很特别，尖锐而且淡然，居高临下，又有些悲天悯人，全然不像一个刚刚二十岁女孩子应该有的目光。她想躲避开那目光，但是躲避不开。那两道目光似乎要一直钻进她的心灵里去。她突然觉得这目光是那么熟悉，是属于一个人的，是谁呢？一时却又想不起来。

吉普车在平坦的柏油路上飞快地行驶着。隔车窗望去，黄昏的油彩已经泼洒得到处都是，色彩在扭动中呈现出的是浑浊的庄严。车窗外闪过的半荒漠草原坦坦荡荡，比大海更为浩渺无际。吉娅的目光渐渐被车窗外的草原所吸引,她凝望了一会儿,感慨地说:"我觉得我们到了月球上啦……"

与吉娅紧挨着的那个女孩子叫李小萌,她拉扯着吉娅的红头发说:"醒醒吧,我的公主,月球上怎么会有草原呢?又做梦了吧!"

赛娜觉得就连她头上的火焰都是那么熟悉!

还有一位年纪稍大些的男青年,名字叫"蒙克"。他对吉娅表现出来的那份关心,马上让赛娜意识到他们之间的关系不一般。果然,吉娅没有沉得住气,有些炫耀地对赛娜介绍说:"他是我的追求者……"

五个人,小红毛专业是声乐,另外两个女孩儿的专业是舞蹈,两个男青年的专业是器乐。赛娜在心里算计着怎么样把他们五个人当成十个人来使用。这对于她来说并非难事。过去,乌兰牧骑注重一专多能,舞蹈演员起码会用一件乐器,而乐队成员放下乐器就能上去又唱又跳。现在,不再强调一专多能了,但随着人手越来越少,一专多能还非得提倡不可。仔细想想,五六十年代的乌兰牧骑讲一专多能,也是因为人手少被逼出来的。譬如那个小红毛,她的身材多好啊,除了唱歌,完全可以让她做舞蹈演员呀。

黄昏犹如一位高明的魔术师,神不知鬼不觉隐退而去。夜幕笼罩着荒原,那一眼望不透的暮色让人觉得浩瀚的天地间有太多不可思议的神秘。美式中吉普吼叫着像一个脾气很坏的汉子,它扯着嗓门嘶叫着把大地抛在身后,却陷入了更加无边无际的苍茫之中。赛娜挨着吉娅坐着。女孩子穿得很少,赛娜能感受到她的体温。现在她觉得就连那体温也是她所熟悉的。这个鬼精灵般的女孩子一定与自己有着某种说不清道不明的关系。她想多与她聊聊。可是,吉娅却依偎着她很快睡着了。她入睡居然那么快,刚才还在笑嘻嘻地和蒙克说话，转眼间已经发出轻微的鼾声。她的一头红毛依偎在赛娜的肩膀上，一种从未有过的异样的感觉在心底悄然滋生。

一路上就这样无序而混乱地思索着，不知不觉，赛娜也渐渐进入了属于自己的梦境。在那个杂乱无章的梦里，她再次与妹妹邂逅——她裸露身体把自己裹在那面巨大的红旗之中，然后冲进火焰里，将自己变成了一只浴火凤凰……

许多年来，她一直重复着这个梦境。再后来，就衍化成一场噩梦，无论她怎么挣扎，也无法从那团可怕的阴影里挣脱出来。所以到了夜里，她就害怕睡觉。久而久之，便养成了失眠的恶习，不借助安眠药便不能入睡。

28

傍晚时分，淡淡的云在西边的天空中形成了一抹淡黄。随着时间的流逝，云彩的颜色越来越浓，黄里透红，最后均匀地分布在草原上空，形成了一层橘红色的晚霞。草叶变成了马鬃般的褐色，树枝抹了黄油似的发亮。那是湿润的草原染上了晚霞的缘故。

尽管光线一直在变暗，但气温却由于那吹了一整天的风的停歇而升高了，此时暮色变得如奶茶般黏稠。

这个时候已经吃过了晚饭。吉娅喜欢独自一人到乌兰牧骑的后院走几圈儿。真是奇怪，到这儿来，她有一种故地重游的感觉。难道自己小时候到这儿来过吗？她摇头断然否定了自己的这个荒唐的想法儿——怎么可能呢，一辈子头一次到这个偏远的小镇来，已经后悔得要命了！若不是母亲强行逼着她，让她过来，她是绝对不会到这儿来的，即便是下来当志愿者，也不会跑到这么偏远的鬼地方啊！她无法理解母亲是怎么想的。她永远是板着脸面无表情的样子。她说出的理由只有一个：那里有赛娜，你必须得到她身边去……多么可笑的理由啊，不错，这个赛娜好像有些名气，自己从电视上看过她的独舞，也曾经对她表示过赞赏，可是，自己并没有死心塌地崇拜她啊！顶多也就是有那么一点点喜欢而已。可是母亲却固执得像一头牛，坚决要她过来。好在时间不长，说好了去了只待三年，三年过后，她就回首府。

院落很大，也很空旷，但是那种陈旧的色彩掩饰不住昔日的凄凉。难道当年这里也曾辉煌过吗？听杜拉说，这个小镇因为有了赛娜而闻名，也就是说，从某种意义上来讲，赛娜已经是一个符号，或者说是一道光环。她知道自从进入所谓的新时期之后，全区所有的乌兰牧骑都举步维艰，生存受到了严峻的考验……那么，这支乌兰牧骑是不是全凭着赛娜一个人苦苦支撑着呢？

虽然初来乍到没几天，但聪明的她已经看出乌兰牧骑捉襟见肘的窘迫状况。瞧一眼排练厅里的陈设，就知道他们一直在过着一种苦行僧般的日子，一切都是在穷对付，就连墙壁上镶嵌着的那一排大镜子，也已经是水银脱落，变得斑驳不堪，把人影照得不是拉长，就是缩短一截儿。还有那架练功时伴奏用的钢琴，仿佛是出土文物，音都不准了，可豁牙老曹每天依然用他那双带着厚厚老茧的大手，用力敲击着键盘，弹奏着一首老掉牙的曲子。

作为教练的赛娜一点儿也不觉得这有什么不正常，她依然走过来走过去，巡视着大家练功——压腿、踢腿、劈叉、下腰、旋转……"一哒哒……二哒哒……三哒哒……四哒哒……"她一边喊着号子，一边仔细地查看着每个人的动作。"收腹……挺胸……别把屁股撅出来呀，像头发情的母驴！收回去……哎，对了，就这样，很好……"她一边给队员纠正着动作,一边喊着,有点儿像一位絮絮叨叨的乡下的老太婆儿。她很瘦,体形保持得很好,虽然岁数不小了,但看上去皮肤保养得还算不错。有人说当演员的是看不出实际年龄的,有一定道理。如果从侧面看上去,她给人的感觉好像只有三十岁出头的样子。据说她一辈子没结过婚,也没谈过恋爱,没生过孩子……这太不可思议了!难道她是独身主义者,还是女权主义者?同性恋或者性冷淡?

吉娅在练功的时候(天晓得为什么让一个声乐演员练舞蹈功!她十二分地不情愿,可是,赛娜却押俘虏一样把她从宿舍押到练功房,真没办法啊!),看着从她身边走过去的赛娜,心里忍不住这样想着。

吉娅知道自己的毛病在哪儿,虽然平时懒得要命,可在专业上是绝对不会偷懒耍滑的。正因为这种一丝不苟的精神,她从艺校毕业的时候,才会有那么出色的成绩。首府歌舞剧院早已经瞄上了她,手续都全为她办好了,一切都水到渠成,不成问题,可是,杜拉却为她设计了另外一条道路,这让她老大不情愿。

她知道下来当几年的志愿者,就等于镀了一层金,将来再回去工作,就会有诸多的优势。也许,难道杜拉是从政治上考虑,责令她下来的吗?可是,杜拉全然不是一个对政治感兴趣的人啊!这些年她热衷于剧本创作,偶尔也写写小说或诗歌,对政治一直是淡漠的。尤其是官场世俗的那些东西,她从不接触。她是一个自由职业者,她的剧本能卖出可观的价钱。她创作的一部电视剧《老赛镇》曾在黄金时段播出,在全国引起轰动,影响非常大。连获几个大奖之后她成了国内著名的编剧,请她写剧本的制片人排起了长队,五年之内的创作任务已经排得满满的。她是那种既有灵气又很勤奋的编剧。多年的熬夜让她染上了许多不良习惯，抽烟、喝酒，甚至于抽大麻。她曾经给女儿讲过自己唯一的一次抽大麻的经历，把吉娅听得几乎笑抽过去。那时她不知听谁说的，抽大麻可以催发灵感，正巧一位画家朋友送给她一点儿大麻。于是她吸食了一丁点儿，然后摆好笔和纸，等待着灵感降临。不一会儿果然来了感觉，却是看什么都觉得好笑，一切都变成可笑之极。她坐在那儿不停地嘿嘿嘿傻笑着几乎笑了一夜，稿纸上却没有写下一个字……

吉娅从来不把杜拉当成自己的母亲，而是当成姐妹。她们俩凑到一起就没完没了地争吵、斗嘴、生气，可只要一离开，彼此就怀念、思念对方，想得实在忍不住了，就给对方打电话，在电话里一说就是好几个小时。她上艺术学校的时候，每个月的手机费都要好几百块，那都是和杜拉漫长通话所付出的代价。

在后院里她发现了那个草垛。草垛不是很大，但那些金色的牧草却很诱人。在草垛旁边是一个牲口圈，里面养了几匹马。其中有一匹小黑马她特别喜欢。听人说，那马是白音锡勒草原一户牧民送给赛额吉的——今年春天，牧民乌宁的老婆突然要临盆生产，而去旗医院已经来不及了，是赛娜帮着给接生的。为了感谢赛娜，那户牧民硬是把一匹小马驹儿送给了乌兰牧骑。

她从草垛上抓了一把干草，然后跑进牲口棚里，去喂那匹小黑马。小黑马见了她显得格外亲热，那种天然的亲近感让她很是激动。但当她把那把干草递到它的嘴巴下面时，它却不感兴趣地挪开了脑袋。她正感到奇怪时，身后传来一个声音：

"那是狼针草，它不吃。"

回过头去，就看见了那个奇怪的老头儿。

老头瘸着一条腿向她走过来。那一瞬间她的神情恍惚起来，仿佛看到一个幻影飘忽而至。那老头的头发还很茂密，却成了霜染的银白色；他的胡须留得很长，也是灰白色，银色中夹杂着黑色。他的脸型很好，是那种男人标准式的长条脸。若干年后她在银幕上看见一个叫秀波的演员，马上就想到了他。只不过他的年龄显得更苍老一些，他脸上的皱褶太多，犹如一条条沟沟壑壑，每一条沟壑里都填满了人间的沧桑。

他站在她面前，从她手里接过那束牧草，认真地告诉她：狼针草一般的牲口是不吃的，只有骆驼敢咀嚼它。她好奇地打量着他问："大爷，您也是乌兰牧骑的吗？"

他苦笑了一下，先是摇了摇头，后来又点了点头："说是也是，说不是也不是……"

这话有些玄妙。吉娅猜测他是饲养员，可看他的气质又不像。不管怎么说，既然他出现在这里，肯定是与乌兰牧骑有关了。她发现那老头也用一种异样的目光打量着她。那目光有一种意味深长的成分。她看出来那匹小黑马与他关系极熟，见到他便跑过去撒娇亲热。他用手抚摸着小黑马的鼻梁，把手掌心的一把豆饼喂给它。小黑马贪婪地吃起来。他歪头看着吉娅：

"小红毛，新来的？"

"嗯。"还没有人敢叫她"小红毛"，她觉得这个称呼挺新鲜的。

"艺校毕业？"

"是。"

"跳舞的？听你的嗓音，更适合唱歌啊！"

她听了这话很不受用。她学的是声乐，可是，自己这么好的身材难道不适合跳舞吗？再说，他不过是一个饲养员，居然可以对一个专业演员评头论足？是不是连乌兰牧骑的骡子都会唱长调呢？

她此刻的注意力都在那匹小黑马身上，没时间关心他话中的含义。她从他手里接过一块豆饼，喂起小黑马。

"它有名字吗？"

"有啊。"

"它叫什么？"

"海伦麦勒……"

"海伦？这么美的名字啊！好像是个美女的名字呢？"

"古希腊神话传说中，最美的美女叫海伦。因为她，还引发了一场战争。海伦麦勒是指不黑也不红的马……你不懂蒙古语吗，小红毛？"

她摇了摇头。小时候母亲倒是教过她说蒙古语，可是上学时进了汉校，就把蒙古语全忘了。她这种年龄的青年，对于使用什么语言并不在意，只要能表达出自己的感情，即便是用英语也无所谓。在艺校时，他们就是汉语、英语和蒙古语，甚至还有俄语、朝鲜语，几种语言混杂着使用。大家都能听得懂。这样使用语言有点儿像江湖上说黑话，外人听不明白，但他们自己能领会其中的含意。无论男孩子还是女孩子，都觉得很有意思，交换着使用各种语言，像玩一种有趣儿的游戏一样乐此不疲。

吉娅仔细观察这匹小黑马，发现它的毛色果然是杂色的，皮毛上黑色中夹杂着红毛，黑红相杂，基调以黑为主。她这才领悟到它之所以叫"海伦麦勒"的真实含义了。

可能是由于喂了它豆饼的缘故，没一会儿，海伦便和她熟悉起来，而且很亲热的样子，它那喷吐着热气的鼻子总往她怀里拱，弄得她身上痒痒的。她抚摸着它，突然有一个大胆的想法：

"大爷，我能骑骑它吗？"

老头先是愣了一下，随即弄懂了她的意思，摇头说："不行，小红毛，它还小啊，不到骑的时候。再说，马得驯过之后，才能骑呀！"

吉娅碰了一鼻子灰，可她并不甘心。她是一个极为任性的女孩儿，只要是她想做的事情，就一定会想办法做到。那些日子她几乎天天都往后院跑，为的是与海伦多待上一会儿。她已经知道了喂牲口的豆饼放在哪儿。她轻易就能把豆饼偷出来，用来讨好海伦。果然，海伦对她又亲近了不少。可是，那怪老头只要发现了她，就会毫不客气地把她赶出马棚。她开始觉得那老头有些讨厌了——不就是个瘸了一条腿的饲养员嘛，不就是一个看大门搞收发的嘛，干吗要装出一副很有学问的样子？说话还文绉绉的好像是老知识分子啊！即便这样，他们也还没有成为敌对关系。真正开始把他当成敌人，是因为他出卖了她——他向赛额吉告密，说她天天去马棚。赛额吉因为这个批评了她。她最痛恨告密者了，决定实施报复。

心底有了小魔鬼，一有机会就会跑出来兴风作浪。她用各种恶作剧来捉弄怪老头。譬如，她用手机把电话打到门房传达室，变着嗓门儿说："嗨，老白头，我是局里的，你快到局里来取文件……"只要他一离开，她就趁机跑到后院的马棚里，与海伦亲热上一会儿。或者，她也会趁机钻进他住的那间小窝棚里"作案"——在门上画一个骷髅头，或者把几颗蒺藜放在床单下面。她希望能听到他躺下后被扎时发出的疼痛的叫喊声。

有一次，她在那小窝棚的木头门顶上放上一盆水，当他推门进来时，那盆水就会倾斜浇下来，将他浇成一个落汤鸡。

但是她的算计也有失误的时候，万没想到那天挨浇的不是老白头，而是赛额吉。吉娅从来没想到队长也会到那小窝棚里去。她的出现有些不明不白。本来想等着看老白头的笑话，但是却看到赛额吉湿漉漉地从小窝棚里跑出来。正在草垛那边忙碌着的老白头急忙一瘸一拐地赶过来，用一块毛巾给她擦拭着。她没有拒绝，顺从地让他擦着。他对她的那份疼爱从那个轻轻擦拭的动作中表露无遗。她捋着滴水的头发，目光扫过来，瞟见了正在附近偷窥的吉娅。白老头顺着她的目光望过去，也看到了那个恶魔小红毛。吉娅知道自己被发现了，急忙落荒而逃。她知道自己闯祸了，可是她并不害怕。对那位慈眉善目的老太太，她丝毫也不畏惧。

赛娜派人叫吉娅到她的办公室来。吉娅笑嘻嘻地推开门，准备用一套诡辩的谎言为自己开脱。同时她自认为自己抓住了赛娜和老白头的隐私，完全可以把这个当成威胁他们的把柄。她在进门之前已经准备好长篇大论为自己辩解。可没料到赛额吉并没有批评她，而是打量着她的头发皱起眉头说这颜色太扎眼啦，明天，我带你到街上最好的美发店去染了吧？她歪头看着这个老太太，心想她这是在跟我玩儿声东击西的把戏呢。便用挑战的目光迎着她："您叫我到这儿来，恐怕不是为了研究我的头发吧？"

"当然是为了你的头发！再过一个阶段，咱们就要正式演出了，你头发这颜色可不行，得染回来。"

"你不想和我说些别的，譬如，那瘸腿老头儿……？"她试探着问。

"你太过分啦，吉娅，本来我想在全队大会上点名批评你来着，可是，老白不让，他说你还是个孩子。吉娅，人家没招你没惹你，你干吗要跟他过不去呢？"

好吧，终于说到正题上来了！她心里想。但她脸上依然是一副嬉皮笑脸的样儿："我没有啊……我只是到后院去看海伦的，我什么也没干啊！"

"行了，这次有老白为你说情，我就不追究了，下不为例！吉娅，你知道吗，你这样子，让我想起一个人来。"

"谁？"

赛娜却突然沉默不说话了，仿佛突然间进入了时空隧道，穿越到了久远的过去。她的脸上一副十分迷茫的表情。吉娅觉得她一定是孤独久了，所以才会有这样的状态。

她小心翼翼地唤醒老人的沉迷："也是一个女孩子吗？是乌兰牧骑的人吗？"

赛娜盯着吉娅看了一会儿，问："你母亲是叫朵兰吗？"

"朵兰？不，她不叫朵兰，她叫杜拉，不是肚子的肚，是木土杜，拉倒是拉肚子的拉……你认识她吗？"

赛娜翻遍记忆的长卷，并未找到一个叫"杜拉"的女人。她疑虑地摇了摇头。她并不知道妹妹这些年来换了许多名字，而杜拉这个名字是她成为剧作家之后才正式使用的。但她觉得眼前这女孩儿的性格和妹妹的少女时代竟是如此相似。

她有些乏力地摆了下手，对吉娅说："你过去吧，老白说，他要带你去骑马呢。"

吉娅高兴得几乎要跳起来。这些天她所下的功夫，其实都是为了那个目的——骑马！如果连马都没骑过，回去怎么向那些闺蜜吹嘘呢？她们肯定会奚落她，去了趟草原居然连马都没骑过，这也敢称自己是"辣妹"？

她顾不上再和老太太扯闲话了，急忙大步向外冲出去。老白头终于答应让她骑马了，她感觉今天将是一个非常有意义的日子！生活顿然间有了新鲜的色彩，从此的日子将不再是枯燥的平面化的啦。人只要热爱生活，在哪里都会找到属于自己的乐趣！

当她跑到后院的牲口棚时，老白头已经给两匹马鞴好了鞍具，一匹白马，一匹黑马。他正在给海伦套笼头。

"怎么，海伦也和我们一起去吗？"她指着海伦问。

"去，让它也熟悉一下草原。"

套好了马笼头，他直起腰来，盯着吉娅，目光犹如钢铁般沉重而坚定："我认识你母亲，小红毛，她是朵兰，对吧？"

唉，又是一个把母亲认作是朵兰的人！这些人是怎么啦？难道当年母亲也染过一头红发吗？

29

天气突然变得暖和起来，但是暖气依然烧得很热，房间里热得让人想脱光了去洗澡。

杜拉打开窗户，让外面的冷空气进来串门儿，它们在外面已经窥视了许久，早已经急不可耐了。果然，窗户一开，屋子里一下清爽起来。

吉娅一大早就去乌兰牧骑排练去了，他们在为今年的会演做准备。杜拉打扫完房间，闲着有些无聊，打开电视看了一会儿本地台，屏幕上出现了赛娜的影像资料，还有她演出的舞蹈录像。大约是从赛娜去世那天开始，当地电视台、电台、报纸，连篇累牍地宣传赛娜的光辉事迹。宣传部门成立了一个"赛娜事迹演讲团"，团员大部分是当年乌兰牧骑的老队员。他们到各地区各单位去做演讲报告，怀着对赛额吉的无限情感，一个个声情并茂，讲着赛额吉在世时所做的事迹，一桩桩一件件都感人。当然，那些演员演讲的功底也非常扎实，他们讲着讲着就忍不住悲咽起来。眼泪是最能打动人心的东西，许多听众被眼泪所征服，跟着流泪。她知道这些演讲稿都是找写手们事先写好的，反复修改并经领导审查之后，才由那些选手上台去演讲的。杜拉坐在沙发上认真地听了一会儿，虽然她对这种形式主义的东西很反感，但赛娜的事迹还是打动了她，忍不住跟着流了一会儿眼泪。演讲团的报告结束之后，又宣布了自治区刚刚颁发的一个决定：追认赛娜同志为模范共产党党员、革命烈士，并号召全区文艺战线上的同志们向赛娜学习，掀起一个学英雄、赞英雄、赶英雄的活动。

关了电视机，杜拉打开笔记本电脑，看了看自己正在创作的剧本，正思索着如何修改时，突然手机响了。她看了下来电显示，是制片人老黑的电话，这才想起，离交剧本的日子没几天了。

老黑绝对是一位十分称职的制片人，他年轻的时候也是做编剧的，后来做了制片人，对剧本非常挑剔。他的路子很野，与国内各省电视台专管购片的副台长的关系极为密切，所以，只要是他拍摄出来的电视剧不愁卖不出去。当然，这里面有许多奥秘，老黑平时是不会讲的，只有一次他和杜拉喝酒喝多了，才透露了一点儿内情——所有的关系，都是用钱砸出来的！钱多了交情深，钱少了交情浅。

作为男人，五十多岁的老黑长得牛高马大，模样儿周正，颇有女人缘。心甘情愿与他"深入交流"的漂亮女演员也不少，但他一概拒之门外。他说那些女演员沾不得，她们那玩意儿是镶金边的，贵得很，一旦你沾上了，她们就会得寸进尺，二号、三号无法满足她们，她们盯的是女一号。杜拉盯着他笑道："那你就满足人家嘛！"老黑说："我满足了她们，我的片子还卖不卖了？一部戏没有一两个大腕儿撑着，那不是找死啊！"杜拉承认老黑的话说得在理儿。这些年她与许多制片人合作过，大多制片人没什么文化，有的是演员导演改行的，不知从哪儿拉来些资金，就当起了制片老板，其实只是为了赚钱而已，对影视艺术一知半解，只要糊弄着把片子拍出来，把钱拿到手，便达到了目的，至于能否播出或者播出的效果如何、收视率如何，便与他们无关了；有的房地产开发老板，赚了钱就想投资影视，他们对影视艺术更是一窍不通，他们投资影视业是认为这是一个可以赚大钱的行当，也有些荷尔蒙爆发的，色眯眯的目光盯着那些漂亮的女演员，他们有的是钱，导演也得听他的。男演员他不关心，但女演员必须得由他指定。一般来说，不管是先上戏后上床，还是先上床后上戏，那些女演员总会成为他们的胯下玩物。

老黑和他们不一样。老黑热爱影视艺术，如果有足够的才气，他也许会成为一名著名的编剧。他有自知之明，知道自己的才气不足以编出一部有影响的影视剧，所以，他格外看重有才气的编剧。杜拉的一部电视连续剧《老赛镇》火了，令老黑钦佩不已。他几经周折认识了杜拉。第一次见面他心中暗暗一惊：这位女编剧岂不是自己的梦中情人吗？

那年杜拉还不到四十岁。但她显得年轻，看上去也就是三十岁上下的样子。她的皮肤一直很白嫩很细腻，脸上几乎没有什么皱褶。当年乌兰牧骑的舞台生涯使她浑身上下散发着一股子艺术的气息。她一直没有发福，身材一如当年。此外她有着其他女性所没有的那种书香儒雅的气质。所有这些使她在众多的女性之中显得卓而不群。

她知道老黑一直在暗恋自己，他的亲昵举动、对她无微不至的关心，一直在默默地表明他的心迹。但她故意假装不知，好像她是一个大大咧咧、感觉迟钝的女人。同时，她也严加防守，不给他一点儿机会。老黑是个聪明人，他最想得到的是她高质量的剧本，便把心中的那份感情强压下去，但他也没有死心，一直在等待着机会。几部剧合作下来，他俨然成了杜拉最亲密的朋友和知己，对她无话不说。

电话中，老黑的声音带着几分忧伤，他劝慰杜拉要节哀，不要过于悲恸，要化悲痛为力量，把力量用在创作上，力争写出让天下刮目相看的剧本。杜拉听出他口气中的忧伤是勉强装出来的。不过，这个时候有人能关心她一下，她心里还是感觉到了一股子温热。

"换个环境可能会有利于你的心情吧？要不，我在海南给你找个安静的地方，你一边疗养，一边创作？"老黑在电话中试探地问她。

她婉言谢绝了。其实那个剧本她已经基本上完成了，剩下的只是修改和润色了，只是一直没和老黑说。她讨厌剧本完成之后，制片人找来一些不相干的人来开什么"剧本研讨会"，那些人有的号称是专家，有的是理论家，还有一些是宣传部门的领导，他们每一个人都带着一种居高临下的神气，从理论高度或者思想高度对剧本侃侃而谈。他们习惯于把好端端的一个剧本给肢解开来，然后从那些血淋淋的皮肉里寻找瑕疵。他们各抒己见，意见并不统一，但中心意思却是一个：这个剧本问题很大，还不成熟，需要在他们的指导下再次修改而达到完美。

"今天我见到文艺处的吴处长了，我们谈得很投机，他说我们这个剧的创意非常好，只是，片名最好修改一下。"老黑犹豫了一下才说。

改片名？杜拉非常喜欢现在这个片名《天边之恋》，为什么要改呢？

"吴处长说，《天边之恋》有些虚无缥缈，不如改成《红色恋人》。"

"天啊，他是想毁了这部剧吗？"杜拉真的开始愤怒了。

"剧名的事儿完了再说。杜拉，你什么时候能回到北京来呢？老黑的语气掩饰不住他内心的焦灼。

"看情况吧。这边还有些善后事情需要我处理。"她淡淡地说。改片名的事情已经彻底毁掉了她的创作冲动和兴趣。她狠狠地合上笔记本电脑，开始在房间里踱来踱去，一连抽了三支香烟，觉得大脑里一片雪原般的苍凉和空白。

电话铃再次响起。几乎同时，出现了一个不好的预感——电话是陌生的号码。她马上接通了电话，话筒里传来老白焦灼的声音：

"你赶紧过来，我在医院……"

"怎么了？"她蒙了。

"小红毛……吉娅……骑马从马背上摔下来啦……"

30

那年，白岩突然回到了阿镇。

那是一个春雪正在消融的日子。赛娜正独自在她的办公室里看着文化局发过来的文件。这些年上面的文件特别多，各种新鲜的提法层出不穷，大多与数字有关：什么"五讲四美三热爱"啦，什么"三个代表"啦，什么"五个一工程"啦，看得她眼花缭乱，经常把这些提法给搞混了。她想：我们乌兰牧骑把演出搞好了，把下基层为牧民们的演出服务落实好了，不就完成了交给我们的任务了嘛，那些数字口号对我们来说又有什么意义呢？尽管心这么想，可该组织开会学习还是十分认真。自从当上这个乌兰牧骑的队长后，她笃信上级的布置永远不会有错，无论上面布置什么任务，必须得扎扎实实去落实。

窗外阳光犹如一个细嫩的婴儿皮肤那般柔软娇嫩。房顶上的积雪在阳光的烘烤下正在迅速融化。它们在夜里流下来的水又因快速下降的气温给冻结住了，在屋檐下垂挂起一根根冰柱儿。那些冰柱在太阳的映照下闪烁出晶莹剔透的光芒，犹如一根根玉石雕塑出的精美饰物悬挂着，并在下端不时滴落水珠，那是它们在春风的吹拂下正在慢慢地消融。

赛娜坐在房间里翻阅着文件，可却时不时把目光投向窗外，看那屋檐下的冰凌渐渐缩短，聆听着那水珠儿落地时发出的叮咚的脆响。一缕阳光投射到她的额头上，她的心早已经飞到了草原上，似乎看到了冬眠在大地上的草芽儿正在钻出来，在阳光下舒展着它们浑身的茎叶。

敲门声很轻，有点儿怯生生的味道。门外的人肯定不是乌兰牧骑的队员。她手下的那伙男孩子和女孩子到这儿来从不敲门，他们会一边说着笑着唱着闹着一边闯进来，然后毫无顾忌地大声嚷嚷着："赛额吉，我的练功衣破得不能穿啦，啥时候给我们发新的啊？"或者说："赛额吉，这几天食堂的伙食太差啦，简直就像是喂猪呢——你得请我们上馆子好好撮一顿儿呀！"要不然就是："赛额吉，啥时候发工资啊？我可是弹尽粮绝了啊！"他们从来不把她当领导，而她呢，也总是把他们当成自己的孩子。

可这个敲门声却是小心翼翼的，显露出一个陌生人的拘谨和忐忑不安。

"请进。"

门轻轻地开了。先是微微开了一条小缝儿，然后，小缝变成了大缝，便有一个人影无声无息地进来，走到她的面前。他走路有些跛，腿有毛病？

果然是陌生人。

谁呢？

看上去他已经很老了，大约七八十岁吧？他脸上的皱褶如荒野上纵横交错的沟壑，袒露着来自贫瘠地区的沧桑；一头银发有些令人眼晕。他的眼睛细细地眯成一条缝儿，让你看不清那瞳孔是混浊的还是清澈的；他的脸庞很黑，一笑，露出一口白森森的牙齿。他的笑容有些谦卑，又有些暧昧。等等，这个笑容怎么那么熟悉呢？

"赛娜——"他一直看着她在微笑着。

她站起来，觉得有些不大对劲儿了。一股麻酥酥的感觉从后背的底部向上蹿过来，一直蹿到头皮顶上。

"你……"她疑惑地打量着站在她面前的这个男人，努力从他的脸庞上寻找曾经熟人的蛛丝马迹。

"我是白岩啊！"他终于说出自己的名字。

只觉得头脑轰地炸了一下：白岩？白岩是谁？不，不，我一定认得他，这个名字是这样地熟悉，可却一下子想不起来了……再想想——白岩？曾经认识的牧民老乡？过去的老同学？还是乌兰牧骑的老队员？那一刻她的脑袋里完全是一团糨糊。白岩似乎看出了她的茫然，眼睛里闪过一丝失望。但那失望的光芒稍纵即逝。他从随身携带的那个黑色皮包里取出条红丝巾来，放在她面前的办公桌上。

多么熟悉的红色啊！

她"哎呀"了一声。

拿起那条红丝巾，记忆的闸门豁然打开，曾经的岁月涌现在脑海里——热烈的红棉树——万泉河——他为她指引着通向红区的方向……那一夜啊，她以为早已经从记忆中抹去了，就像从电脑硬盘上删掉了一个视频文件，抹得不留一点儿痕迹，可是，突然间，一条红丝巾把那个视频自动打开了，往昔陈旧的画面不可抑制地出现在脑海的屏幕上——他为她朗诵着《白净草原》："夜的絮语，精灵的歌唱，从遥远的河边传来精灵古怪的声音……"她害怕地躲在他的怀里，他一只手搂着她，另一只手拿着书，继续朗读着……后来，后来发生了什么？在黄沙弥漫的混沌中，她看见几个军人押着他上了汽车，然后绿色的军车嘶吼着开出了乌兰牧骑的大院，融化在那片混沌之中，仿佛是被那恶劣的日子吞噬了一般，从此淡出了她的记忆……

可是，他什么时候带走了她的那条红丝巾呢？

她只记得——那条红丝巾不见了。她怀疑是朵兰偷偷拿走了，可朵兰说她才不稀罕那玩意儿哩。再后来，她去了北京，在那儿买了一条新的丝巾，是绿色的，于是彻底忘却了那条红丝巾。

她仿佛经历了一场噩梦，神情颓唐地坐回到椅子上。她的目光是呆痴的，她的面颊是灼热的，她的声音是微弱的——那声音仿佛穿越了历史浩瀚而遥远的时空隧道，从冰冷的水泥壁上跌跌撞撞翻滚着奔跑着，终于气喘吁吁地来到了这个房间里：

"真没想到……你会突然出现……为什么不先打个电话呢？"

他搓着两只手站立在地上，有些手足无措的样子，颇像个犯了错误的小学生："本来……我想先打个电话，让你有个心理准备的，可是……可是不知道为什么没有打……"

其实他原本是想说，多年的旷野生活，自己早已经不适应城市的环境，对城里的一切都是陌生的；他已经拿起了电话，却不知道怎么拨号，更不知道应该拨打什么号码，所以在惶恐和犹豫不决中又放下了电话。他还想说，自己突然出现在她面前，看她是不是还能认得出来，重新找回曾经的那种感觉……但现在看到她六神无主的样儿，他把肚子里的话又吞咽回去，并且锁进心灵的仓库，永远地锁起来，一辈子再也不要说。

她抚着那条红丝巾，犹如抚摸着一个久违的宠物。他从黑色的皮包里取出一个牛皮纸的档案袋子，放在她面前。她仔细阅读了里面的有关部门的文件之后，明白了一个事实：历史强加给他的那些罪名已经不复存在了，他是清白无辜的。当那个冤案终于结束时，他带着伤残的肉体回来了。

两个人都不说话，气氛有些尴尬。为了打破这氛围，她起身去给他倒了一杯茶，并问他喜欢喝什么茶，红茶还是绿茶，或者是咖啡？她突然记起他是喜欢喝咖啡的，为此，也曾嘲笑过他"小布尔乔亚情调"。刚刚坐到椅子上的他又抬起屁股说白开水就行，他有胃病，不敢喝茶，更不敢喝咖啡，现在只喝白开水。

又是一阵漫长的沉默。他们都不喜欢这种尴尬的氛围，都想寻找话题来驱散横亘在二人中间的不愉快，但是，谁也找不到合适的话题。有一阵子她想说一说当年的情况，似乎想做些解释，可是一开口却觉得自己言不由衷："那件事情后来朵兰和我说了……可她说得太晚了，想纠正已经来不及啦……她那时太小，不懂事……完全不懂事儿，你不要……"

他打断了她的解释："我没有怪她，从来没有……这事儿已经过去好多年啦，就不要再提啦……不是有句话叫'向前看'嘛……"

她心头一热：他一如当年那般善解人意啊！

赛娜从牛皮纸袋里取出他的人事档案，认真地翻看起来。最上面是一份平反决定书，她这才知道是妹妹朵兰提供的证明材料起到了关键性的作用。在那份证明材料里，朵兰作为当年那起"严重的政治案件"的当事人，她详细地叙述了事情的整个经过。赛娜有几分感动地看着妹妹亲笔写下的那些文字，心想这件事情总算有了一个结果——对白岩来说，当然是一个好的结果啊。她并不怨恨朵兰，并且完全原谅了她——那时她还是个孩子，而且是一个任性的爱恶作剧的孩子，她哪儿懂得政治斗争的残酷呢？对她来说，只不过是一时任性而随口编造了一个谎言，她根本不知道这个谎言会毁掉一个人的一生！

接下来就谈到白岩的工作问题——乌兰牧骑的人员编制是有限的，目前已经超员了，再说，他的身体已经是四级伤残，不可能重返舞台了。搞后勤也不合适，坐办公室当行政人员又没有人事指标。让他干什么好呢？

赛娜突然想到一件事情：就在几天前，乌兰牧骑突然增加了三位"编外成员"——早春时节，赛娜带乌兰牧骑下乡巡回演出，恰好遇到牧民乌宁的老婆难产。赛娜一看那女人快要昏过去了，送城里医院肯定是来不及了，她没有多想，挽起袖子便帮那孕妇接生。她帮牧民的女人接生不是头一回了，多少也有些经验。腹中的胎儿只是胎位不正，她利用自己学来的土办法先是校正了胎位，然后再用两只手挤压孕妇的肚子。于是，婴儿顺利生产下来——居然还是对双胞胎。乌宁高兴极了。为了答谢赛娜，他牵来了两匹大马和一匹小马驹，非要送给赛娜不可。赛娜知道牧民都是非常真诚的，若不收下，他们就会生气，认为你看不起他。可马收下后，赛娜就犯难了：怎么处理这三匹马呢？若是六七十年代，马可是宝贝，乌兰牧骑下乡离不开马，或骑或套车，马是他们最亲密的伙伴。可现在，几乎所有的乌兰牧骑都配备上了大轿车，马车早已经进了历史博物馆啦，这三位"编制外成员"应该怎么办呢？

　　自从财政上把乌兰牧骑划入差额单位以来，经费问题一直是令赛娜头疼的问题，如何创收？怎么能搞到钱给大家发放全额工资？赛娜倒是曾经有个想法：乌兰牧骑自己办个牧场，养些牛马羊，这么一来，不但会增加一些经济收入，而且也会给大家搞点副业补贴，眼下市场上的牛羊肉是越来越贵了。如果能办成，倒不失为一个一举两得的办法。于是赛娜拐着弯和老白谈起这个话题。不料，老白却非常痛快地表态：

　　"交给我吧，我来养！"他果断地说。

　　赛娜沉吟起来："你是落实政策回来的，让你养马——不合适吧？"

　　"有啥不合适的呢！我本来就是个牧马人嘛。"

　　赛娜想想也是——他瘸着一条腿，干啥都不合适，也罢，就暂且让他去养马吧。也许将来办牧场会用得上他呢。

31

　　阿镇东山坡下有一块非常开阔的草地，被网围栏给围了起来。老白头认识那片草场的主人老朝，知道怎么样打开网围栏的铁栅栏门骑着马走进去。

　　还是白岩在遥远的苏尼特某个牧业点当牧马人时，结识了牧马小伙子朝格图。那时朝格图还是"小朝"，一个年轻精干的年轻牧马人，他喜欢听故事，自然而然就对白岩这个"现行反革命分子"特别亲近。后来白岩回了城,小朝觉得待在那么偏僻的地方很无聊,就给阿镇一户叫"小马倌儿"的牧民做了上门女婿。许多年过去了,小马倌和老伴儿已经尘归尘土归土,当年的小朝也变成了老朝。

老白头轻车熟路地带着小红毛吉娅和那三匹马来到老朝的牧场。老朝正忙着在棚圈里起羊粪砖,顾不上招呼他们,让他们自己进屋去喝茶。老朝的老伴儿是位身材瘦小的牧妇,她用"得勒"(袍子)的前摆去兜来一些干牛粪,点燃灶火,烧上奶茶,然后再用得勒去把外面晾晒着的奶豆腐兜进来,放在一个盘子里。她让老白自己动手招呼客人,也出去忙她的了。外面,一只狗正在和几只山羊打架。狗叫成一团。吉娅没见过这阵势,急忙跑出来观看——狗想把羊赶回到羊圈,但是山羊不服管,居然用犄角顶那狗。狗气愤地叫着,与山羊形成了对峙的局面。老朝老伴出去后,先吆喝开狗,再驱赶山羊。那几只调皮的山羊居然非常听话地跟着她进了羊圈。吉娅看得眼都直了。她刚来不久,这是头一回到牧业点,对一切都感到好奇。

老白头喝足了奶茶,这才出来,把老朝家的马鞍子放在他带来的那两匹马驹子背上,然后给马驹子系紧肚带、戴上嚼口。他极为熟练地做着这一切。吉娅在一旁默默地观望着。不知道为什么,从老白头带她出来之时,她已经不那么讨厌他了,觉得这老头儿人还不错!

"嗨,你当了多少年的牧马人啊?"吉娅问。

"嗯——有十多年吧。"老白头正在完成最后一道工序,头也没抬地说。

"每天在草原上骑马唱歌,很浪漫吧?"

"浪漫?小红毛,是你想得浪漫!你来试着放几天马,就知道

129

浪漫不浪漫啦。"

"听人说,当年你也是乌兰牧骑的队员,怎么会去当牧马人呢？"

"过去的事儿啦,我也忘了。"老白头直起腰来,苦笑一下,从衣服口袋里取出一支烟叼在嘴唇间,却不点燃,只是叼着。他一说话,那支烟就跟着颤抖起来。

她又喋喋不休地问了他许多问题：你的腿是怎么断的？用假腿也能骑马吗？你为什么没有老婆孩子,是从来没有结过婚吗？你年轻的时候有没有谈过恋爱呢？他只是非常简单地回答了她两个字"没有"。当她再问为什么没有时,他却不吱声儿了,仿佛没有听见似的。终于,他把两匹马的鞍子都鞴好了,把缰绳递给她。

吉娅兴奋起来："可以骑了吗？"

"以前骑过马吗？"

"没。"

"那我得先给你上一课,你听好了。"

老白头详细地给吉娅讲了骑马的要领。吉娅认真地聆听着。她是一个极聪明的女孩子,稍加点拨就会茅塞顿开。然后他把她扶上马背,告诉她应该如何驾驭这匹马。

"记住,马是听得懂人话的,你要把它当成好朋友,它才会听你的话,知道吗？"

她觉得这老头儿怪有意思的,婆婆妈妈,絮絮叨叨,简直比赛额吉还要啰唆。但是毕竟是头一回骑马,有些胆怯,心里没底儿,有他在身边,感觉有了依靠。她胯下的黑马似乎不安地移动着步子,但并没有走开。她觉得身体在摇晃,便按老白头儿教给她的方法使劲勒住马嚼子,两只脚牢牢地踩在两个铁镫子上。说话间老白头也爬到另一匹马背上。他上马的时候感觉有些吃力,那条假腿似乎不听他使唤，他用一只手拉住左边的小腿假肢，迈过了鞍鞯。坐稳之后，他伸过手来，从她手里接过缰绳，然后双腿一夹马肚子，两匹马驹子就同时移动起来。

起初，马是迈着小碎步在慢慢行走着。吉娅既兴奋又好奇。她知道老白头儿这是为了让她适应一下。她学着老白头儿的样儿，左右摆动着缰绳，马儿就听话地左拐右拐。这简直太有意思啦！她让老白头儿再快一点儿。老白见她这么勇敢，就带着也小跑起来。马驹子颠着碎步，她的身体跟着一起一伏，屁股觉得硌得生疼。老白让她脚上用力，屁股抬起来一些，身体向前倾斜。她按照他的指示去做，果然觉得舒服了许多。这样在草地上兜了几个圈子之后，她提出请求：

"让我自己跑一圈儿吧？"

"你觉得你行吗？"老白用不放心的目光看着她。

"没有问题，我已经学会啦！"她自信地说。

老白犹豫了一下，把手里的缰绳交还给吉娅。吉娅接过缰绳之后，也学着老白头儿的样子，用双腿夹紧了马肚子，一抖缰绳，吆喝着，那马驹便飞快地奔跑起来。

顿时，似乎是大地在移动，野花和牧草纷纷向后退却，风儿扑面拂来传送着清爽的气息。马蹄有力地击打着草原，人与自然完美地融合在一起。吉娅开心极了，一边奔跑一边打着马一边高声吆喝着："嗨——嗨——喂——"她的声音水波般荡漾开来，撞击到附近的山坡上又折射回来，形成了美妙的回音。她第一次享受到骑马的乐趣，浑身每一根血管都在膨胀着激动地跳着舞蹈。没多久她已经能娴熟地驾驭胯下的坐骑，两只手扯着缰绳让奔跑改变方向。

正在奔驰时，听到后面传来追逐的马蹄声。是老白追赶上来了，他策马跑到离她很近的地方，然后对她高声喊着：

"该回去啦——"

他的声音与风声一起灌进她的耳朵里。然后他的马紧贴着她的马驹奔驰着，两匹马齐头并进。她看见老白头儿的身体歪斜着，那根打马用的小马棒在他手中欢快地旋转着。阳光在他的脸庞上反射着油亮的光泽，他满头的银丝被风吹得直立起来犹如蓬草飞扬。他竟与平时截然不同，好像换了一个人似的。猛然间，她似乎从他的身影上发现了某种似曾相识的感觉，竟使得她比哥伦布发现了新大陆还要感到吃惊。

多少个不眠之夜，她抱着杜拉的胳膊，死乞白赖地缠着她，要她讲自己的爱情故事，或者，讲一讲她生命中的那个男人。杜拉被纠缠不过，只得对她描绘起那男人的样子。虽然只有寥寥数语，但那男人的影子却烙在了她的心底。她相信那就是她从未见过的父亲！杜拉将他描绘成一个几乎完美的男人。尤其是当她讲到那个夏日，当少女的她从排练厅高高的房顶上一跃而下时，他站在下面稳稳地接住了她……那画面就像一部小电影一样反复在脑海里放映着——还有他身上散发出来的淡淡的野苜蓿的香味，还有他那短而硬的头发，还有他那总是洗得白净如新的衬衫，还有他那字正腔圆犹如铜质般的声音……

后来吉娅为那一瞬间在自己的脑海里涌现出的感觉而羞愧——为什么要把他和这个老牧马人联系起来呢？居然怀疑他是自己的亲生父亲？这简直是荒唐可笑的嘛。即便他在马背上表现出几分英姿，但他怎么可能会是杜拉心中暗恋着的那个男人呢。

可是疑虑的阴云一旦入驻心田是无法驱逐干净的。对杜拉的过去，她突然产生了强烈的好奇心。

32

杜拉飞奔向医院。当她急急推开急诊室的门，看见吉娅正在用调皮的眼神望着她时，一颗高悬着的心才扑通落到了地上——谢天谢地，看样子还没有那么糟糕！

吉娅的一条腿上已经打上了一层厚厚的石膏。一位大夫正在仔细地观看着X片子。而老白头儿则手足无措地站立在墙边，像是一个闯了祸的孩子。看见杜拉，他仿佛看到救星一般，急忙走了过来。杜拉顾不上理他，直奔大夫：

"她怎么样？"

大夫瞟了杜拉一眼，却不和她说话，只是对病床上的吉娅说："还好，只是轻微的骨折。"

"我不会成瘸子吧？"吉娅担忧地问。

"不会，你这么年轻，骨头会很快愈合的，完全不必担心。"

"还会和以前一样吗？"

"一样，可能你的腿骨会比以前更结实了呢。"大夫笑着说。然后他向病房外走去。

杜拉过去抓住吉娅的手。吉娅无比委屈的样儿，一时眼泪汪汪的："我真担心我会变成瘸子呢，像他那样……"

杜拉的目光落在一旁的老白身上："你怎么可以带她去骑马呢？"

老白嗫嚅着说："她是自己跑出去的，我都不知道……出了事儿，老朝给我打电话，我才跑过去的。"

吉娅马上证实了他的说法，她是自己偷跑出去骑马的。老白头儿说骑马也没问题，可是她骑的是那匹海伦马，而海伦刚刚长大，没怎么驯服,所以她刚骑上去,就被海伦尥蹶子给摔下了马背。

杜拉知道自己错怪了老白。老白一直相信着她的谎言:以为吉娅是她与他的女儿,并不知道吉娅其实是他与赛娜的女儿。

吉娅吵闹着要出院,要跟杜拉回家。杜拉劝了半天,答应明天如果大夫允许的话,就来接她回去。吉娅高兴了,又说自己突然饿了,想吃蒙古包子了,非得让杜拉马上去买。老白好不容易找到一个讨好吉娅的机会,急忙说:"我去吧,我知道哪儿的蒙古包子做得好吃。"当看着老白走出病房时,杜拉若有所思,借口说自己去家去取些东西,夜里好陪床住在这里。吉娅听了十分高兴,连连说那太好啦,我真怕你们把我一个人孤零零地扔下不管呢。

杜拉急忙向外走去。

33

杜拉是在老白走到十字路口向北拐弯儿的地方时快步追赶上了他的。

"嗨——等等我。"

老白听到她的声音停住了,回过身来望着她小快步走近。

已经不再有令人瑟瑟发抖的日子,路边积攒了整整一个冬天的冰雪已经融化得精光。那些冰雪在早春被风一吹就变得千疮百孔,十分丑陋。它们融化的脏水四下横流,有的流到了马路中间,过往的汽车不管不顾,依然以飞快的速度开过去,于是那些泥水就飞溅起来,有的溅到路旁行人的身上,行人急忙躲闪着,嘴里不干不净地咒骂着。但是车里的人根本听不见,早已经驾驶着车不知去向。

杜拉和白岩沿着路边的墙根慢慢地走着。红砖墙内可能是某个机关单位的院子，墙头上还竖立地安放着密密麻麻的玻璃碴子，显得面目狰狞，十分凶恶，大概是防止有人翻墙而过吧。正午的阳光映照上去，那些玻璃碎片闪闪发光，亮晶晶的晃得人眼晕。白岩的鞋子踩到了一汪脏兮兮的雪水，但他一点儿也不在乎，鞋子把水踩得啪啪作响。杜拉觉得他这时候像个顽皮的孩子。杜拉绕着那汪水走过去，然后再与他并肩走到了一起。

"有啥话，你就问吧，小黄毛。"他没有看她，像是自言自语。

"嗯……我问了，你别生气啊。"

"没事儿，都啥年龄啦，我咋会生气呢。"

"我想知道——你落实政策，回来之后，和赛娜有没有……破镜重圆？"她认为"破镜重圆"这个词用得不好，但一时又想不出更为准确的词语。

他怔了一下，仿佛这句话戳到了他的肋骨上，让他很不舒服似的。他回过头看着杜拉，眼睛里满是疑惑。

"为啥突然问这个？"

"我想知道。"

他果断地摇头说："没有！"

她用不相信的目光盯着他："别骗我，我知道，你们曾经爱得死去活来……她和我一样，去牧场看过你吧？"

他有些茫然地望着她，摇头："没有啊！"

"没有？你们从来没有在一起过吗？我指的是那种关系，你明白的。"

"没有！"

他很坚决地挥了一下手，仿佛是在驱赶一个在他头顶上飞来飞去的蚊子或者是苍蝇，然后神情淡淡地说："我们是曾经相爱过，可那是年轻时候的事儿了。应该说，我们之间的爱是纯洁的。后来，又发生了那么多事情，你也知道，我们根本不可能再死灰复燃了。"

杜拉觉得他没有对自己说实话——没有在一起过？那赛娜的孩子是哪来的？不过，"死灰复燃"这个成语倒用得十分准确。而她想知道的，恰恰就是他们是不是死灰复燃了？

"我曾经劝过她，让她嫁给你……"

"啥时候？"

"大约十多年前吧，就是你刚刚落实政策回到这儿的时候。她没和你说过？"

"没说……不过，她的确挺忙的，没时间说吧……"他的声音有些支支吾吾，杜拉怀疑他掩盖着什么。

"你们——为什么不能死灰复燃呢？"这回，她使用了这个成语。

"我们的身份……合适吗？"他反问道。

"有啥不合适的呢，你已经平反了，工作也恢复了，你们应该是平等的啊……哎，她是不是在这里还有其他的男人呢？"她期待着会有新的发现。

他苦笑了一下："小黄毛，咱别说这事儿了，行不？"

杜拉想起来，自己也曾几次劝说赛娜，让她和白岩组织一个家庭："你单身，他也单身，你们俩总不能一辈子这样下去吧？没人会说你们闲话的，你放心吧，眼下都啥年代了，谁的思想不解放啊？大家都会理解你们的。"她在电话里说得动情，说得苦口婆心。但是电话那头却一直沉默着。她还想就这个话题继续说下去，但是，电话那头却果断地挂掉了。赛娜是不想涉及这个问题呢，还是不好意思开口呢？

"那我再问你另外一件事情，老白——你知道赛娜经常失眠吧？"

"知道。这谁都知道。"

"她每天都在吃安眠药，是吗？"

"嗯，好像是。我见过她去药店里买过药，一次买了很多。"

"你说，她会不会是因为安眠药过量致死的呢？"

"有这种可能吗？"他反问她。见她没有吱声儿，他转身向前方附近的一家蒙古族餐馆走过去。杜拉忽然获得灵感般地追赶了两步，在他身后喊："那就一定还有一个男人，一定有……我有感觉！"

他没有回头，只是身子微微踉跄了一下，似乎是那条假肢在落地时没有立稳，然后他很快纠正自己走路的错误，让那根假肢稳稳地落到了地上。

34

回到家——确切地说是回到赛娜的家，杜拉开始忙碌起来。她像一个职业侦探似的，从各个角落里寻找着任何蛛丝马迹。写字台上、五斗橱里、大衣柜里、书架上、衣服口袋里，还有电脑里、手机里，反反复复地寻觅着。她也不知道自己在找什么。证据？当然是证据啦。什么证据呢？毫无疑问，应该是赛娜死亡的证据吧。

结果却是一无所获！

颓唐地坐在书房的椅子上发呆，似乎是传来某种暗示，目光不由自主地落在了书架上——一本书！

是那本书啊——《猎人笔记》！当年正是这本书为那个叫乌兰娜的姑娘挡住了一粒子弹，所以书中间留下了一个永不消逝的弹洞。后来杜拉把这本书还给了赛娜,说是物归原主,其实是想提醒赛娜——不要忘了那个男人……

杜拉走过去拿起那本书来,却从书中掉落下来几张票据。她弯腰拾起来一看,是几张机票的登机牌,从阿镇飞北京的,也有从北京飞阿镇的。还有北京连锁酒店的住宿发票。赛娜是队长,有时候去北京出差或者开会是正常的,只是那几张机票的日期都是每个月的头一天,这让杜拉顿时心生疑窦。她细心地反复审阅着,终于在一张机票的背面上发现了一行非常细小的号码,是用那种碳素笔匆忙写上去的一组阿拉伯数字。后面还有一个"苏"字。她分析了一下,认为那是一个手机的电话号码,地区是属于北京的。手机的主人就是那个"苏"。

难道,这组数字里面隐藏着一个她所不知道的秘密吗?

她拿出自己的手机来,犹豫了一下,还是拨打了那个北京号码。彩铃声很悦耳,是那首熟悉的《陪你一起看草原》。

没人接听!

这个电话号码很神秘啊!如果说,赛娜每个月的第一天都要去北京见这个人,那么,这人无疑是与她有着极为特殊的关系——什么关系呢?

她必须得弄清楚这个谜。

她接着再次拨打电话,一次,两次,三次,可那头就是没有人接听。她几乎就要绝望了,正准备放弃时,电话突然接通了。

是一个低沉的男人的声音。他的声音具有磁性,很好听。

"请问是哪位?"

"是苏先生吗?"杜拉小心翼翼地问。

"是我。请问您是……?"

"很冒昧给您打这个电话，苏先生，我想向您咨询一件事情。"

"是心理方面的咨询吗？"

"不，不，我是想问问您，您认识赛娜吧？"

电话那头，苏先生沉默了一会儿，客气地反问："请问，您是赛娜的什么人？"

"我是她妹妹，我叫杜拉。"

"哦，找我有事儿吗？"

"我想知道您和我姐姐认识有多久了？"

"认识……有几年了……赛娜她还好吧？"

"她去世了。"

电话那头显然是震惊之后的沉默。这更让杜拉觉得这个男人与赛娜的关系不一般。

"她走得很突然。"她说。

"嗯……她一定是没有按照我的叮嘱，又在服用扎来普隆吧？"

"您知道她在服用扎来普隆？"

"知道，她已经服用许多年了。我劝她把药停掉，当时她答应了，我还以为……"

"请问，您的职业是？"

"噢，我是赛娜的心理咨询师。"

"我们能见面谈一谈吗？"

"可以啊。你可以到我的心理咨询所来……"

苏先生后面又说了什么杜拉已经不再注意听了，她在心里飞快地盘算着，计划着时间。

"苏先生，那就这样，我明天下午过去。"

关了电话，她急忙去了一趟医院。吉娅听说她要回北京，顿时噘起嘴儿不高兴起来："你走了，我怎么办？"

"我只去一两天，马上就回来了。"

"那谁照顾我呀？"

一旁正在为吉娅倒水的老白急忙插嘴说："有我呢。"

吉娅瞟了白岩一眼，不吱声了。自从她摔下马背之后，老白忙坏了，先是从牧场上背着她上了车，然后一直送进医院，又不停地忙着楼上楼下奔跑着，为她交费、开药、铺床、打水，又跑到外面买了许多她喜欢吃的零食……这老头儿人真的不错呢。吉娅被感动了。她若是认定谁对自己好，是真的关心她，她会默默地记在心里，并会以自己独特的方式来回报对方。

"好吧，那你可得早点儿回来啊！"吉娅幽幽地说，快要哭了。

杜拉上前搂住她抱了一下。她的心很乱。白岩坚决地否认了他与赛娜有那种关系，他并不知道吉娅的生母是赛娜，却误以为吉娅是杜拉与他的女儿……显然，这里面有个天大的漏洞：如果他与赛娜真的没关系，那么，吉娅的父亲是谁？

杜拉觉得自己完全糊涂了。也许，北京的苏先生能帮她解开这个谜团。

35

杜拉喜欢自己独自开车在旷野上奔跑。

如果路两侧没有监视摄像头，她可以把速度放到一百五十迈以上。只有让车飞起来，她才感到愉悦，心里即使有任何的阴影也会在那时烟消云散。

阿镇到北京大约六百公里，她开车不喜欢停下来休息，一般六至七个小时就开到了。由于惦记着要与苏先生见面,出发时天蒙蒙亮。夏天正在山坳里慢慢苏醒。潮湿的雾气似乎是从地下深层钻上来的,一直不紧不慢地升腾着。而这时,太阳也在向上升腾,它冲破包裹着它的那一层晨雾,仿佛刚刚在水中浴罢,湿漉漉地跃上了蓝天。天空褪去处子般的粉红色,变得湛蓝湛蓝。她打开车窗,外面的野风猛烈地从车窗口吹进来。她发现近来自己的嗅觉越来越灵敏了,此刻竟能嗅得到苏醒的土壤下面草根在生长时的那股子清香,那是最先在土地上冒芽的蒿类、苦菜、马兰花的混合气味。

和她预计的一样,快到中午时分,她已经驱车进了北京界。东花园收费站永远是拥堵的,只能排队慢慢等待通过。她知道那拥堵是人为造成的,那个检查站就是个"鸡脖子"。有时候有特警们实枪荷弹,仔细检查着每一辆进京的汽车。而这时她会觉得身边到处都是可疑的人。

过了东花园,钻过几个隧道,感觉车与人一直在下降,下降,从高原降至平原,再从平原降至盆地。有时候她会感到高原到盆地的落差反应,被堵住的耳朵突然打开,声音猛地变大。有时候坐飞机也有这种很不舒服的反应。

燕山山脉犹如一道威严的天然屏障,庇护着古老的北京。老祖宗们真会选地方啊!每次走到这里她都会这样想。虽然她和姐姐身上只有二分之一的蒙古族血统,但她们一直认定自己就是蒙古人——虽然母亲是汉族,但父亲是蒙古族啊!当年的元大都,现在的北京城,曾唤起过她心底强烈的民族自豪感。前几年在北京与朋友们开玩笑也喜欢说:北京还是我们蒙古人修建的哩,没有忽必烈,就没有北京城,你们应该感谢我们呢……可这些年她越来越觉得自己身上的另一半血液在起主导作用,对汉文化的喜爱越来越强烈,也许，是母亲的血液开始在她身上起作用了吧？

野风使她的思维越来越清晰，她开始梳理这些年与赛娜的关系：毫无疑问，她们最早的裂痕是在对待白岩的问题上。当有一天她终于意识到早年她的证词是一种罪孽时，赛娜却不以为然。"那是社会造成的悲剧，是'文革'的悲剧，我们为啥要承担责任？"她用满不在乎的口吻说着，"再说你那时还小，未成年，你用不着忏悔。"

是吉娅两岁那年吧，赛娜到首府参加什么会议，捎带过来看望孩子和杜拉。姐妹俩见面没说几句话就开始争论起来。

"那你呢？你已经满十八岁了，应该是成年人了吧？你为什么不能勇敢地站出来，证明那个时候你正和他在一起呢？"杜拉用轻蔑的目光盯着赛娜质问道。也许是那犀利的目光刺痛了赛娜，她变得暴怒起来，这是非常少见的。

"你让我站出来？我能吗？除非我不顾自己的名声，豁出去什么都不要了，我们俩一起毁了，一辈子完了，那有用吗？"

"怎么没用！只要你做证，就能证明他的清白！怎么没用？"杜拉咄咄逼人。

"你懂什么——那可是一桩重大的政治案件，必须得找到那个阶级敌人！即便他做了替罪羊，那也是政治的需要。不然的话，我们整个乌兰牧骑的人都会成为怀疑对象，大家人人自危，如果那样，乌兰牧骑非垮不可！"

"宁可垮了，也不能牺牲一个人的一生啊！"

"你这叫什么话？乌兰牧骑比我们的生命都重要，我宁可舍弃一切，也不会舍弃她。再说了，我已经被推荐去北京参加集训。如果没有那次集训，哪里会有我以后的一切？"

"不要为你的行为辩护,别找冠冕堂皇的理由——你那是自私!"杜拉愤然道。

赛娜愀然变色。她最不能容忍的就是有人斥责她自私。"自私"这两个字对她来说,比骂她是"婊子""娼妇"更为恶毒。她抬起手来,猛地给了杜拉一个耳光。她这一巴掌打得太狠了,杜拉的脸庞上顿时出现了五个红红的指印,一股殷红的血从杜拉的鼻孔里流淌出来。

床上的小吉娅被惊醒,哇的一声哭起来。

杜拉指着门外对赛娜冷冷地说:"你滚,滚!从今以后,你再也不要到我这里来,永远不要来!"

赛娜转身离去。门没有关,外面的风雪顿时闯了进来,将寒冷肃杀的气氛塞满了房间。

孩子一直号啕着,杜拉呆立着,没有理睬她。孩子继续哭泣着,那哭声转为软弱和乞求,似乎在哀求她过去抱她、哄她,抑或是在劝杜拉平息怒火。杜拉听懂了那哭声里丰富的内容,终于没有能拗得过她,走过去把她抱在怀里。小吉娅在杜拉的怀里停止了哭泣,用一对亮晶晶的大眼睛盯着她,伸出小手来,抹着她鼻孔里淌下来的鲜血。她白嫩的小手上也沾满了鲜血,可她还是不停地为她抹着。杜拉的眼睛湿润了,一下子把自己的整个面庞都贴在那小东西的脸上,弄得她脸上也沾上了血……

大约有三五年的时间,她与赛娜不通电话、不写信、不见面,二人仿佛天各一方,大有老死不相往来的意思。怨恨是一粒生命力非常顽强的种子,只要将它种植在心田,它就会不住地发芽成长膨胀,将狭窄的心扉充斥得满满的。电视的屏幕上经常出现赛娜的镜头。在阿镇,她早已是家喻户晓的明星,并且冉冉上升为自治区乃至全国的一颗耀眼的明星。只要一看见她的镜头，杜拉心里就会响起米兰·昆德拉的一句话："令我反感的，远不是她的丑陋，而是她所戴的漂亮面具……"

她不是我的姐姐，不是！

不能原谅她，不能，永远不能！

有一天，杜拉的手机突然收到一条短信，只有短短的三个字：原谅我。

那是赛娜发给她的。

看到那三个字，她顿时泪如泉涌。

思绪如飞云飘絮，绵长而又断断续续。杜拉和她的"牧马人"驶进北京城区时，已经是下午三点半左右。

36

苏先生的心理咨询所在后海南沿大翔凤胡同的一个四合院里，门口一侧挂着一块金光灿灿的黄铜匾额。杜拉站在门外停顿了几秒钟，然后推开那扇古老的木门走进了院子。

院子非常干净，几乎一尘不染的样子。青石板十分平整。有苔藓从那石缝间顽强地冒出来，勾勒出一条条绿意，像是有意嵌在缝里的绿丝带。墙脚下有个青砖砌起来的花坛，花坛里已经有花蕾绽开。杜拉看那些花儿格外诱人，却叫不上花名儿来。满院子都是丁香的味道，原来是墙角处一棵丁香树上的花儿开得正欢。院子里，还有几棵树也正在开花儿。她只认得那一串串粉嘟嘟的是美人梅；颜色稍暗些的是紫叶李；还有一种与它们极其相似，好像叫榆叶梅，也叫小桃红。北京毕竟春来早，处处都透露春意。而阿镇呢，暖气才刚刚停，等看到树叶儿绿，大约还得一个月的时间。

墙壁上有一个挂橱，里面有苏先生的照片和文字介绍。杜拉走过去简单看了几眼，得知这位苏先生也五十多岁了，全名"苏蒙"（看来与蒙古族有关系），是毕业于某名牌大学发展心理与心理健康的博士，毕业后在美国某家著名的心理咨询研究所工作了十多年，然后回国自己开办了京城苏氏心理咨询所。他采用的是一对一督导，萨提亚模式。他曾为许多疑难心理患者进行过督导治疗，已经有了为期八年的临床经验。

一位漂亮的女接待员出来，问明来意后，引领杜拉向一个房间走去。杜拉看见那房间上挂着牌子，写着"督导师"的字样。

房间里的光线很柔和，是布置巧妙的灯光起到了温和的作用。苏博士坐在办公桌后，戴着一副金边眼镜，看上去十分像学者。他起身与杜拉握了握手，很亲热的样子。那位女接待员给杜拉斟了一杯茶，然后莞尔一笑走了出去。

"你和你姐姐赛娜，一点儿也不一样。"苏博士微笑着说。

"是吗？是相貌不一样吗？"在阿镇，熟悉她和赛娜的人们总是说："哎呀，你们姐妹俩真是长得太像啦，就像双胞胎似的。"杜拉还是头一回听到有人说她和赛娜不一样。

"我不是指你们的相貌，我是说，你们二人的性格截然相反，差别很大啊！"不愧是心理专家，苏蒙博士的话一针见血。

二人开始闲聊起来。杜拉相信自己的感觉——眼前这个苏蒙博士不可能是赛娜的情人，他不是赛娜喜欢的那种类型，而且，如果他与赛娜有那种关系，他的言谈举止就应该是另外一种样子。毕竟，她也算是个作家，知道怎么样去观察人，尤其是对于人的某些细节，她格外敏感，一眼就能发现某人的性格特征，交谈数语便能窥破对方的内心。

　　彼此寒暄几句。杜拉想，与苏蒙博士应该先有个彼此熟悉的过程，等感觉都不陌生了，再问他那些关键性的问题。她先是自我介绍，把自己的职业以及写过什么作品告诉了苏博士。苏蒙似乎略微有些吃惊地看着她："哎呀，你是电视剧《老赛镇》的编剧啊？那剧我看过，非常好，情节很抓人啊！我喜欢那里面的女主角，演技出众，我可是从头到尾都看了，唤醒了我的草原情结啊。"

　　杜拉心里一阵轻松。一般来说，她与人交往，从来不说自己是编剧或者是作家，更不会显露自己也大小是个名人。她不喜欢炫耀，更不喜欢自吹自擂。但是今天她为了博得苏博士对自己的重视，便将自己介绍得详细一些。果然，苏蒙对她的态度亲近了许多。

　　"你们姐妹都这么优秀啊！"苏博士真心仰慕地说，"赛娜送给过我一盘她的DVD，那是她年轻时跳的舞蹈，真美啊！我一直喜欢蒙古族的歌舞，可从来没见过那么美的舞蹈。唉，天妒英才，英年早逝，不幸不幸！"

　　"苏博士，赛娜在你这儿医治有多久了？"杜拉问。

　　"哦，我看看记录啊。"苏蒙博士说着，操起桌子上的鼠标，打开电脑里的一个记录文件，查找到赛娜的名字，仔细看了一会儿之后说，"她是七年前的六月四日到这儿来的。据她自己说，她心里有一团阴影，一直纠缠着她，纠缠了许多年，常常令她陷入恐惧之中，有时候在梦中会被吓醒。日子久了，就落下个失眠的毛病。经过一个阶段的咨询评估，我觉得她是在青年时期留下了心理创伤——她心里那团阴影必须得除掉才行。我给她进行了一个阶段的心理咨询和治疗，她感觉好些了。那年年底，她给我来电话，说凭借着失眠药扎来普隆，失眠不那么严重了，所以暂时就不过来了。

大约过了小半年儿吧,她突然又来了,说她旧病复发,失眠又开始了,她每天夜里都得忍受着失眠带给她的痛苦折磨,她的精神快崩溃了,如果我不给她做精神治疗,她就无法正常地生活了。"

"所以,你就让她服用安眠药?"

"不,不,安眠药不是我让她服用的,而是她在到我这儿之前,就已经服用了很长时间,几乎上瘾了。据她说,她的失眠是从三十岁之前就开始了。"

"好吧,苏博士,我姐姐她——究竟有什么精神问题?"

"她的问题很大……怎么,她没有和你说过吗?"

杜拉告诉苏博士,她与赛娜不在一个城市,几乎一年见不到一面,所以,这些年对她的状况并不是很了解。再说,她们俩各忙各的,没时间关心对方。只是这次赛娜突然亡故,她才觉得自己对姐姐太不关心了!是一种极度的愧疚促使她前来调查姐姐死因的。

"你认为,你姐姐是死于扎来普隆吗?"

"我在她的抽屉里发现许多扎来普隆……根据她死前的情况来分析,极有可能是服用安眠药过量。扎来普隆是您推荐给她的吗?"

"不是,是她自己说,其他的安眠药都不起作用,在此之前,她试过许多种药,譬如中药百乐眠胶囊、七叶神安片;西药安定类的,如艾司唑仑片、阿普唑仑片,还有右佐匹克隆片,以及唑吡坦片和褪黑素,可是这些药物对她都不起作用,后来,她的一位老领导向她推荐了扎来普隆,她吃了之后感觉效果不错,以后就一直吃这种药。"

"这种药是不是对健康有害?"杜拉问。

"说实话,我对药物没有研究。但是为了赛娜的病,我专门请教了有关专家。专家说——扎来普隆分散片是国家二类精神药品,该药具有较为明显的镇静、催眠的作用,在临床上主要是用于入睡困难的失眠症的短期治疗，总的来说，效果还是不错的。"

"没有副作用吗？"

"是药就会有副作用。扎来普隆分散片的副作用是在服用的过程中，患者可能会出现头痛、嗜睡、眩晕、口干、出汗及厌食、腹痛、恶心呕吐、乏力、记忆困难、多梦、情绪低落、震颤、站立不稳，以及视力问题，严重的可能会精神错乱。"

"精神错乱？"

"对。所以，扎来普隆不能长期服用，用药时间一般限制在七至十天。"

"啊？我听女儿说，赛娜一年到头几乎天天夜里都在用药。"

"那样就有可能会猝死的。"苏博士思索着说。

"您能告诉我——赛娜说她心里那团阴影，也就是她的心理创伤是什么吗？"

苏博士沉默起来，过了一会儿，抬头看着杜拉说："按理说，这涉及患者的隐私，我们应该严格为患者保守秘密才对。可是，现在患者已经过世，您又是她最亲的亲人，我可以把她的秘密告诉你。"

杜拉知道那最重要的时刻到来了，她感到浑身的血液加快了流动。她害怕听到真相，可又想知道真相。那支录音笔躺在她的小手提包里正在默默工作着，它将完整地记录下苏博士所说的一切。

她突然从苏博士的身上嗅到一种熟悉的味道，这使她感到有些诧异……

37

她推开他办公室的门，觉得房间里的气氛有些暧昧。当她的目光适应了房间里的光线，才知道暧昧的不是气氛，而是灯光——桌子上的台灯比较昏暗，但是映照在写字台上的光却异常强烈。那是刚刚时兴起来的一种白炽光灯，它的冷色调让人想到雪原和冰山。

他就坐在那张宽大的写字台后面，埋头看一份文件。已经下班好一会儿了，其他办公室的灯都黑了。只有他房间的灯还亮着。自从当上了副局长又转正为正局长，他的勤勤恳恳是得到公认的。当他抬起头看着她时，眼镜片上反射着两片冷光，像闪过两道闪电。

"包局……"

他马上摆了摆手，笑道："已经下班了，就别这么叫啦！叫包哥……快坐，坐吧。"

刚进门时的那点小紧张顿然消失了，她坐在他对面的椅子上。从她这个角度看上去，他身姿很高大，只是在灯光的作用下，脸上的阴影部分比较多。他的双眼皮也显得格外清晰。这些年来，他们交往甚密，产生了与众不同的感情。当他笑的时候，她觉得他平易近人，有一种天然的亲近感——毕竟曾经一起在乌兰牧骑工作过，那可是同甘苦共患难的战友呀；而当他在大会上讲话，面孔严肃的时候，她则对他肃然起敬，觉得他政治水平非常高，领导艺术是一流的；当私下面对他时，又有些惶恐不安，从他的眼镜片后面，似乎有一股难以捉摸的光芒潜入了她的躯体，让她不知如何应对。

自从那天夜里，他与她一同在乌兰牧骑的大院里慢慢踱步，与她做倾心长谈，她就知道指导员是一位非常冷静的有判断力的领导，而他对自己的器重和期望，则从他平时的一言一行里体现出来。他轻轻地拍着她的肩膀用低缓而又坚定的语气说："你放心，这件事情只要你守口如瓶，别人是不会知道的。"

"可是朵兰……"

"朵兰还是个孩子，好对付；你走了以后，我叮嘱她一下，她不敢对外人说的。你到了北京，可得好好干，要给咱们乌兰牧骑争光啊。"

"我向指导员保证——一定全力以赴，努力学习，刻苦排练，认真表演，为咱们乌兰牧骑争得荣誉。"

"好，我相信你。"他的手又轻轻地拍了拍她的肩膀，停留片刻。她能感觉到那只手的温热。

"以后啊，你无论有啥事儿，都得要跟我说。别把我当指导员，你就把我当你的亲大哥好了，我们是一家人，是亲人，无论你有啥困难，我都会尽全力帮你的，你相信吗？"

"我信！包哥……"

"我的眼力不会错的，你是一棵好苗子，只要培养得当，你会成为我们乌兰牧骑一面骄傲的旗帜！只要你听我的，我会让你成为全区乃至全国的标兵……"

她的心开始沸腾起来。她相信指导员说的是心里话。他是那么沉稳、那么正派、那么有才情，只要他肯帮自己，还有什么美好的理想不能实现呢？

从北京巡回演出归来之后，她已经名气大振。那时他已经是乌兰牧骑的党支部书记了。他理所当然地做了她的入党介绍人。她拼命地工作学习练功演出，尤其是下乡巡回演出，无论走到哪儿，她都抢着为当地的牧民们干活儿——牧区的种种活儿她都干得来，早晚挤牛奶、春季接羔剪羊毛、煮肉熬茶、烧奶酒、做奶豆腐、搓毛绳、擀毡子、给牛羊治病，甚至于为孕妇接生……牧民们不但喜欢她的歌她的舞，更喜欢她这个人，无论走到哪里，她的好名声就像春风一样吹拂到哪里。大家都伸出大拇指赞美她，称她是"赛呼很"

（意为好闺女）。她受到大家的热捧也愈加卖力，不但练功卖力、演出卖力、学习卖力，而且在每次的政治运动中，都能走到前面，独领风骚，其实都是他在暗中点拨的结果。

终于有一天，老队长恩和的身体彻底垮了，吹号过猛使他患上了肺气肿。大家再也听不到他那嘹亮的军号声了，院子里的大喇叭播放的广播体操代替了他的起床号，刺耳的电铃声代替了他的集结号，而《马刀舞曲》则由刚从艺校分配来的鹞子上台演奏。正规艺校毕业的高才生，业务水平非同一般。当恩和在台下静静地听完了年轻人的演奏并听到台下观众雷鸣般的掌声时，他起身默默离开了。恩和队长懂得长江后浪推前浪这个道理，功成名就及早全身而退是一种理智的选择。从那天起，他再也没有在舞台上出现过。已经是文体局副局长的包金同志起草文件，向上级组织提议：由赛娜同志接替恩和同志，升为乌兰牧骑队长，享受科级待遇。

很快，正式批文下来了。当他把那盖着组织部红印章的批文放到她手上时，另外一只手也自然而然地搭在了她的肩膀上，语重心长地说："这是组织上对你的信任，当然更是我对你的……"他停顿了一下，然后轻轻吐出两个字，"期望。"那时候她觉得自己真是笨，不会语言表达，虽然心里有万分的感谢，可嘴里却一个字也说不出来，只是嘿嘿地傻笑。他落在她肩膀上的那只手意味深长地捏了捏，有些心疼地说："你太瘦了，赛娜同志，身体是革命的本钱，我希望你能再丰满一些，那样就更有女人的味道啦。"

她说："胖了可不行，我是舞蹈演员，胖了怎么上台演出呢。"

他说："欸，你现在是领导了，不是演员，不必每天练功，演出嘛，除非人手不够你上去顶替一下，一般情况下，你只管在办公室里待着，发号施令就可以啦，其他的事情，让下面的人去做嘛。"

说毕，那目光里似闪过温情的一瞥。

她笑了一下，觉得他是在开玩笑——队里那么多的工作，自己怎么可能什么也不干呢。她正式当上队长之后，丝毫不敢懈怠，以前怎样，现在还是怎样，不端一点架子。全区乌兰牧骑会演，阿镇乌兰牧骑夺得了第二名，从首府载誉归来，当晚，给盟领导汇报演出。谢幕时，文体局的局长以及几位副局长和各科室负责人上台接见演员时，他出现在她面前，紧握着她的手有十秒钟没有松开。那时他已经提升为正局长，是负责全面工作的局领导。他的眼镜后面泛着喜悦的浪花，那一对大花眼此刻显得格外精神。（有一年他们乌兰牧骑去鄂尔多斯演出，才知道当地人把那种双眼皮称之为"大花眼"）他对她激动地说："太好了，你给咱们旗、咱们盟争得了无上的光荣，领导非常满意，要为你们摆庆功宴哩！"

庆功宴的夜晚，旗与盟的领导都出席。乌兰牧骑的男女演员们激动得又唱又跳，杯觥相交，一派欢声笑语。宴罢，他让自己的轿车送她回宿舍。她客气地婉拒，但他坚持要送，说太晚了，让你一个人回去不放心。她那天多喝了几杯，头有些眩晕，就不再拒绝。当她在乌兰牧骑大院门前下车并对他再次表示感谢时，他也从车上下来，紧握住她的手说：

"小赛啊，还记得我对你许过的愿吧——你会成功的，因为我会全力以赴地支持你嘛。"

虽然天很黑，但是在微弱的月光下，她却看见那双大花眼里盛满了激情。

"还有一件好消息我没有告诉你呢。猜猜看，是啥好消息？"

她猜着，却猜不出来。

他从衣服口袋里取出一串钥匙递给她："组织上决定，给你分一套单元房，两居室。怎么样，是不是好消息？"

接过钥匙，她只是小小地激动了一下。这些年住宿舍住惯了，她倒没有特别想要得到一套房子。反正大院里眼下也没什么人住了，除了几个新来的年轻演员，宿舍大多都空着。但是毕竟是组织上对她的关怀，是他为她争来的特殊照顾，她是一个懂得感恩的人。她由衷地说：

"包局，你真好……"

"欸，叫我什么？"

当年在乌兰牧骑的时候，他曾与她私下有约——以后，只要不是公开场合，她不叫他的官职，而喊他为"哥"，这样亲切，没有距离感。她想起了当年相互间的承诺，笑了。

"哦，包哥，妹子谢谢你啦。"

她没想到他会突然将她搂住。他的力量很大，她几乎无法挣脱他那有力的双臂。他抱着她疯狂地亲吻着她的面颊。他嘴里热乎乎的酒气喷在她的脸上。她听见他的声音里奔涌着浓烈的荷尔蒙："怎么谢我呢？妹子……"

路灯映照在他的脸上，她清晰地看见那双大花眼里的激情在澎湃。

"包哥，你松开……快松开，小李在车里看着呢……我有话要对你说……"

他的胳膊稍一迟疑，略微松开了一些。她趁机从他的怀抱里挣脱出来，一转身向大门口跑去。她听见背后他的声音追赶了过来："你不是有话要说吗？小赛……"

"明天再说吧……"她头也不回地跑进了大院，回到自己的宿舍，急忙将门上的铁插销从里面插死，又把暗锁锁住，然后气喘吁吁地跌坐在床铺上。这意想不到的情况令她此刻的大脑一片空白，几乎搞不清刚才发生了什么事情。庆功宴上她也喝了几杯酒，那是领导们向她祝贺敬酒，她不得不喝。她知道自己没酒量，平时从来不敢饮酒，但是今晚破例饮了几杯。此刻酒劲儿涌上来，头沉得厉害，索性一头倒在床上。隔壁，是队里刚刚结婚不久的两位队员，他们一时分不到房子，就暂住在大院的宿舍里。他们的电视机几乎整天都开着。有时候大白天的也能听到他们的呻吟声和叫喊声，还有那张不争气的旧床吱吱嘎嘎的怪叫声。为了掩饰这声音，他们把电视机的音量开得很大。可她还是时常能听到那压不住的声音。此刻，电视里好像正在播出《动物世界》，她听见一个熟悉的颇具男人魅力的声音清晰地传了过来：

"春天，是交配的季节，空气中到处都弥漫着浓浓的荷尔蒙味道……"

她忽然想起，那男性播音员也长了一双大花眼。

38

吉娅在医院里躺了两天就待不住了，吵闹着要回家。老白没有办法，只得答应了她。他电话联系了乌兰牧骑的司机树海。大骆驼倒是痛快，很快开着他那辆美式吉普车来到了医院。恰这时蒙克也拎着一堆零食赶到医院来看吉娅。这样吉娅就在几个人的簇拥下坐着轮椅出了医院。骆驼开着吉普车把她一路送回了家。

坐在客厅里，吉娅这时俨然成了主人，转动着轮椅忙来忙去，取来水果招待大家。大骆驼说他有事儿先走了。老白还想多待一会儿，可他一时手忙脚乱的，不知道应该做什么才好。吉娅说："嘿，老白头儿,你别忙活啦,坐下歇会儿吧。"他坐在沙发上,第一次近距离看着吉娅——从这孩子身上似乎看到了当年赛娜的样子,只是她缺少赛娜那种少年老成,而更多的是朵兰当年的调皮活泼。她身上洋溢着青春的光彩令他心悦,与她产了一种天然的亲近感。此时此刻他享受着专属于他的幸福,即便只是看着她,也是异常幸福的。而吉娅全然不知老白头心中的感受,见他目光有些痴呆地看着自己,只是觉得有些奇怪。她有时也想:这老头儿年轻时大概也是一表人才吧?听说当年他也是乌兰牧骑的台柱子,他的舞蹈曾经迷住了许多人呢;那么,当年是赛娜还是杜拉喜欢上他了呢?

她猜应该是杜拉喜欢上他了吧?根据两个人的性格来判断,赛娜是内敛型的,杜拉是外放型的,所以杜拉的可能性比较大。趁着蒙克去厨房洗水果的空儿,她坏笑着低声问他:"嗨,咱俩现在是患难与共的生死哥们儿啦,你能不能和我说几句实话?"

老白有些奇怪地看着吉娅:"啥实话?"

"你年轻的时候,和谁谈过恋爱?是赛娜,还是杜拉?"

老白苦笑了一下:"谁也没有。"

"你骗人——她们俩年轻时都那么漂亮,你能不动心?快说嘛……"

"真没……"

"好,不把我当铁哥们儿?算啦,我们绝交,以后不理你啦……"

吉娅赌气地把轮椅转过去,背对着他。

他不想看到她生气,觉得应该哄哄她,可是又不知道应该怎么哄。正在这时蒙克端着一盘子水灵灵的水果从厨房里出来,殷勤地把一个苹果塞到吉娅手里。吉娅却赌气地把苹果扔回到盘子里:"不想吃……"

老白头儿却不识时务地凑过来说:"吃水果对身体好,得多吃啊……"

吉娅用两只手捂住耳朵:"不要听不要听……"

蒙克瞪了老白头儿一眼,嫌他在这儿当电灯泡碍眼,不客气地推着他走到门外:"快去忙你的吧,大爷,这儿有我就够了。"老白头儿又转身对吉娅叮嘱了几句,无非是要按时吃药,不要碰了腿上的石膏等,才走了出去。

老白头儿一出去,蒙克就关了门,从轮椅后面搂住吉娅亲热起来。吉娅却有些厌恶地推开了他。吉娅虽然与他比别人要亲近些,但总是骂他身上有股子"二流子气"。他听了也不恼,反而嬉笑着说:"我是流氓我怕谁啊!"他和吉娅是同学,在学校时就对她穷追不舍。后来吉娅说她要到一个很遥远的地方,他说:"你去哪儿我就跟到哪儿。"吉娅说那地方十分偏僻,条件不好,会很苦的。他说:"和你在一起,再苦心里也是甜的。"的确,他很会甜言蜜语,而且追起女孩子来有股子锲而不舍的劲头,对女孩子的关心细致入微,非常贴心。有一回吉娅去电台录音,突然想吃蒙古包子,他马上跑去买。当她回来时,吉娅已经进了录音棚。他就捧着包子在外面等。一个小时过去了,他怕包子凉了,就解开上衣——一件漂亮的羊皮夹克,把包子放在怀里暖着。两个小时过去了,吉娅还没出来,他依然在外面等着。三个小时后吉娅从录音棚里出来,看见他坐在长条椅子上,头倚着墙壁睡着了。她走到他面前,他猝然醒过来,急忙从怀中取出包子递给她——居然还是热的!再看他皮夹克,里面已经被包子的油渗了好大一片,把一件值钱的衣服给毁啦!她骂他傻,他只是看着她嘿嘿地傻笑。吉娅被他那股子执着的劲头所感动,半推半就答应了,先跟他相处一段时间看看。

第三章 吉娅

"我告诉你啊,光我答应你没用,你得过了我妈妈那一关才行哩。"吉娅说的妈妈是指杜拉。

"那没问题,不出三个月,我先把你妈妈拿下。"他自信地说。

这次杜拉来为赛娜处理后事,蒙克一看机会来了,便在她面前拼命表现。他总是抢着为杜拉拎包,给她带路,陪她出入这里那里,充当导游,给她讲这里的风土人情(她听了只想笑——自己是这儿土生土长的,而他则是外来的,来了还不到两年呢)。他会开车,帮她泊车、加油、洗车,把车清理得干干净净再交给她。他管她叫"阿姨",在一句话里至少会出现三次"阿姨"。他虽然话多,但说得得体,她并不觉得他油嘴滑舌。其实他那点儿小把戏杜拉一眼就看穿了,只是不揭穿他罢了。夜里吉娅钻到她的被窝里,抱着她的胳膊,好像是无意间提到了他,试探着问杜拉对他的印象时,杜拉假装懵懂的样子问:"谁呀?你说的是哪个小伙子呢?是大骆驼吗?"她看出大骆驼好像有点儿喜欢吉娅的意思。吉娅嗔怪地摇晃着她的胳膊说:"哎呀,你是故意的……不是大骆驼,就是他嘛……"杜拉故意逗她:"我真不知道你说的是谁啊!"无奈之下,她只得说出他的名字:"就是蒙克嘛。""哦,你说的是他呀——他嘛,怎么说呢,是个机灵的小伙子,模样嘛,也还说得过去。"吉娅有点儿不高兴了:"啥叫说得过去啊!你不觉得他挺帅的吗?""帅吗?没看出来。"吉娅假装不高兴了,松开了抱着她胳膊的双手,赌气似的转过身去。"哟,怎么,真的生气啦?好好,我说实话——他长得确实很帅,真的很帅。"吉娅这才破涕为笑般地转过身来,再次抱住杜拉的胳膊:"那……我选他做我的男朋友,你看可以吗?"这时候,杜拉就正色起来,她抚着吉娅的头发,轻声慢语说着:"选男朋友也就是在选择未来的丈夫,那可是一辈子的事情,所以一定要慎重。看一个男人不仅要看他的外貌,得要看他的心——首先一点,他得善良,再就是你们的三观得相同才行。"吉娅问是哪"三观"?杜拉说:"价值观、人生观、世界观。"吉娅笑了:"你的口气怎么那么像我们的政治辅导员呢。"杜拉说:"这样吧,咱们俩签订一个君子协议——让我再好好观察观察他、考验考验他,我要是觉得他可以,配得上你,那你就再跟他谈情说爱,好吗?同时,我觉得,大骆驼人不错,你也可以考虑考虑。"吉娅不再说什么。杜拉把这当成了默认。杜拉又认真地对她说:与男孩子相处要懂得保持距离,尤其是不要一时冲动,做出一失足成千古恨的事情来。"刚出窝的小鸟最容易折断翅膀,刚萌发的初恋最容易受伤。"杜拉用古老的蒙古族箴言来告诫她。但吉娅是个不往心里搁事儿的女孩子,她不爱听的话,是不会在心里驻留片刻的;尤其是这类说教的语言,她更是这耳朵进那耳朵出,不到第二天就忘得干干净净的。

这时吉娅认真地打量着站在她面前的蒙克。她的目光令蒙克有些惴惴不安。

"你怎么这样看我?我哪儿错了吗?"蒙克喃喃。

"我问你——你会一辈子对我好吗?"

"我发誓……"蒙克把右手放在胸前,信誓旦旦地发起誓来。

吉娅感觉自己的心田开始明朗起来,像是一块绿草如茵的青草地被冲破阴云的阳光所映照,到处都是嫩绿的色彩,到处是生机盎然。她的脸色开始温柔起来,嘴唇也散发出湿润的诱惑。蒙克又忍不住了,再次试探地搂住了她。这一回她没有推开他。蒙克的胆子变大了,把一只手伸入到她的怀里,她也没有拒绝。当他的手触碰到那座温柔而丰硕的小山包时,她发出一声娇嗔的呻吟……

39

　　苏博士的讲述并不是很完整的，时断时续。他告诉杜拉：赛娜心中的阴影太重了，有些事情她是绝对不和我说的，但为了彻底弄清她心理恐惧的原因，我必须得知道真相，于是我给她进行了催眠。一个人在睡眠状态中是会讲真话的。

　　杜拉心中有些悲哀，从什么时候起，我们都把自己真实的内心掩盖起来，不敢向其他人吐露真话？这难道不是一种病态吗？

　　"人在睡梦中的讲述是断断续续的，是零散的片段，而我们要做的事情，就是把这些片段一片片拼接起来，就像孩子们玩儿的拼图游戏，需要费很大的体力和智力以及时间才能完成。即便这样，也不一定能拼出完整的原貌。幸好，赛娜给我的片段还算完整，这样，我基本上能把那幅拼图拼接起来。"

　　杜拉点了点头，她期待着他继续讲下去。随着苏博士的讲述，她的内心产生了一种负疚感——自己对姐姐居然几乎一无所知啊！她原来也经历过那么多的苦难。表面上，她头上顶着荣誉的花环，身上披着艳丽的彩装，簇拥她的是仰慕的目光和热烈的掌声，但是，有谁知道在那花环、彩装、仰慕、掌声背后会隐藏着巨大的苦难呢？那苦难并非我们通常意义上的苦难，而是心灵的一种折磨！

　　她需要看到一幅完整的拼图。

　　不知不觉中天早已经黑了。苏博士提议不如我们到外面去找一家餐馆坐坐，边吃边聊。他还说他知道附近有一家非常不错的蒙古餐吧，都是草原元素，饭菜好坏且不论，他喜欢那儿的环境，很幽静，能让人忘却都市带来的烦恼。杜拉说那我们就去那儿吧，我来买单。苏博士一笑未置可否。二人起身向外走去。

已经过了下班的高峰期,何况又是后海边上,路上几乎没有多少行人。路边不知是玉兰树还是丁香散发出令人沉醉的暗香。都市的夜在霓虹灯的辉映下,总给人几分灯红酒绿的醉意。他们沿着湖边走了一会儿,又拐过几个小胡同,便来到一家名为"天堂草原"的餐吧。果然,餐吧里的食客不多,光线比较幽暗,浓郁的蒙古风的装饰,墙上挂着陈旧的勒勒车的木头车轮、马鞭等牧区常见的生活用具,还有马头琴之类的民族乐器。音箱里传来马头琴低沉的述说。这种环境杜拉是非常熟悉的,她能理解苏博士的好意。

他们选了一个角落里坐下,点了奶茶和几样奶食品。杜拉问苏博士要不要喝一杯,博士摇头说他滴酒不沾。杜拉说:"这是个好习惯,我身边的朋友已经有好几位因为饮酒而英年早逝了。"苏博士表示惋惜,说其实古罗马人就是因为酗酒而灭亡的。这说法倒是新鲜,以前她只听说古罗马是因为使用银器中毒而灭亡的,头一回听说是酗酒而亡。二人又闲聊了一会儿。苏博士说赛娜去年夏天曾邀请他去草原游玩,但他因为工作忙而未能成行。她打电话给他说,今年的草很好,邀请他快去。他开玩笑问她,草好就请他去,是请他去吃青草吗?她在电话里笑得很开心。真没想到,她居然说走就走了……说到这儿,苏博士的眼圈儿有点儿红了。

"苏先生,我姐姐她心里的那块阴影,究竟是什么呢?"杜拉问。她的瞳孔此刻反射着头顶上绿色射灯的光芒,显得幽绿,仿佛旷野中野狼的眸子。

"她的精神创伤,源自一个男人。"

"男人?"杜拉的心中一动。

"对,一个戕害过她的男人。"

"那男人是——"

40

第一次用那把钥匙打开新房的门时，赛娜还是有些抑制不住小小的激动——两间卧室一间客厅都是朝阳的方向，真正的南北通透。厨房在北面，打开窗户就能空气对流，夏天便能享受到穿堂风儿带来的凉爽快意。客厅宽大的落地窗使整个房间充满了明亮，仿佛将外面的蓝天收纳到房间里。房间刚刚经过精装修，那种装修风格是她所喜欢的——简洁明快，落落大方，色彩和谐，不落俗套。她最讨厌那种大红大绿花里胡哨的装修，那种金光灿灿显示出小市民炫耀的心态。必要的家具已经搬了进来，那是她委托老白去买的。其实整个装修都是老白帮她一手操办的，从设计到施工，老白拖着一双瘸腿跑跑颠颠，整整跑了三个月，才完成了整个装修。当老白请她来验收时，就把那把红色的装修钥匙还给了她。普通钥匙有四把，是蓝色把柄的，而装修钥匙只有两把，那是专门为装修工人准备的。等主人验收完成后，只需要用蓝色的正规钥匙拧几下，那红色的装修钥匙从此失灵再也不能用了。她很佩服设计人员的精妙设计——多么贴心啊！万一施工人员私自配了钥匙也是没用的。古人说防人之心不可无，即便那些施工人员里没人起坏心，还是小心无大错，这样也能让房东落个安心入住。

老白头儿跟在她身后，观察着她的面部表情，看见她的瞳孔里散发出喜悦的神情，他算是彻底放心了，似乎松了口气，脸上也洋溢着难以抑制的喜悦。

"辛苦你啦！"她这句话算是对他三个月来所付出的所有辛勤

的表扬。

"只要你满意就行。"他有些小激动,"看看还有哪儿不满意,需要改进的?"

"都挺好啊。"她四下打量着说。以后这里就是她的家了,这么漂亮的家,会不会有些奢侈啊?符合乌兰牧骑艰苦奋斗的光荣传统吗?但不管怎么说,她从此可以不再受旁边宿舍那一对小两口的骚扰了,也不用再听那大花眼激情四射的动物解说了。这对于她,应该也算是一种解脱吧。

老白头儿似乎肚子里有话要说,刚刚要开口,赛娜口袋里的手机铃声响了起来。

是杜拉打来电话。

每次杜拉来电话时,她不是在郁闷的时候,就是在喜悦的时候。姐妹之间莫非真的有心灵感应吗?有时候她刚刚在心里想,杜拉怎么好久没动静了?杜拉的电话马上就会打过来。

"赛娜,听说你分到了一套新居室?怎么样,装修好了吗?搬家了吗?"电话那头,杜拉关心地询问。

她简单地回了杜拉几句,说她正在观看新居,心想杜拉的消息怎么会这么灵通呢?难道,是他电话里告诉了她吗?老白在传达室里守着电话,杜拉非常可能会把电话打到那里。果然,杜拉并没有对她隐瞒消息来源:"老白电话里给我说的。听说房子装修得挺不错嘛。你啊,也应该回归到正常的生活里来啦,享受一下一个女人应该享受的生活吧。"

赛娜觉得杜拉话里有话——享受一下一个女人应该享受的生活?难道说,我从来没有享受过女人的生活?那我过去是什么样的生活?女人应有的生活又应该是什么样子呢?

"做一位妻子，做一个母亲，这才是女人应有的生活。"杜拉说。她这些年来一直劝赛娜丢掉那些虚荣和花冠，不要总是飘浮在空中，应该回到大地上来，回到一个正常人的实实在在的状态中来。但对于这些话赛娜不以为然——每个人有每个人不同的追求，女人为什么不能在事业上出人头地？为什么不能过单身的生活？再说了，杜拉自己呢？不是也一直没有结婚吗？

"我们的黄金年龄已经过去了，赛娜，不要再逞强啦！老白是不是在你身边？在？那太好了，你和他商量一下——你们选个好日子圆房吧……风风雨雨这么多年都不容易。你们曾经相爱过，为什么现在不能再续前缘呢？"电话里，杜拉连珠炮似的说着。

赛娜边打电话边走到阳台上，这样，离老白远一些，他就不会听到她们姐妹间通话的内容。她不想让他听到。阳台上的阳光非常强烈，她一时有些眩晕。风从远方吹拂而来，扑在脸上也是灼热的。她对着话筒声音不高却很坚定地说：

"杜拉，我个人的事情不用你操心！你还是替你自己多操点儿心吧。"

"好，就算你不为自己着想，那么，是不是也应该为他想一想啊？他经历了那么多的苦难，难道你不应该补偿他一下吗？"

杜拉的话说得很重，这让赛娜无法承受，她马上也重磅反击回去："他经历的苦难是谁造成的？你怎么把责任推到我头上？看来你是心疼他了？你想补偿吗，那你嫁给他好了！"她很少这样激动。

说完，她不等杜拉回话，就飞快地挂断了电话。

客厅里的老白似乎感觉到赛娜心中的不愉快，等她从阳台上回到客厅之后，也客套两句离开了。

赛娜有些颓丧地跌坐在沙发上。新沙发还没有拆去外面的包装塑料，坐上去感觉滑滑的。房间里拥挤着浓浓的甲醛味道。她坐在那儿发呆，一时思绪纷乱如麻——杜拉的电话再次戳到了她心底最隐秘的痛点。这些年来她拼命地工作，几乎已经到了忘我的境界，全部精力都扑在工作上，从来没有考虑过自己，更没有为自己的未来生活做过仔细的规划。老白的归来虽也曾在她平静的心海激起过一层层涟漪，但那只是片刻的激荡和扩散，很快就归于平静。自己曾经爱过这个男人吗？是爱过，可那是因为自己年幼而不晓得人情世故，那是因为成长期的盲目激情没有得到很好的控制，那是因为当年的他的确很有魅力，而自己一时被诱惑……一切都已经过去了，都结束了，与他再续前缘？怎么可能呢！他已经不是从前的那个白岩，他的身份与她拉开了遥远的距离，且不说他身体残疾，单就思想觉悟来说，他亦不能与自己同日而语。包金也曾告诫她，一定要和他保持距离，这是原则问题！虽说他的问题已经平反了，但不等于他没有问题。那些年的劳动改造毕竟给他的历史涂抹上一个抹不去的污点。眼下给他安排了一份工作让他老有所养已经对得起他啦。

　　经过一番苦思冥想之后，她觉得心里轻松起来。她决定不再理会这件事情。

　　这时包金打来一个电话，要她马上去宾馆报到，参加一个政治思想教育的重要会议。在那个会议上，将安排她做重点发言。她说有点儿突然，没有准备，怕讲不好。包金笑着说："对你来说，那还不是轻车熟路嘛，再说，发言稿我让秘书已经给你准备好了，你照本宣科念就行了。"放下电话，她再次感觉到包金的体贴入微，同时也在想：有关房子的事情，应该怎样感谢人家呢？

41

　　三天的会议开得很顺利。赛娜虽然只是照本宣科念完了稿子，但她的发言还是引起热烈的反响。她是演员，当年白岩曾经教过她如何朗诵，如何把握朗诵的节奏和感情的渲染，如何在关键的地方煽情以引起听众的共鸣。说实话秘书的稿子写得也不错，血肉丰满，有好几个动情点，她通过自己的朗读将其完善。演讲特别成功，台下掌声雷动。晚上会议会餐时，她端着酒杯分桌给大家敬酒。当敬到包部长那儿时，包部长与她礼节性地握了下手。别人只是看到了握手，只有她知道包金的中指在她的掌心里划了一下——那是给她发出什么暗示吗？

　　晚宴后回到宾馆房间，已经是晚上十点左右了。不知为什么，她有些忐忑起来。同房间的一位女干部是从苏木来的，家里有急事，今天下午就返回去了。房间里只有她一个人。她正犹豫着要不要收拾东西回家去住时，响起了轻轻的敲门声。她走过去将门打开，一个人影轻捷地闪进来，顺势将门关住。他进来得是那么迅速，使她没有任何心理准备。在她还在发怔的当儿，那人已经将她紧紧地搂在怀里并且开始亲吻她。

　　是包金。

　　她觉得心儿跳得张狂。自从上一回他送她回去，并在院门外强吻她之后，她一直有些心惊肉跳，尽量避免单独和他在一起。可是她知道那样是没用的，他迟早还是会找上门来的。他一直想得到她，得到她的全部……这已经是毫无疑问的了。他所恩赐给她的那一切——权力、荣誉和房子，都是有代价的，都是需要她做出回报的。那回报也越来越明晰了——不是语言，也不是心存感激，而是她的身体。

多少年了她没有和男人亲近过。对他的侵犯她只是感到心慌意乱。事后想来，如果他再绅士一些、耐心一些、温柔一些，她有可能会接受他，或者半推半就。但是他太急于求成了，或者在这种事情上他依然保持着居高临下的姿态，对她的侵犯那么理直气壮、那么急切而疯狂，这令她感到害怕。她用全力从他的怀中挣脱出来。她几乎是在哀求他了："包哥，别这样……求你了，别这样……"但他的欲火显然已经熊熊燃烧起来，他的语速比平时快了很多："我对你好你是知道的，你难道不想报答我吗？"赤裸裸的利益交换啊！也许那些轻佻孟浪的女演员会吃这一套，会主动地投怀送抱，可是她骨子里有着父母知识分子的那种高傲，她不会用自己的身体来做交换。当他再次向她扑过来时，她再次灵巧地闪开，他扑了个空，扑到了床上。她趁这机会急忙进了洗手间，从里面将门插住。马上听见了他的敲门声。声音不大，是他克制着自己。他不敢把声音搞得太大——旁边住着的都是参加会议的代表。他在外面哀求她把门打开。她在里面用脊背抵在门上，不开门也不说话。她觉得自己的身子在发抖。他又敲门，又哀求。她低声对门外的他说，语气很坚定："你走吧，我要洗澡了。"他没走。他没有死心，依然抱有希望。

"你要再不走，我可要喊啦。"她发出了最后的通牒。

外面沉默了片刻，然后，她听见脚步声——皮鞋踩在地板上很轻微的声音。开门声和关门声都很轻，只有她能听出来。之后，外面便是漫长的寂静。

她拧开洗脸池的水龙头，把整个头都浸泡在水里，直到快要喘不过气了，这才把头从水里抬起来。她看见洗脸池上的那面镜子出现了一个披散着湿漉漉头发的女子，惨白的面容，两只空洞的眼睛犹如两个深不可测的黑洞茫然地凝视着她，似乎要凝视出她的灵魂来似的。

扯了一条毛巾，将头发上的水珠擦拭干净。她想了一下，决定马上离开宾馆，回家去住。万一他不死心，一会儿又来骚扰她呢？她很快将东西收拾好，然后像做贼似的悄悄从宾馆溜了出去。

好在宾馆离她的新居并不远，走了大约十分钟就到了。路上遇到几个醉鬼，他们互相搂着唱着跟跄着，见了她叫喊起来："美女陪我们喝一杯啊……"她低下头加快了脚步，摆脱了醉鬼们的纠缠。到了单元楼后，她从小包里摸出家门钥匙，打开门走了进去。

回到家开始觉得踏实了许多。看了一下时间，马上就要零点了。她抓紧时间洗漱了一番上了床。关掉灯后，一种孤独感突然从身体的什么地方冒上来，像个恶魔似的紧紧地攥住了她。她闭住眼睛对自己说："把一切都忘掉，马上睡觉！一觉醒来，明天又是一个崭新的开始。"可是，越是想睡，却越是睡不着。大脑犹如一架电影放映机，不停地播放着一个又一个快闪画面。起初那些画面还比较连贯，有些意义，可到后来，那些画面开始混乱起来，互相切入、叠化、拉远、推进……时而闪回，时而组合着毫无意义的奇奇怪怪的蒙太奇……

从那天开始，她失眠了。

大约是夜里三点钟，她感觉自己快要睡着了的时候，突然却听见一把钥匙转动暗锁的声音。在寂静的夜里，那金属的摩擦声犹如老鼠啃噬着玉米粒一般清晰可辨。她紧张得屏住了呼吸，心脏仿佛已经停止了跳动，但那"砰砰"的声音却夸张地凸显而出。她蹑手蹑脚走到那铁制的防盗门前，通过"猫眼"向外窥视，但是外面的过道只是一团浓浓的黑暗，什么也看不到。

门锁似乎又转动了一下。

她壮起胆子喝了一声："谁？"

没有回答。她的声音犹如往大海里投掷了一个小石块，连一圈微弱的涟漪都没有溅起。

她从门口边的鞋柜上摸出一把手电，那是老白专门给她预备的，说是万一停电，好用它来应急。她先是将手电摁亮，然后猛地打开了防盗门。手电光犹如一道闪电刺穿了走廊里的黑暗，一直投射到过道的尽头——

走廊里空空荡荡，什么也没有。

第四章 白岩

42

他一直有一种感觉：自己一直在冬眠着，沉睡着，终于有一天，当他一觉醒来时，外面已经是一个完全陌生的新世界，而自己，无论如何也成为不了新世界的一部分。

有时候，一日长于百年；而有时候，一生却只有短短的那么几天。

他是一个懂得用心去爱的男人，在坎坷的一生中也曾收获过爱情。然而，到了现在，却发现他的爱情挂在屋檐下，已经渐渐落满了灰尘。

尤其是当他最心爱的女人长眠于地下之后，他已经是心如死灰。

他曾经是一名优秀的舞蹈演员，是一位让姑娘们为之动心的"白马王子"。他从小在北京舞蹈学院学习，主修课是芭蕾舞。他曾经饰演过真正的王子，从《天鹅湖》到《胡桃夹子》，从《睡美人》到《吉赛尔》再到《红色娘子军》，他饰演的几乎都是男一号。舞蹈是他挥洒生命活力的唯一方式，而舞台那绛紫色的金丝绒大幕则是他人生最辉煌的亮点。他喜欢舒展的燕式跳，跳起来有飞的感觉；他也喜欢空转，当他跳起来空转三圈儿时，觉得世界是在围绕着他在旋转；他更喜欢与一位漂亮的女演员搭档跳双人舞，在那轻柔舒缓的交响乐中，他们配合默契，互相融入，和谐而完美。那时候他会展露出男性阳刚的一面，与女伴的娇柔舞姿相辅相成，浑然一体，美到了极致……

然而好景不长，命运在一个早晨发生了颠覆性的改变。他的人生在他二十五岁那年进入了苦难时期——因为一桩与他根本无关的政治事件，他骤然从云端跌落到深渊，从骄傲的王子变为阶下囚。他曾下过煤窑，每天从煤窑里爬出来，脸上脖子上涂抹着一层厚厚的黑煤面子，像是来自刚果的黑奴，只有张开嘴时，一口牙齿雪白雪白；他曾当过牧马人，瘸着一条腿去放马驯马，经历了许多惊心动魄的故事。他也给人当过小工，干过最苦最累最脏的体力活儿。运气最差的是在井下当矿工时，矿井冒顶，他死里逃生，却被砸断了一条腿。

在那些苦难的日子里，支撑他顽强地活下去的动力只有一个——她！她的音容笑貌无时无刻不出现在他的脑海里，每当他感觉自己快要支撑不住的时候，她便出现了。她用她美丽温存的一笑，化解了他的绝望，把他从死亡的边缘上拉了回来。她是我的恩人啊！他常常这样想。久而久之，她在他的心中已经神圣化了——她就是他的女神！

他带走了她的那条红色丝巾。他一直将那条丝巾揣在怀里，感受着她的体香、她的体温、她的音容笑貌。他这些年所有的委屈和积怨，在与那条红丝巾的触碰中烟消云散；他所经历的所有的苦难，在红丝巾圣灵般的光环中黯然失色。

记得他做牧马人那年，她来看望过他。是她吗？姐姐还是妹妹？随着时光的流逝，他越来越弄不清楚了：究竟是谁呢？好像她们二人先后都来过？醉酒和醉酒之后的事情他几乎都忘了。总之，她们姐妹二人当中，曾经有一个人把她最宝贵的贞操给了他。他没有拒绝，全盘收下。之后他反省自己，认定自己不是一个品行高尚的男人，为什么要接受呢？是为了慰藉那颗孤独的灵魂吗？是为了让那叶漂泊在大海上的小船酣睡在一个宁静的港湾吗？还是跋涉于沙漠中的饥渴者不顾一切地饮下了最后一滴清泉？抑或，只是他在收获着自己被冤屈数年之后迟来的一份歉意的回报？所以才接受得那么自然那么心安理得？

当他有一天终于重返阿镇的时候，他才发现自己真的老了。

故地重游，鬼使神差，他走进了乌兰牧骑那间陈旧的排练厅。排练厅经过重新装修，地板是红色木质地板，光亮如刚打过油似的；墙壁也新近粉刷过；墙上镶嵌的练功用的把杆也是新的，红木制作的，很考究；一面裱糊好的字画挂在醒目的位置上，那是他耳熟能详的《乌兰牧骑誓言》。正面墙壁上嵌着一面面大镜子，擦拭得锃亮，一尘不染。这是她的风格！赛娜喜欢整洁，无论是工作的地方还是生活的地方，她都会收拾得窗明几净、井井有条。就在那时，他突然在大镜子里看到一位白发苍苍的老头儿，他弯腰驼背，步履蹒跚，仿佛从时间隧道慢慢走来，一直走到他面前。

从翩翩王子，到白发老翁，似乎只用了一夜的时间。

上苍是何等之冷酷呀！

43

再次在她的办公室见到她时，他外表冷静平淡，心里却酝酿着岩浆般的激情。只不过多年的流浪生活使他学会了在任何时候都不动声色，以外貌的冷漠掩盖着复杂的内心。

她还是那样地美丽！虽然岁月锋利的刻刀在她的眼角额头刻下几缕细微的皱纹，但她年轻时的美丽依旧存在。她气韵中的雍容华贵不减当年。他记起自己曾在一本书中读到过的一段话，那是一段令他十分着迷的文字，此时此刻，他真想当着她的面把它大声地朗读出来：

> 我已经老了，有一天，在一处公共场所的大厅里，有一个男人向我走来。他主动介绍自己，他对我说："我认识你，永远记得你。那时候，你还很年轻，人人都说你美，现在，我是特地来告诉你——对我来说，我觉得现在的你比年轻的时候更美；与你那时的面貌相比，我更爱你现在备受摧残的面容。"

她抬头看着他，从那愕然的目光中可以看出来，她并没有马上认出他是谁。他说出了"白岩"这个名字之后，她依然是一副茫然的神情。当他把那条红丝巾放在她面前时，她才如梦方醒般地"哎呀"了一声，站起来看着他，一时有些手足无措的样子。

二十多年过去了，曾经的岁月是一本翻得黄旧的书，书上的字迹已经不太清晰了，书中的许多段落只剩下空格或者是省略号。二人的记忆同时在翻阅着那本书，完整的叙述已经无从查找，有的只是剩下的某些温情的片段。他内心产生了一种强烈的冲动，想过去抱住她，不是要吻她，而是想让她伸出手来，把手伸进他的白色衬衫里，去摸一下他的胸膛，感受一下那心跳——从那激烈的心跳中她应该知道他一直在爱着她，一直在想着她、念着她。可是他没有动。他知道成熟的爱只应该在血管里默默地流动，而不是靠肢体来表达。一个眼神儿，一个微笑，一个轻微的叹词，足可以表达丰富的情感。他可以用眼睛来传递那些情感，只是不知道她是否能接收得到？

他没想到她会那般成熟而老练，公事公办地谈起了他的工作问题。她提出了几个设想，譬如让他给学员们当舞蹈教练。他摇头否定了，这残疾的腿怎么可能当教练呢。她又说让他当文化教员。他说这些年自己当年学的那些汉字几乎都忘光了，不敢误人子弟啊。她又说他可以当秘书，帮着做些文案工作。他依然摇头："还是让我去养马吧，捎带着搞搞收发。"

从此那三匹马成了他亲密的伙伴。也幸亏有了这三匹马，才拉近了他与吉娅的距离。

冥冥之中，他感觉到吉娅与自己的关系非同一般，而自己现在最富有的，就是爱——一种从来不曾给过任何人的父辈的爱，他正好用这片爱的绿荫去庇护这个可爱的小姑娘。赛娜过世后，他努力从悲伤的情绪中解脱出来，每天，最幸福的事情莫过于可以看到吉娅。只要看到她，他就会非常满足了，别无他求。当然，如果能为她做一些事情，那更是会让他快乐上好几天。

吉娅偷偷去骑海伦，被海伦掀下马背，伤了一条腿，这让他愧疚了好几天。要是当初不带她去骑马就好啦，就不会出这事儿啦！万一吉娅摔成残疾和自己一样瘸了一条腿，那岂不是把一辈子都毁了吗？好在大夫说她伤得不重，身体很快就会恢复的，这让他的心情才略微好受了一些。

在街路上蹒跚而行，经过一家餐馆时，他才发现几乎一天没有吃东西了，就走进去，要了半斤蒙古包子。包子是纯肉馅的，一咬一嘴油，很香，他几乎是一口气吃完了八个包子。显然他经常到这家蒙餐馆来吃饭，这家年轻的老板娘与他很熟。当他走过去结账时，老板娘瞟着他笑着问：

"老白，最近有啥喜事儿啊？看你好像挺开心的。"

他笑了一下："能看出来？"

"没好事儿，你咋舍得吃包子哩。"

他说："是有桩好事儿，过两天我再和你说。"

大约是在吉娅刚来阿镇乌兰牧骑几个月之后，杜拉打电话找吉娅，但是吉娅的手机没电关机了，杜拉只好把电话打到阿镇乌兰牧骑的传达室。那边，接电话的是一个男人，他只说了一句："您找哪位？"杜拉就听出他是谁了——他那铜质般的共鸣音一如当年。

"白岩，我是杜拉。"

"杜拉？"他显然没有听出她是谁，声音充满了疑惑。她只说："小红毛，朵兰。"

"哎呀，是小红毛啊！"他一下子激动起来，声音也高亢了许多，"你在哪儿？"

杜拉只是简单地告诉他：自己虽然定居在北京，但由于职业的缘故，每年在全国各地乱跑。当她说出要找女儿吉娅时，电话那头传来吃惊的声音：

"啥，吉娅是你的女儿？"

"是呀。"她心想，要是我说出她是你的女儿，那你会不会惊掉下巴？

"她怎么样？"

"她很好啊，不错，是个好孩子。"杜拉当然不知道，那几天，吉娅因为老白没有答应带她去骑马，她正在恶作剧戏弄他。

"赛娜还不知道吉娅是我的女儿,你先不要告诉她。"

"好的,可是你为什么……"

杜拉很坚决地打断他的疑问:"到时候我会告诉她的。你快去喊吉娅来听电话吧。"

又过了大约几个月,杜拉突然出现在阿镇乌兰牧骑。吉娅在院子里看见了她刚刚停下的"牧马人",眼睛一亮,旋风般奔跑过来。杜拉一下车,她的两只胳膊就已经吊在了她的脖子上了。

"嗨,杜拉,我就猜到你这几天会来看我,我猜得准吧?"

院子里的男女队员刚刚排练结束,从排练厅走出来,看见她们母女相逢的样子,都指指点点,交头接耳。吉娅根本不在乎别人的目光,依然黏在杜拉身上撒娇。

"你给我带好吃的了吗?北京的驴打滚儿、萨其马,对了,还有糖葫芦……"

还不等杜拉回应,她已经迫不及待地打开车门,在越野车内搜寻起来。就在这个时候,赛娜也从排练厅走出来,原来是早有快嘴的队员跑去告诉她,说吉娅的妈妈来了。当她走过来看见杜拉时,呆怔了一下。

"朵兰。"

杜拉回头望着她微笑了一下。这时吉娅已经从车内抱着一大堆吃的东西下来,转回身看见了赛娜。

"赛额吉,我给你们介绍一下——这是我的妈妈杜拉。这是我们的队长赛额吉。"

赛娜的目光定格在吉娅身上。

一个小时后,在赛娜的家里,她十分不悦地质问杜拉:"你为什么不告诉我实情?"

"现在告诉你也不晚呀。"杜拉一副无所谓的神情。

"你让她到阿镇来，事先怎么也得和我打个招呼啊！"令赛娜愤慨的是杜拉无论什么事情都自作主张，就连这么大的事情也不与自己商量。虽然从小到大女儿都是由她抚养，自己很少见到孩子，尤其是近些年，自己由于工作太忙，已经有许多年没有回去看望孩子了，但毕竟自己是吉娅的亲生母亲，杜拉竟然无视这个事实，好像吉娅与自己毫无关系似的。

"知道我为什么强迫吉娅到你身边来吗？"杜拉点燃了一支烟，她觉得自己的手微微有些颤抖。烟只吸了几口又扔到脚下，用皮靴将那支烟碾压着。那支烟痛苦地呻吟着在她的皮靴下变成粉末。她觉得自己真的无法与姐姐沟通——自己明明是为了她好，听说她近年来身体越来越糟糕，所以才把女儿派到她身边来，可她却丝毫不领情。

"难道你一点儿也认不出她了吗？"杜拉逼视着赛娜问。

"感觉有点像小雅，可又不能确定……谁能想到你给我玩了这么一手呢。"赛娜的口气依然带有责备的味道。

杜拉曾经告诉赛娜，女儿的名字叫"杜小雅"，"吉娅"这个名字骗过了赛娜。当她得知这个小红毛是当年自己分娩出的那个小东西之后，她反倒平静了许多，并没有表现出多么激动。

"好吧，把她送到乌兰牧骑是你一生中做出的最正确的选择。"赛娜的语气缓和了一些，言语间有了感谢妹妹的成分，"乌兰牧骑是我们安身立命的地方，也是我们后代的归宿。"

杜拉并不认同姐姐的这个观点，但她不想一下车就与她争吵，所以对她的话未置可否。

当晚，白岩见到了杜拉。当杜拉语调平静地对他说："知道吗，吉娅是你的女儿。"他的心里闪过一片明媚春光，似有千万匹马从草原上奔腾而过。

……

白岩回到传达室时，已经是傍晚八点多了。赛娜在世时，住在单位，抓纪律抓得紧，那些年轻的队员平时到了晚上都会主动地学习或者练功，没有往外跑的。自从赛娜过世后，他们的纪律明显地松弛下来，宿舍里亮着灯，有的在看电视，有的在喝酒。据说要提乌力吉当队长。但乌力吉说他有条件，必须得将乌兰牧骑由差额单位改成全额的，就是说要给队员们发全额工资，不然的话，他领导不了。文体局把他的意见报送盟里，等待盟里的决定。

白岩感觉有点儿无聊，翻看了一份今天的报纸。盟报依然以重要的篇幅在宣传赛娜的"光辉事迹"，配着一幅她演出时的大照片。他盯着看了一会儿，眼睛有点儿湿润了。就在这时，桌子上的电话铃响了起来。自从每个人都有了手机之后，这部电话就成了摆设，几乎很少有人把电话打到这里来。他还记得当年传达室的电话有多抢手，每天练功或者排练休息的片刻之时，大家蜂拥而来，来抢电话。梁大爷一副公事公办的派头，指挥大家排队，用一口浓浓的山东口音发号施令："排上，都排上——得有个先来后到嘛……哎，这就对啦！咱这也是部队，得有纪律！当年俺当兵那会儿，连拉屎撒尿都得排队哩。"

在他发怔的当儿，电话铃持续不断地响着，显示着电话那头那个人的急切与固执。他拿起话筒，里面传来一个熟悉的声音，可是他却一时想不起这人是谁了。

"喂，是老白吗？"那声音真的很熟悉。

"是我……找我吗？"

"当然是找你啦……哎,你现在有空儿没?"

"啥事儿?"

"要没事儿出来坐坐。好久没见你啦,我们叙叙旧。"

他犹豫着,连对方是谁他都没搞清楚,他不敢贸然答应对方。

"半小时后,我们在乌兰牧骑附近的那家赛伊德蒙餐馆碰面。那儿很安静。知道那个地方吧?当年那儿有一家国营饭馆,我们俩总在那儿喝奶茶……"说完,电话那头挂断了。

与此同时,老白的脑海里闪过一道耀眼的光亮——是他!

肯定是他。

44

餐馆果然很安静,只有一两个人在吃饭。角落里有点儿昏暗,灯光从头顶上投射下来,他戴着一顶呢子礼帽,正好挡住了脸庞,所以他的脸处在阴影中有些黑乎乎的。

老白走进餐馆时一眼就看到坐在角落里的那个人,虽然没有看清他的脸,但他马上认出来:是他!

他一瘸一拐走了过去。

那人站起来,向他伸出一只手来,握手。老白第一次觉得他的手好软,如同妇人的手。这时已经能真切地看清他的面容了——果然是包金。

"包盟长……"

"老白,想跟你说说心里话,所以选择了这么个地方,你不会介意吧?"

"哪里,这儿挺好的……"

说话间二人坐定。包金已经点了几样菜，开了两瓶啤酒。他要给老白斟酒，老白有些惶恐，急忙抢过酒瓶子："我来……我来……"

　　说心里话，老白内心挺忐忑的，不管怎么说，人家也是领导，而自己呢，目前的身份有些不尴不尬。虽然，当年在乌兰牧骑的时候，他们两人的关系一直很好，包金一直把他当成知己，但现在毕竟身份地位不同了啊。他抬眼望去，包金保养得很好的脸上浮现着一种雍容华贵，头发茂密而黑亮，两鬓间居然没有一根白发（也许是染发了吧？），印堂发亮，大双眼皮依然是那么层次分明。他应该也五十多了吧？可是并不显老，看上去也就是四十岁左右。与他相比，自己这满头银发太扎眼了。

　　那时候他们俩住一个宿舍，一个是业务尖子，一个是政治骨干，可以说是阿镇乌兰牧骑的两杆旗帜。私下里两个人称兄道弟，和江湖上换帖子的兄弟差不多。白岩出事后，有人认为包金不够意思，非但没帮白岩一把，还落井下石，因此毁了白岩的一生。但时至今日，包金并不认为自己做错了什么——白岩无论是故意的，还是无意的，如果那件事情是他做的，他就得承担责任！军管组来人带走了白岩。他并没有幸灾乐祸，也曾想办法为他开脱。但是那件事情太严重了，必须得有人承担责任。军管组的人让他在宿舍里寻找其他的有关"罪证"。他在宿舍里找到了他的一本日记。他在两个小时之内快速地看完了那本日记。他觉得那本日记一下子变得有千斤重，而自己的手则无力合上它。日记是镜子，是一个人内心的真实反射。白岩的日记有许多读书笔记，但不是读红宝书的笔记，而是阅读苏俄文学以及欧洲各国文学作品的笔记。在笔记中，他表露出对于西方资产阶级生活方式的羡慕和向往，表现出严重的意识形态的反动。如果把这本笔记交上去，那么，等待白岩的恐怕不是劳动改造而是枪毙……

经过整整一天的思想斗争，他没有把那本笔记交给军管组，而是拿到锅炉房烧掉了。在把日记本投进炉膛的那一刻，他的心仿佛要跳到外面。他担心这时候会有人突然来打开水闯进来。还好，那已经是半夜时分，没有人来，那日记本在炉膛里很快熊熊燃烧化为灰烬。走出锅炉房的时候，他顿时轻松起来。如果说，白岩被带走之后，他的心底尚有一丝愧疚之情，那么现在，他已经完全没有任何心理负担了。他在心中暗暗说："我对得起你啦，白岩，我救了你一命呢！"

这件事情他对谁也没有说。直到许多年后，他单独和赛娜在一起谈起白岩时，他才对她详细讲了出来。他看见赛娜的脸上起了变化，她肯定被感动了，眼眶里似乎闪过亮晶晶的泪花。她低声说："你是个好人，包哥，其实以前我对你真的不太了解……"

赛娜没来得及把这事告诉老白就去世了。所以老白至今也不知道这件事情。

二人面对面坐着，一边饮着啤酒，一边喝着奶茶。这种饮法是阿镇的特色。在七八月的黄金季节，他们几乎通宵达旦地饮酒。有人总结出一套当地的"饮酒三部曲"：第一场酒局是"正餐"，烈性白酒伺候，一般的白酒都得要五十度以上；第二场酒局是"佐餐"，转移阵地，到附近的KTV去唱歌，把刚才输入到身体里的酒精挥发出去。当然光是唱歌也太无聊了，必须得有啤酒（或者白酒）喝着。第三场就是"宵夜"——到串儿店去撸串，这时候白酒、红酒、啤酒大团圆，喝什么的都有。一般不喝到后半夜两三点是不会散摊的。也有喝到天亮的，互相扶着架着说着唱着笑着也有哭的，各自归巢,这时候太阳照常升起,小镇已经从醉意迷蒙中苏醒过来。

他们附近的一扇窗户敞开着,屋子里聚集了整整一天的热气悄悄溜了出去,凉爽的空气不知不觉潜伏进来。人们期待了许多日子的仲夏之夜,终于夹裹着草原的气息,承载着节令的使命到来了。可他们却因为追忆悠悠往事而没能注意到这悄然的变化。

"没想到赛娜走得这么突然,她还不到五十……"他有些悲伤地说,"本来,我还想在我们乌兰牧骑四十年大庆的时候,召集大家在一起好好坐一坐呢。"

"已经走了好几个啦。"老白也伤感地说,"有时候想起他们,真奇怪自己居然还活着,唉。"

"是啊,转眼我也要退休啦。"

"你?也到站了?你才五十多啊,不到退休的年龄呀?"

"今天,组织部的人找我谈话了。可能要让我去政协过渡一下。"他神情淡淡地说道,"退二线也好,可以做些自己想做的事情啦。"

包金告诉老白,首府有一家私立艺术院校想聘请他去当校长。等退下来,就去首府安度晚年啦。阿镇毕竟是个偏远的小城镇,不适合养老。又说:"老白啊,我是把你当成老朋友,才和你说这些心里话的,你知道就行啦,可别外传啊。咱们哪儿说哪儿了。"

老白苦笑道:"我除了养那几匹马之外,啥事儿不管,啥心不操,在这儿没亲戚,也没朋友,我跟谁说去?"

"你呀,早该成个家啦,"包金说,"是不是心里一直放不下赛娜呢?"

老白摇了摇头说:"早没那份想望啦,我们俩,没缘分!"

"也是。你呀,条件别太高,找个一般的退了休的女人,还是好找的。阿镇死了老公的女人挺多的。你找个孩子少的，有退休金的，没经济负担的就行。但人一定要好，能照顾你的生活。"

老白摇头说："不找啦，不找啦，一辈子一个人，惯了；身边有个人不停地唠叨，反而不习惯呢。"

包金望着老白突然诡秘地笑了："有一个人，我看，好像对你有意思哩。"

"谁？"老白有些茫然。

"朵兰——她也至今是单身呢。"

"小黄毛啊？"老白笑起来，"你扯到哪儿去啦！我们俩怎么可能呢。"

"怎么不可能？"包金一本正经地说，"当年，我看她就挺喜欢你的。"

"那时候她还是个孩子呢。不说这个啦，不说……"

"好，不说。哎，朵兰还没走吧？明天叫她出来一起坐坐，咱们到元大都酒店，我做东。"

"她去北京了，不知道明天能不能回来呢。"

"去北京了？她女儿吉娅不是骑马摔坏腿了吗？她怎么走了？"

"吉娅没大事儿。"

"朵兰去北京，有啥急事儿？她现在可是个挺有名的编剧啊。"

"我没问……好像听她说，是去找一位心理医生。嗯，她现在名气是挺大的，大家都叫她杜拉。"

"看心理医生？"

"是……她说，这医生给赛娜治疗过失眠症。她想知道究竟是怎么一回事儿。"

"噢，这样啊。"包金的脸上浮现出一种奇怪的表情，然后他盯着老白问：

"老白，我听人说——其实吉娅不是朵兰的女儿，而是赛娜的……这事儿，是真的吗？"

老白支支吾吾："真的假的，我也不大清楚啊！"

"你要是知道，必须得告诉我啊，可不能瞒我。对了，你可以问问朵兰嘛。"

"你咋关心起这事儿来了？"

"哦，随便问问……我记得，赛娜从来没怀孕过啊？是不是有人想故意诋毁她，给她造谣呢？"

"有这种可能！"

"赛娜是我们的光荣，不能让别有用心的人诋毁她！"包金坚定地说。

45

"失眠了？睡不着觉？有十来天了？这么严重啊？难怪你的脸色这么难看呢。身体是革命的本钱啊，你这么拼身体可不是个办法，身体垮了，本钱没了，还怎么工作呢？怎么为革命事业添砖加瓦呢？"他看着坐在面前的赛娜关心地问，把一杯茶递给了她。

赛娜接过茶来，有些感动地说："谢谢包局……我没大事儿，也就是个失眠……"

"叫你来，本来是谈工作的。4号自治区有大领导要来检查工作。为了欢迎领导，需要你们乌兰牧骑表演一台过硬的节目啊。"

"没问题，包局，我们那台节目前几天你不是已经审过了吗，能拿得出手吧？"

"嗯，应该没有问题，我看挺好的，再让舞蹈演员们把动作做整齐些，哦，再增加一两个鼓劲儿的节目吧。要把宣传党中央的方针政策放在第一位。"

"好，我回去安排一下。"

"记着——你们不只是娱乐群众，而且是党的喉舌！所有的节目都要紧紧地围绕着宣传党的当前的任务而进行。这个，宣传部的指示你已经看到了吧？"

"看到了，我们正在落实。"

又聊了一会儿工作。赛娜说队里正在排练，她得尽快回去，便起身告辞。类似这样单独被局长叫到办公室亲自布置工作的事情已经多次了。电台有人打抱不平，说包局是从乌兰牧骑出来的，所以偏心眼儿，给乌兰牧骑吃"小灶"。包金也不反驳，说："我就是给他们吃小灶啊！他们所起的宣传作用，不比电台差（现在谁还听广播呀！）。好钢用在刀刃上。你们有意见也没用。"

"对了赛娜，我认识一位大夫，是脑神经科主任，临床经验很丰富。你来之前，我给他打电话咨询过，他给推荐了一种比较好的安眠药。我刚才让司机小王到主任那儿把药取回来了，你再失眠的话，吃这个药试试。"

他打开抽屉，取出几盒药来，递到赛娜手上。赛娜心中又是一热，包哥人真的不错，对自己的关心细致入微。唉，如果他没有老婆的话，真的可以考虑是不是应该嫁给他呢。但她马上又否定了自己的想法，呸呸，怎么可能会爱上他呢？随便嫁给一个不爱的人，仅仅是出于对他的好感？这对于别的女人是可能的，但对于她来说是绝不可能的。

在回去的路上，赛娜又想，真的要单身一辈子吗？还真的没有认真考虑过这个问题呢。这些年给她提亲的人也不少，她去相亲的也不少，形形色色的男人见了许多，但几乎没有一个令她满意的。是自己太挑剔了吗？还是自从初恋受到沉重的一击之后，她已经对爱情绝望了？一个不相信爱情的女人，对于任何男人都不会放在眼里的，都会从他身上发现一些不可容忍的毛病。她是一个讲完美的女人，绝对不会屈从于传统，为了结婚而结婚。最初那些年，她最隐秘的心底可能还曾怀念过他，期望着有朝一日他能平安归来，圆她少女时的梦。可后来，这想法越来越淡漠了。直到有一天他突然归来，出现在她面前时，她居然都认不出他是谁了。理想很丰满，现实很骨感，他早已经不是她少女时迷恋的那个男人了，他已经脱胎换骨，变成另外一个很粗糙的老男人了。退一万步说，即便是当年的他再次重现，她还会像过去那样爱他吗？也就是说，她还会喜欢那种白马王子型的男人吗？估计也不会了，毕竟，她早已经成熟了，埋葬了青春时虚无的浪漫，变得更现实了。

当天夜里，失眠的痛苦又跑出来折磨她。她躺在床上辗转反侧，与失眠做着斗争，可却无法战胜那个恶魔。

她下了床，取出药，按照药盒上的服用说明，吃了两片。那药有些苦，她喝了一大杯水，也没能将那股苦味儿冲淡。那苦味儿与黄连素和甘草的味道不同，是一种带有点儿凉意的苦味儿，似乎能一直窜入她的大脑里。

她看了一下药名："扎来普隆"，是他专门送给她的。

服药后过了不到半个小时，她便开始进入迷迷糊糊的境界。先是纷乱的云絮在蓝天上奔跑，纠缠着；然后，是许多化了妆的面孔在眼前闪过，都是些陌生的面孔；忽然间又是漫天黄沙，混沌中看见一辆军用吉普车急驰而去，而自己则在风沙中不停地奔跑着，却怎么也跑不出那无边无际的混沌……似乎又开始从高高的山崖上往下坠落、坠落，无休止地坠落着。她挣扎着，想抓住点儿什么，可是，却抓住了虚无——到处都是虚无，不知是雾还是云，它们在飞快地向上流逝着，耳边只有呼啸的风声。

混乱的声浪中，却清晰地响起了门的暗锁的转动声。之后，是门"吱呀"的响声和关门声。脚步声。有人走到了床前，似乎正弯下腰来注视着自己。光线昏暗的夜灯映照下，那男人的脸庞时隐时现，那层次分明的双眼皮更加层次分明……

肯定是在做梦呢。这个梦可不怎么好啊！

粗重的呼吸气流喷在脸上。似乎有人在吻她，从脸颊吻到耳根最后回到嘴上。一条舌头粗鲁地冒犯了她，闯入了她的纯洁之地……她想推开那笨重地压在身上的躯体，但是她根本没有一点儿力气，两条胳膊软若棉絮……他似乎喃喃地说着什么温情的话儿，恍若来自十分遥远的天边……

她感觉自己快要喘不过气来了，整个身体继续向无底的深渊沉沦着。

46

"我喜欢北京仅仅一个原因——它有两个季节是美好的：春天和秋天。"他们漫步在皇城根脚下，欣赏着紫禁城外粼粼的波光，观赏着正在春光里恣意盛开的樱花和玉兰花。杜拉头一回看见玉兰树除了开红花和白花外，还有一种开黄花的。黄花的确有一种贵族气质，显然比红色和白色显得要高贵。苏蒙博士用手扶了扶秀气的金丝边眼镜，对杜拉慢悠悠地说着。也许是在国外生活了多年，他身上有一种儒雅斯文的气质。

"春天你能感受到万物复苏的过程——只要每天来看树就可以了，它们把春天展示得纤毫毕露，就像是观看动物分娩，你能清楚地看到春天诞生的每一步，从那些树芽羞涩地包裹着自己，然后像少女一般慢慢地、慢慢地展露出漂亮的衣裙，那是一种淡淡的鹅黄色。再然后，她又一点儿一点儿地全部铺展开来，颜色由鹅黄变为浅绿，再到深绿，那过程真是奇妙极了。"

杜拉惊讶这位医学博士却有着非同一般的文学素养，他在用诗一般的语言与她谈着有关季节的哲学。

"秋天呢，植物开始展示一种死亡的美丽。不要觉得所有的死亡都是很哀伤的，你看那些植物，它们有的变黄，像银杏叶子，铺在路上，像铺上一层黄金甲；而爬山虎还有枫叶，它们则变得通红通红，那是生命进入最高峰时的色彩。所以，我最喜爱这两个季节，这也就是我要从西雅图回到北京的原因。"

虽然与她认识只有短短的两天，但他仿佛与她是老朋友了，一点儿也没有陌生感和距离感，与他谈天说地，甚至于谈自己的私生活。

苏蒙告诉杜拉："其实，我也是内蒙古人。老家在一个偏僻的穷山沟，我是地道农民家的孩子。少年时，我曾在阿镇读书，哦，我住的地方离你们乌兰牧骑不远。我曾经多次观看过你们的演出呢……"

杜拉吃惊地看着苏蒙——难怪自己总觉得这位博士有阿镇的口音呢，原来也是老乡啊。

"我与赛娜的相识，并不是偶然的。前几年，我在电视上看见记者对她的采访，她回顾自己年轻时的那段生活一下吸引住我，于是我往阿镇乌兰牧骑写了一封信,与她取得了联系。"

"原来这样啊?那后来呢?"

"在她来找我做心理咨询之前,我们一直保持着通信往来……不说那些啦,太伤感了。"苏蒙似乎不想再说下去。

"那你是什么时候离开阿镇的呢?"杜拉好奇地问。

苏蒙说:"恢复高考的第二年吧,由于刻苦自学,一下就考上了医学院,后来也是凭着苦苦奋斗,才留学美国。"他说自己能来到这个世界上才是上帝安排的一个奇迹。

"那年,说是天灾,其实是人祸,村子里早已经断粮了,饥饿的人们把一切可以吃的东西都吃光了。那年我爹正在县里读书,家里让人带话儿给我爹,说我爷爷快不行了。我爹赶紧去食堂借了一斤红薯干和半斤小米赶回了家。没进村儿,就看见路边的树都没皮了,白花花的,有的连根儿都被刨了。爹一口气跑进家,看见爷爷躺在土炕上,身上瘦得可以数得清每一根骨头。他已经有些神志不清了。爹急忙把带回去的粮食熬成粥,端给爷爷让他吃,可他已经连进食的力气都没有啦……第二天,爷爷就断气了。咽气前他对爹打着奇怪的手势,一直指着自己的屁股。谁也不知道他是啥意思。把爷爷埋葬了之后爹说:爷爷死前的意思是说,自己屁股上还有点儿肉,等他死了,让我把他屁股上的肉割下来给家里人煮着吃……"

说到这儿时,苏蒙停住了。杜拉觉得自己的眼眶里突然蓄满了泪水,要不是她强忍着,那些泪水就会黄河决口般奔涌而出。

"眼看着一家五口人一个接一个地倒下,爹知道若不再想办法,自己也活不下去啦。你猜他想了一个啥办法?知道你猜不出来,谁也猜不出来——他跑到县中学,在黑板上写了一句反动标语,其实是一句大实话——大跃进，没饭吃。结果，他被抓进了监狱。后来他说，幸亏进了监狱，才有了一口饭吃，才没有饿死……五年劳改出来后，他结了婚，生下了哥哥和我……你说，我的出生是不是一个奇迹？"

杜拉觉得鼻子酸酸的。她佩服他的幽默，如此悲惨的故事，他居然能用幽默的口吻讲述给她听。那一瞬间她和他的距离一下缩短了许多。

"你还有个哥哥？"

"对，我有个哥哥，他是个记者，他把这段历史写成了书，前些年很有影响。你应该听说过他，他叫苏启。"

杜拉当然听说过苏启的名字，他写的一部纪实作品《苦难纪事》曾风靡大江南北。这年头有良知的记者越来越少，就好像有良知的作家也并不多一样。大多数人从事某一种职业只是为了养家糊口，并不把职业本身看得有多么高尚。也有人把写作当成一种特殊的工具，利用这工具达到某种目的。她也一下想到了寒冰。让杜拉稍感心安的是自己写作是出于爱好，并没有把写作当成一种工具。

护城河的水反射着灯光的光亮，静得没有一丝涟漪，像一块不规则的镜子倒映着附近的灯光和夜空。垂柳则像女人的发丝，轻轻撩逗着河面，得到的回应是如镜面般的河水泛起一圈圈的波纹。如果在白天，会有一些黑色的雨燕从河面上轻捷地掠过，像黑色的闪电。他说："我喜欢冬天独自到这儿来行走，因为冬天的雪会使这里更加古老也更加宁静。"

"能给我吗？"她停住脚步突然问。

"什么？"他没能跟得上她的思路。

"那些录音带，赛娜的录音带。"

"你要它干什么？有用吗？"他略微有些惊讶。

"有。在法庭上，它可以成为有力的证据。"

"你要上法庭？"这回苏蒙真的吃惊了，注意地看着她，"为了你姐姐吗？"

"我要让那恶棍受到应有的惩罚。"

他沉默了一会儿："录音带我可以给你，可是，你要想好了，一定要这么做吗？逝者已逝，而那个人有权有势，你会很难的啊。"

"我不怕！"

"如果真上法庭的话，你手里的证据，怕是不够！"

"还需要更多的证据吗？"

"是的，还需要更多。我劝你还是想好了再说吧。"

"我以为你会支持我呢。"

"我当然会支持你了，只是，我又替你担心啊……"

她当然知道他担心的是什么。她也不知道自己有没有把握能将那个混蛋绳之以法，但是，有一股强大的力量在推动着她身不由己地向前走去，即便前面是万丈深渊，她也只能义无反顾地向前走。

47

归途，她把车开得很慢。她之所以把车开得慢，是想静下心来，仔细地思索一些问题。正午过后，越野吉普车已经驶入广阔的草原。黑色的柏油路犹如一条飘带从新绿的草地上甩过去，甩到对面的低缓的山坡上便消失了。只有当你驱车爬上那座山坡，才会看到那条黑色飘带继续向前延伸而去，与更远的山峦结合为模糊的一体。

第四章　白岩

这次北京之行可谓颇有收获，揭开了姐姐赛娜的猝死之谜。从苏博士那里，她几乎了解了事情的全部真相，并且获得了第一手证据。没错，赛娜是死于安眠药中毒，过量的药物是致死的主要原因。但她为什么要不听大夫的劝阻继续服用那药呢？只有一个原因，那就是他——是他推荐那种药给赛娜的，又是他利用那药和他早已经准备好的房间钥匙，肆无忌惮地闯入了赛娜的居室……一次、两次、若干次；一年、两年、若干年……

赛娜的心灵创伤正源于此。

所以她一到夜里就拼命吃药，想用药来麻痹自己，用药来愈合心灵深处的伤口。她越来越深地陷入那个肮脏的泥潭里不能自拔，直到终结了自己的生命。

杜拉感觉到心中愤怒的火焰正在弥漫，正在将她那颗心烧得如同炼钢炉里耀眼的铁水般奔腾起来。

一想到那恶棍如今依然手握重权，坐在各种会议的主席台上人模人样儿，颐指气使、发号施令，杜拉就更加怒不可遏。离开北京时她就下了决心：回去，通过媒体，揭露他伪君子的面目，并将其绳之以法。

冷静，现在她需要的不是愤怒，而是冷静。杜拉把吉普车停在了路边，下车活动了一下四肢，然后抽了一支烟。这些年由于熬夜写作，她养成了吸烟的习惯。她知道这不是一个好习惯，戒了几次，可最后还是忍不住又抽上了。烟可以使她精神振作，思路清晰。

若走司法程序，她首先得聘请一位好律师。忽然想起当年的乌兰牧骑老队员关剑，如今就是一位有名的律师，他还在阿镇开了一家律师事务所。关剑当年和她都是学员，他虽然很早就离开了乌兰牧骑，考上了政法大学，但和杜拉一直有联系。赛娜的葬礼上他也来了，并送来一个很大的花圈。他紧紧地握住杜拉的手劝她要节哀，走时认真地叮嘱杜拉：如果有什么需要我帮忙的话，一定来找我。他给她留下了他的名片。他离开乌兰牧骑之后曾在司法机关工作过一段时间，对于阿镇的公检法机构了如指掌。

杜拉决定先给他打个电话。

电话接通了，关剑以为杜拉打电话给他是为了当年的老队员们聚会的事情，急忙说他在外地办个案子，明天肯定能赶回去，如果把聚会的时间安排在明天下午或者晚上就行。杜拉说她打电话不是为了聚会的事情，是自己有个案子，请他帮忙给办一下。关剑爽快地说没问题，又问是啥案子。杜拉说等他回来详细面谈吧。

看看时间已经不早了，杜拉走回到吉普车那儿上了车。吉普车启动时她想，如果关剑碍于情面，不愿意得罪那个人的话，他可能会婉拒，那又该怎么办？又转念一想，自己在国内还认识几位大大小小的律师，总会有人接下这个案子的；至于关剑，如果他为难，就让他帮自己先起草一份起诉书，或者讲一下如何走诉讼程序，这他总应该会答应吧。

正开车时，吉娅给她打来电话。她把电话放在免提上，驾驶室里顿时到处都是吉娅的娇嗔的声音："嗨，杜拉，我说你到底还回不回来了呀？你知道你那些老战友整天满世界找你呢，说什么你们要聚会，都往我这儿打电话，问我你的行踪，还有你的日程安排……唉，我快要成你的私人助理啦。要不，我给你当经纪人得了……你需要一个经纪人吗？"

她告诉吉娅大约再有一个小时就到家了。

电话那边，吉娅高兴地欢呼起来："好哇，回来也不通知我，是想给我意外的惊喜吗？不行不行，你得带我去吃海鲜大餐，必须的，非得好好宰你一顿不可……"

她笑了一下，挂了电话。这个小东西，看来是腿伤快好利索了，又想满世界疯了。在这点上，真像是自己少女的时候。她一边开车一边胡乱想着。吉娅赶上了一个好时代，可惜赛娜过早地去世啦，不然的话，她会给她带去许多幸福和欢乐的。吉娅到底更像谁呢？父亲还是母亲？赛娜还是白岩？有时候真的很难把她和那两个人联系起来。为什么从她身上找不到一点儿白岩的影子呢？忽地想起白岩的那句话来："我们从来没有……"他断然否认了赛娜曾经去牧场探望过他，也就是说，他否认了与赛娜有那种关系！

从来没有？天！自己当时怎么会忽略了这句极为重要的话呢？难道当年赛娜对她撒了一个弥天大谎？

她仔细地回忆了一下，自己和父亲一样是 O 型血，赛娜与母亲是 A 型血，而白岩是 O 型血，可吉娅呢？吉娅却是 B 型血啊！

A 型血与 O 型血怎么可能生出 B 型血的孩子呢？

杜拉觉得自己的心"轰隆"地炸裂开来，像是不小心触碰到一个极为隐蔽的地雷。

48

聚会安排在"大元食府"一个足能坐得下十五个人的豪华雅间里。过去的老队员凡是在本地的几乎都来了：做东的是现任队长乌力吉，还有老队长恩和，玛西和塔娜夫妇二人，此外还有当年最爱哭鼻子的韩小玉、调到电视台当主播的董平、拉四胡会唱长调的满都呼和白岩、当律师的关剑请假说有案子缠身，但一定会来，只是会来得晚些。还有一个重要人物迟迟不到，那就是当年的老指导员包金。大家一直在等他。杜拉看着手表有些不悦，说："我们不等他先开始吧？"但大家都觉得不妥，说他毕竟是"达勒嘎"（意即：领导），工作忙事情多，来晚是正常的，来早了才不正常呢，不等他开始不太礼貌，还是再等等吧。又等了一个多小时。幸亏大家都是长时间没有见面了，互相询问各自的情况，诉说着过去说不完的故事，一个小时很快就过去了。近来的事情时常记不住，而过去的事情却越来越清晰——据说这就是已经老了的标志。

杜拉为了今天的聚会，特意精心打扮了一番。她穿着一身黑色的羊毛连衣裙，披了一块绿色镂花的披肩，那是她去俄罗斯参加一个文学活动特意买的，质地非常好，是西班牙美利奴细羊毛织出来的，手摸上去像绸缎。在一些比较寒冷的日子里，杜拉总喜欢披上它。

包金是在大家聊得最热闹的时候到来的。人还没进屋，声音已经先到了：

"对不起对不起，来晚了来晚了——盟里有个重要的会议，实在是脱不开身啊，让大家久等了久等了。"

杜拉抬眼望去，见一个高大的身影出现在门口。包金依然是过去的做派，穿戴很讲究，一顶旱獭皮帽子戴在头上，披着一件藏蓝色的呢子大衣，露出里面的蓝色西装和红色领带。他依然是那张国字脸，脸上一双大花眼笑眯眯地扫视着桌子旁边的每个人，最后把目光定在杜拉身上。几乎同时，杜拉看见了他手腕上熠熠闪光的金表，那是瑞士名表劳力士，价值不菲，应该在二十万以上。

雅间里几乎所有的人都站起来迎接他。唯有杜拉没有起立。她只是用轻蔑的目光看着包金。众人早已经给他留好了位置——最尊贵的主客位置，紧挨着杜拉。是这次请客东家乌力吉安排的。这样的安排让杜拉感觉很不舒服。她在心里竭力地克制着自己的情绪，一直在默默地告诫着自己："忍耐，不能让他们看出我是带着情绪的，尤其是不能让他看出来，否则，打草是会惊蛇的。装，一定要装得像！战胜对手最高级的策略是先麻痹对手，然后出其不意，打在他的七寸上，让他猝不及防。"

他只是与其他人礼貌性地打了下招呼，然后就径直走到杜拉面前，微笑着向她伸出手来："杜拉，怎么样，情绪缓过来了吧？我本来想隆重请你呢，可我知道你姐姐的事情对你打击很大，你一定很悲伤，所以，就说等等再说！好在你还没有走。乌力吉说今天主要是请你，问我能不能参加。他们都知道我很忙。我说杜拉回来了，我就是再忙，也得要来。对，乌力吉，电话里我是这么说的吧？"

乌力吉急忙点头说："没错儿，是这么说的。"

她勉强挤出一个微笑来，她知道自己的那个微笑很虚假、很难看："谢谢包书记这么看得起我啦……"

"唉——你这么说就是和我客套了！咱们是啥关系呀？当年，你和你姐姐在乌兰牧骑的时候，我当指导员，我是非常看好你们姐妹俩的，是不是？后来事实证明我还是有眼力的，你们姐妹俩都很上进嘛。"

说话间大家纷纷坐定。问包金想喝什么酒？是白酒还是红酒，或者啤酒？包金豪爽地挥着手说："当年的小朵兰回来了，心里高兴，今天破例——白酒！"

于是乌力吉满满地斟了一杯当地的烈酒"闷倒驴"，恭恭敬敬递给包金。又请包书记说几句开场白。包金也不客套，举起酒杯来祝词，分出几个层次来：第一个是欢迎小朵兰归来，为她洗尘；第二个是和乌兰牧骑的老队员们好久没有聚了，特别珍惜这个机会，而且以后要多聚常聚。说第三个的时候，他的声音一下转为悲戚，说是缅怀最杰出的队长赛娜同志。三个意思三杯酒，提议者先干为敬。他一仰脖子豪爽地干了两杯，并把最后一杯洒在地上，以示祭奠赛娜的亡灵。大家都跟着附和，也都纷纷干杯。只有杜拉象征性地抿了一下，把酒杯放在桌子上。

包金有些不高兴，拿起酒杯，塞到杜拉手里："小朵兰，这你就不够意思啦，大家是为了欢迎你才聚在一起的，你怎么能不干呢。"

"我不胜酒力……"杜拉一副弱弱的样儿。

"你是著名剧作家，怎么会喝不了酒呢！李白醉酒诗百篇——你要不干，要扫大家的兴啊。"

众人也跟着起哄，都嚷嚷着要杜拉干杯，不干杯就不能坐下。杜拉说自己实在干不了。正在僵持着，旁边伸过一只手来，接过杜拉手中的酒杯说："我替她干……"说完一饮而尽。

是老白。

杜拉向他投去感激的一瞥。

酒会继续进行，很快进入了高潮。满都呼唱起了长调。他的歌喉不减当年，依然是那么悠扬，每一个尾音都是九曲十八弯，像把人带到了辽阔的草原上，让人心境无比开朗。而搞舞蹈的几位也早已经按捺不住，塔娜和玛西带头，接着，乌力吉、韩小玉也跟上，一起跳起了蒙古舞。杜拉很惊讶他们的舞蹈感觉依然那么好，手腕腰肢依然那么柔软，女的在抖肩时，背对着观者，她们肩膀上轻薄的衣服犹如水波纹般荡漾开来，一圈儿推着一圈儿，你会感觉到她们肩膀上的肌肉正在跳着美妙的舞蹈。他们在跳着唱着的时候，欢乐是发自内心深处的，绝无一丝矫揉造作，所以他们的艺术表达是真诚的、感人的。杜拉局外人般观赏着他们载歌载舞，心想他们一辈子都在快乐中度过，不去过多地思想，也不关心人世间那些与他们无关的遥远的苦难，那么，能说他们的人生没有价值吗？与他们相比，自己的那些所谓思想，是不是显得多余呢？是尼采说的吧，"人类一思考，上帝就发笑"。也许他说的是对的，上帝并不要求每一个人都去承受思想者的痛苦，大家只要吃饱喝足了满足了生活各方面的需要，别的需要——譬如思想自由的需要，是不是真的是多余的呢？或者，起码是一种奢侈品，不能要求每个人都有独立的思想意识吧？譬如赛娜，就从来不去思考这类问题，她会说："我的大脑一想这些问题就会发涨发晕，太麻烦了，这种问题就交给别人去想吧，我只关心怎么样把节目排练好演出好就行了……"

塔娜和韩小玉跑过来，强行把杜拉拉进了他们的舞蹈行列中。杜拉跟着舞了几下，可是无论如何就是找不到感觉。这些年她从不练功，几乎忘记了自己曾经搞过舞蹈这个专业。她不想扫大家的兴，跟着大家扭了几下腰，挥了挥胳膊，很快就退下来，回到酒桌上。

包金正笑眯眯地看着她："像你姐姐啦，身材还是那么好。"

她听了想呕吐，但强忍住了，神情淡淡地说："发福啦——没心没肺，吃了就睡。"

"我还记得你当年的样子——精灵古怪，是个小人精啊，舞也跳得好，很可爱啊。"

"转眼就成老太婆了。"

"谁说不是呢！我们都老啦。"他也无限感慨地说着。

这时一曲终了，大家陆续回到桌子上，由另一个人提议"打一圈儿"——分别给每个人敬酒。恰好轮到老白了，他站立起来，端着酒杯，肃然而立，有十来秒钟没有说话。大家都用期望的目光望着他。大概是多喝了几杯酒的缘故，他的脸庞是通红的颜色，目光也有些迷离："其实我想说的话挺多的，可真让我说，一下子又啥也想不起来啦。"

众人都笑。他们记起了当年白岩的样子。

"我只是觉得吧，我们现在太幸福啦，这在二十年前是万万不敢想的。那时候我在几百米深的矿井下挖煤，头顶上的煤块扑通扑通地往下掉，随时会冒顶子，转眼间就会被活埋在里面，我就亲眼看到过有人被活埋在里面，大家把他的尸体从煤块里扒出来的时候，他的脸鼻子和嘴巴都分不清了……"

包金咳嗽了一下，打断老白的话，神情有些不悦："老白，这场合，大家都挺高兴的，提那些干啥？"

老白一时有些惶恐："其实我是想说，我们应该感谢这个时代，感谢改革开放……"

杜拉忍不住插话说："不，老白，你刚才说得挺好，继续说，说说你那时候的生活，让我们也知道一下你经历了哪些苦难。"说完，她瞟了身边的包金一眼。有句话她没有说出来，不敢直面苦难的人，不是懦夫，就是脑残。

老白却急忙摆手："不说啦不说啦，喝多了胡言乱语，不扫大家的兴啦。来来来，我敬大家一杯。"

似乎是一朵不太令人愉快的浪花闪过，立刻消失在平静的海面上。马上，大家接着饮酒叙旧聊天。女人们大多谈论着衣服的款式、饭菜的营养价值、孩子的教育等；而男人们则谈论往年的那些糗事儿——某某在演出中忘了台词出了丑，某某站在院墙上往下空翻一头扎在草垛上，脖子缩进胸腔里，大家急忙给他往外拔脖子。

玛西说起一件往事，让大家把刚刚喝进嘴里的酒喷了出来，笑疯了——那年下乡巡演，走在半路上，车内人喊尿急，于是司机小狗子把车停在草原上，手一挥：男的这边，女的那边。大家急急下车，男的一侧女的一侧开始方便。不料，那小狗子使坏，他突然把大客车给开走了，于是，车两侧正在方便的男女都看清了对方，顿时一片大呼小叫……

气氛更加和谐而愉快了。这时候突然传来一个声音："哈哈，总算让我赶上啦。"大家抬头望去，是老队员关剑。关剑律师极热情地和杜拉握手之后，又分别与每一个人握手问好，不断说自己在外地办一桩大案子，所以回来晚了。乌力吉让他自罚三杯。关剑爽快地答应了，一口气将三杯白酒仰头干下，然后在杜拉旁边的空位置坐下——那是专门留给他的座席。杜拉挺佩服关剑的酒量。在座的有人夸关剑，说全队数他的酒量最大，无人可比。玛西说他到处和人吹牛，说阿镇人能喝酒，并把关剑做例子。可关剑却说阿镇人能喝在内蒙古可能排得上号，可在全国根本排不上前十名；有一次他遇到一个广东人，那酒量简直令人咋舌，一个人能抵得过他三个。所以阿镇人能喝只是徒有虚名罢了。杜拉相信他说的是真的。她认识一位导演，相中了上海一个记者写的一篇纪实文章，想改成电影剧本，就邀请那记者到首府来。当晚，导演请了电影厂最能喝酒的三个人来作陪，想把那记者灌倒，给他个"下马威"。不料，那记者那晚却把所有在座者都放倒了而他却声色不变、动作不乱，问还有啥好酒，都统统拿出来……

关剑仗着有雄厚的"酒力"，与在座的每一位连干三杯。轮到杜拉这儿时，他放缓了节奏，关切地看着她说："你意思一下就行啦……赛娜的葬礼上人多比较乱，有些话也不方便对你说。其实，赛娜生前找过我几回，向我咨询过有关法律问题。"

哦？杜拉注意起来。

但是关剑却不往下说了。杜拉追问，关剑说以后有时间再慢慢聊。说着，他的目光向包金那边瞟了一眼，似乎担心被他听到。而这时包金正在与乌力吉谈一台新创作的晚会，没有注意他们的谈话。

杜拉问关剑去外地办的是什么案子，是不是已经结案了。关剑叹口气，又干下一杯酒之后告诉杜拉，他办的是一桩性侵案——一个少女被几个恶少性侵之后又被毒打，造成严重的肉体和心灵的伤害。少女报案后，警方搜集的证据很确凿，应该很快能定性宣判的，但是案件交到当地法院的时候遇到了麻烦。杜拉问是什么麻烦？关剑告诉她：被告当中，有一名恶少的家长是当地的一位大领导，而其母也是位手眼通天的人物，可能进行了暗箱操作。办案法官居然说那女孩子被性侵是由于她穿着太暴露而惹的祸，因为那天她穿了一条超短裙，大腿暴露太多，所以要那女孩儿承担百分之五十的责任。杜拉听得头皮发麻，骂那法官太混蛋了。这时，包金突然插话说："有句老话说得好，苍蝇不叮无缝的蛋，我看就是她那条超短裙惹的祸！"

杜拉刚想发作，关剑说其实这事儿跟穿什么衣服的关系并不大。家长请他去做律师，他对整个案件进行了详细的梳理，发现原来那几个恶少并非头一回犯案，前面还有几起这样的案子，可都让他们的家长给摆平了。有的女孩子认为这事儿张扬出去不光彩，也就自认倒霉而保持沉默了。至于这次这个案子，由于关剑在律师界的威望，迫使法官不敢轻易审判，提出了庭外私下解决。关剑代表被害者提出了高额赔偿，逼得对方答应了，支付给女孩儿一笔可观的赔偿金。

"那个恶少就没事儿啦?"杜拉吃惊地问。

"原告拿到钱后就撤诉了,他当然没事儿啦。"

"怎么可以这样呢?"杜拉激动地叫起来。正在各自交谈的人们都停了说话,抬头望着她,不知道怎么回事儿。

"这世上还有没有正义了?"杜拉又大声质问着,好像是在质问关剑,"有没有公理了?"

关剑苦笑着说:"这种案例太多啦,我们已经见怪不怪了。"

突然间大家都沉默着不说话了。包金感觉到气氛不对,便找了一个借口先走了。大家客气地把他送到门外。杜拉一直坐在那儿一动不动。等大家返回来都坐稳时,杜拉突然把瓶子里的白酒全部倒在一个大玻璃杯里,然后她站起来举着杯子对大家说:

"我代表我死去的姐姐敬大家一杯。"

在众人惊愕的目光中,杜拉一仰肚子,将那满满一大杯白酒一口灌进了肚子里。她把那空玻璃杯重重地砸在桌子上,然后又将酒瓶里剩下的白酒倒在杯子里。

又是满满的一大杯。

杜拉这回是单独对着老白说:"白岩,我欠你一个道歉,我姐姐也欠你一个道歉,我们大家都欠你一个道歉……"

说毕,就又要干。老白急忙拉住她,不让她喝。她一只手甩开他,另一只手把杯子往嘴边送。她身边的几个人也过来拉她劝她,她突然放声哭泣起来。那眼泪似乎憋了整整一个世纪,一旦涌出便一发不可收。她的哭声具有极强的感染力,在场的几位女性也都跟着落泪。因为她们都知道这些年来白岩所承受的苦难。把那么重的惩罚强加在一个无辜者身上,对心软的女人们来说,只要想想,心就会碎一地。

那晚，杜拉彻底醉了。

49

整整一夜，大脑里都是混乱的一团乱麻——场景是模糊的，人脸是模糊的，声音是被揉碎的，色彩是一块一块飘飞着的。

仿佛是很多年前曾经发生过的事情：小黄毛的眼睑红肿，小嘴儿噘着，似乎预示着她将要大哭一场了。赛娜坐在她的床上搂着她。从小，赛娜就喜欢搂抱着妹妹，简直把她当成了一个精心制作的布娃娃。那时候朵兰会经常做噩梦，梦中发出可怕的尖叫声。赛娜便抱住她，摇着她。当她一身冷汗地惊醒过来，赛娜正揪着她的耳朵，轻轻地、用母亲一样的声音哄着她："不怕不怕，宝宝不怕……"

终于醒过来了，却是在一个女孩儿的怀里——是女儿吉娅。小时候是杜拉揪着吉娅的耳朵在哄她，给她唱摇篮曲，可现在，她反倒成了被吉娅呵护的对象了。吉娅像当年自己照顾她一样，问她要不要水喝。她说渴。吉娅便把她的保温杯端过来，递给她之前还吹了吹，试了下不烫，才端到她唇边。

很快又进入梦中——讨厌，又是那个噩梦般的年代！怎么总也走不出那年代了？她独自一人在荒野上行走。远远地从山坡上望见阿镇了，喜悦使她加快了脚步。快进小镇时，经过两个小山包。她知道孩子们都管这两座小山包叫"和伊勒陶勒盖"（意即两个脑袋）。这儿是埋死人的地方，到处耸立着各式各样大大小小的坟包，有的坟早已经荒败，破旧不堪；有的坟则是一堆新土，花环也是新的，那些细长的彩色纸条在野风中飘扬着，似乎在召唤那些孤魂野鬼赶紧回到它们的阴宅里去。她虽然如男孩子一样胆子大,但每每走到和伊勒陶勒盖的时候也是脊背发凉,快步走开。正走着,突然看见附近一座坟包破裂开来,露出里面的木头棺材。棺材也腐烂破败了,可以清楚地看到里面有一个老太太的骷髅。多少年后她依然记得那尸体长长的头发,水草般乱蓬蓬地飘出了棺材外面……

突然间人们纷纷地跑着,荒野上似乎到处都是人在奔跑。远远望去,仿佛那是一群奔跑在荒野上的黄羊,匆忙的脚步下掀起了遮天蔽日的尘土。原来是刑场,刚刚枪毙了四名死刑犯。在广场刚一宣判完,一辆军车拉着死囚直奔和伊勒陶勒盖——当年这里是枪毙犯人的刑场。她记得十分清楚,那四名囚犯每个人胸前都挂着一块大牌子,写着他们的罪行和名字,而那名字上,无一例外都打着一个血淋淋的×,这就使那个名字更加触目惊心。她跑得比大人慢,可也终于赶到了现场。四名死囚已经横尸荒野,那大牌子依然在他们的胸前挂着没有摘下来。她壮起胆儿跟着众人去观看,看见那些男尸的牌子上都写着"现行反革命"的字样,而那唯一的一个女死刑犯,牌子上的名字写着"花拉",罪名是投毒谋害亲夫而被判处死刑。四具尸体横七竖八地躺着卧着,形状十分难看,脑浆流淌到荒草地上,引来苍蝇乱哄哄地飞舞。人声与苍蝇声混合在一起一时难以辨别出人们在说什么。她隐约听见有人说,刚才有人把一些脑浆带走了,说是回家炒着吃了可以治病。她听了感觉到无比地恶心,捂着嘴从人群中挤了出来,却一脚突然踩空——原来踩进了那老太太破损的棺材里,一只脚顿时被那水草似的长发缠绕住了,怎么挣扎也挣不出来。

似乎是惊叫了一声,再次睁开眼睛,眼前却是一片黑沉沉的夜色。身边,吉娅早已经入梦,打着轻微的鼾声。六月的风儿如窃贼的马蹄声从楼外掠过，很快就呼啸而去。漫长的暗夜中传来嘶嘶的声音，那应该是耳鸣产生的幻觉罢。

突然间，她似乎听见了防盗门暗锁旋转的金属声音，似乎是有一把钥匙在里面转动。

她紧张得倏地坐起来，紧张地注视着那扇门，似乎那门马上就会打开，然后，从外面走入一个幽灵……

可是外面却再也没有了任何声音。

难道，是赛娜托梦给自己吗？她把经历过的噩梦再重演一遍？

50

"作为律师，我劝你不要起诉啊——这官司，打不赢的。"关剑看着她十分果断地说。

这是第二天上午，在一间布置优雅的咖啡屋内，杜拉和关剑律师面对面坐着。桌子上两杯"拿铁"正散发着诱人的香味。外面，阳光热烈地拥抱大地。春天的气息已经这儿那儿从苏醒的冻土地里冒了上来。窗外的杨树正在飞着雪片似的花絮。来之前，关剑告诉她这里是阿镇最好的咖啡屋。她喜欢闻那股咖啡的香味。

"为什么？"她有些吃惊地看着他。虽然已经预料到他碍于情面，可能会拒绝她，不敢为她打这场官司，但没想到他拒绝得如此痛快。

"证据不足。"他说，一副深思熟虑的样子，"不管是性侵还是性骚扰，都无法证明他是有意犯罪。"

"可是，赛娜的录音……"

他摇头说："法庭是不会采纳的。如果对方说赛娜有精神方面的问题，那些事情都是她在精神错乱时幻想出来的，那你的官司一点儿胜算都没有。"

她沉默了一会儿，然后抬起头来看着他："你是不是因为与他很熟悉，抹不开情面，所以才这么说的？刚才我已经说得很清楚了，我可以另找律师，只是让你帮我参谋参谋，告诉我应该怎么走程序。"

"我当然会考虑与他的关系啦。虽然，在乌兰牧骑我们的关系一般，但是，毕竟曾经共过事儿嘛。杜拉，我理解你的心情，想为你姐姐打抱不平。可是，人已经殁了，而且赛娜目前已经是阿镇一个荣誉的符号，有关部门是不会允许这个光辉的符号沾染上任何污垢的。"

"恐怕不止这些吧？我能感到你的顾虑。"

"你说对了，杜拉，咱们都是多年的老战友了，所以我也不瞒你——我对阿镇的司法界太熟悉了。你要告的人可不是一般的人，且不说他目前的地位，只说他老婆那边，在司法部门有一层极深的关系网。当然了，你也是名人，如果你提出起诉，他们也不敢把你怎么样，他们也得顾及影响。可是，如果你的官司打赢了，那他就彻底身败名裂了，他以后还怎么在阿镇待下去呢？我说杜拉，算了吧！你也得维护你姐姐的名声啊。"

她看见他手指上的金色戒指闪着光亮。

杜拉恨恨地说："那人若得不到应有的惩罚，赛娜的在天之灵也不会安息的。"

关剑却摇头说："也许事情并不是你想的那样。前些年我对此事也略有耳闻，有人说赛娜是凭着和他的特殊关系才走红的。这个我当然不信了，毕竟我对赛娜也非常了解，她不是那种女人，她是凭自己的实力上去的。不过呢，他凭借着手中的实权处处照顾她，譬如分房子，譬如评职称，譬如各种津贴……好像都是他给争取来的吧？赛娜私下曾和人说过，她很感激他的帮助。"

这番话令杜拉哑口无言了。她本来想说那一切都是赛娜应得的，即便没有他的关照，赛娜也应该得到那一切。可是，她没有说出口。她想，关剑说得有一定的道理，如果没有确切的证据，想告倒他是很难的，她必须要做到十拿九稳才行。

"好吧老关，你的话我会认真考虑的。如果我手里有确凿证据要起诉的话，应该怎么走程序？"

关剑耐心地给她讲了如何起诉、如何提供证据——人证及物证、如何立案、如何开庭、如何判决，等等。杜拉认真地听着，对整个过程大致有了一个了解。

其实她前几年也曾被卷入到一桩著作权纠纷的案子里。说来好笑，那女编剧原本是她的一个朋友，名叫丽瑞，由于才气平平，几乎没有制片人找她写剧本。有一回她可怜兮兮地找到杜拉，说愿意给杜拉当助手，帮她整理整理材料什么的，到时候剧本给她署个名儿即可。杜拉心软，答应了她。那时杜拉的《老赛镇》已经非常火爆，全国各大电视台都在播出。制片人急着要拍续集，要杜拉一个月写出二十集剧本马上开拍。杜拉知道时间太紧了，虽然她已经搞出了分集大纲，但自己没有把握能在一个月内完成剧本创作。于是她请那女友丽瑞前来北京，帮她写后十集。其实那只是在已经成形的分集大纲上扩写，比原创要容易许多。但是女友写出前两集，导演和制片人一看就傻眼了，认为这剧本根本不行。见丽瑞心灰意懒，准备打道回府，杜拉好言相劝，她才留下。杜拉放下自己写的剧本，帮她把她写的那几集剧本彻底重写一遍，这才得到制片人和导演的认可。就这样，杜拉一边写自己部分的剧本，一边帮丽瑞修改或者重写她的那部分，总算在一个月之内完成了剧本创作，电视剧续集顺利开机。丽瑞不但拿到了一笔可观的稿费，而且得到了第二编剧的署名。令杜拉万万没想到的是，电视剧还没有播出，丽瑞就把她告上了法庭，而状告她的理由可笑至极——杜拉侵权了！

自己侵自己的版权吗？

原来，一家出版社来找杜拉，想把《老赛镇》改成小说出版。那些年由于一部电视剧走红而小说紧跟着畅销，对出版商是极有诱惑力的。可是《老赛镇》第一季的小说出版权已经被一家出版社抢走了，就连剧本都让出版社抢走出版发行了。正巧第二季的剧本刚刚完成，杜拉就把第二季的小说版权卖给了那家出版社。为了安抚女友丽瑞，她还给了丽瑞几千元的原著费，并且在小说上署上了她原著者的名字。恰恰是她的好心办了坏事儿，丽瑞以为出版小说杜拉不知拿了多少稿酬，她决定撕破脸，不顾姐妹情分，通过法庭，要与杜拉分一半稿酬。杜拉起初不以为意，以为这案子是明摆在那儿的，自己是原创，那《老赛镇》是自己多年的心血，丽瑞说她侵权，岂不是可笑之至？这官司对方绝无赢的可能。所以，她只是找了一个律师作为代理，自己也没有把这事儿放在心上。可令她没想到的是丽瑞在首府手眼通天，居然天天与法官混在一起，大演苦情戏，眼泪一把鼻涕一把，倒把法官给感动了。于是在开庭之后，法官判杜拉败诉，赔偿丽瑞一半的小说稿酬……

经历了那一次官司惨败之后，杜拉对法院的判案程序大致有了一个了解。如果不是迫不得已，她是断不会上法庭的。

关剑看出她的犹豫，想了一下，帮她出了一个主意："其实有些事情也并非一定要上法庭的。他有官职，你可以向有关部门实名举报。如果你的举报信引起了有关部门的重视，组织上就会解决他的问题。"

杜拉这些年一直是一个自由编剧和撰稿人，对于组织这个概念有些模糊，听了关剑这么一说，心底倒是豁然一亮，对呀，这事儿应该找纪检部门啊。

看见杜拉沉默着，关剑给她讲起了国外的一桩轰动的性侵案——在大不列颠，有一位名人吉米·萨维尔，是英国BBC著名主持人。据一位不愿意公开姓名的知情人透露，在长达数十年的岁月中，受到萨维尔以及萨维尔团伙性侵的人数高达数百人！虽然有许多受害者要起诉他，但却一直未能将他绳之以法，因为吉米·萨维尔拥有最好的律师团队，原告反而被当成骗子，名字被刊登于各大报纸受尽舆论的谴责。所以到最后，很大一部分女性遭遇性侵后，唯有选择沉默。痛苦的人，背负耻辱感过完一生；更痛苦的人，无法承受这样的生命之重，以自杀的方式结束一切。

分手时，关剑跑去抢着结了账。他腋下夹着一个不大不小的黑皮夹子，里面放着厚厚的一沓子现金。他有点儿抱歉的样子，紧握着杜拉的手说："不是我不肯帮你，我的意思是——打官司绝对不是最好的选择，最好的办法是息事宁人，就当这件事情从来就没发生过……相信我的话吧。"

51

吉娅逼着杜拉兑现自己的诺言，带她去吃海鲜。杜拉本想静下心来起草一份起诉书，可没等她把笔记本电脑预热，吉娅就像一块口香糖粘在她身上甩不掉了。毕竟是年轻，她腿上的伤似乎已经没有什么问题了,撇了拐杖像燕子般这儿那儿乱飞。可是每当杜拉问到她腿上的伤情时,她都会扑到她的怀里,做出一副痛不欲生的样子,说自己要变成瘸子啦,这辈子算是完啦,杜拉要承担责任啊。杜拉知道她是装出来的。

"嗨,杜拉,大人说话算话啊。"她抱着她的胳膊,头发丝拂在她的脸上,那股腻味劲儿透露着不达目的誓不罢休的劲头。

"我啥时候答应过你啊?"

"你去北京之前嘛。"

"我要写作了……"

"晚上再写嘛。你不是夜里最有灵感吗……"

杜拉拗她不过,只得带她下楼。吉娅挂着一只单拐,抢在杜拉前面打开车门。不用人扶着就上了车。杜拉看着她无奈地苦笑一下,上了驾驶室的位置。吉娅虽然到阿镇没几年,但对这儿所有的餐馆都很熟悉,哪家的好吃,哪家的不好吃;哪家便宜,哪家宰人。杜拉问她是不是把阿镇所有的餐馆都吃遍了?吉娅得意地点头说差不多。杜拉知道她是个馋嘴的丫头,她也自称"吃货"。杜拉这才知道现在"吃货"这个词儿已经不是贬义而是褒义。

阿镇只有一家专门经营海鲜的餐馆。海鲜在这个草原小镇上没有什么市场,大家从小吃牛羊肉吃惯了,对于海鲜并无多大兴趣。杜拉也以为这里离海边太远了,这里的所谓"海鲜"只怕是不那么新鲜啦。可到了餐馆一看却让她大感意外——鱼虾贝蚌类一应俱全,都是活的。鱼腥味很浓。大虾和石斑鱼在硕大的鱼缸里翻腾着浪花。客人不多,附近有一对情侣,静静地吃着。稍远些的地方还有一位年轻的母亲带着她的儿子。小孩子总坐不住,跑到鱼缸那儿去看鱼,不时被他妈妈给拉扯回来。

她们找了一个安静的地方坐下来。附近凌空吊着一台电视机，正在播放着有关第十一届欧洲杯足球赛闭幕的盛况，好像是法国队获得了冠军。吉娅的屁股还没挨住椅子就又跳起来，跑到大水箱那儿去点餐——什么螃蟹、大虾、鲍鱼、扇贝……点了一大堆。杜拉说："你真的是磨快了刀子准备狠狠地宰我啊？好吧，算我欠你的，小祖宗，你点，点多少给我吃多少。"吉娅笑着说："心疼啦？"她摘下羊绒织的无边圆帽，露出一头红毛。她的头发很硬，一根一根耸立起来，好像刺猬身上竖起的针。

很快，菜端上桌子。吉娅戴上一次性塑料手套开始大吃特吃起来。杜拉真佩服她的胃口，很快，桌上就堆起了贝壳的小山。杜拉看着她吃觉得舒服，自己吃了几口放下了筷子，看着吉娅香甜地吃着，脸上洋溢着微笑。

她呷了几口红酒。那天老队员聚会她喝醉了，不知道自己是怎么样回到家的。据吉娅后来说她跑到卫生间吐了一地，然后趴在浴缸边沿上就睡着了。是吉娅费了很大的力气才把她拖到床上去的，然后又把那些呕吐的污秽物给清除干净。杜拉觉得女儿真的长大了，懂事了。

吉娅举起酒杯和她的酒杯碰了一下，说："欢迎回家。"

她从吉娅的脸上似乎窥视到一种诡秘的表情，这是她过去从来不曾看到过的。她相信吉娅有什么事情要告诉她。凡是到了这个时候，她是不会主动去问的，因为她知道吉娅是个肚子里存不住事儿的女孩子，不出一刻钟，她就会把一切对她和盘托出。

果然，吉娅忍不住笑了，望着她说："你放心，今天不让你掏钱，有人请客。"

"谁？"

"你马上就会知道的。"

似乎是在配合她，吉娅的话儿刚刚落音，就看见一位细高身材的青年快步走进了餐厅，向她们这张桌子走过来，他走路的样子很轻巧，披在肩膀上的长头发飘逸地飞舞起来。吉娅向他挥手示意。其实青年早就看到了，径直走过来，很有礼貌地向杜拉问候："阿姨好。"

是蒙克。

蒙克坐到吉娅身边，拢了一下覆盖在额头上的头发，对杜拉说："阿姨，我已经和吉娅说好了，今天我做东。"

"不用了吧……你每个月才能赚多少啊，一顿饭就吃没了。"杜拉说。

"你不用替他担心——他老爸是开矿的，家里可有钱啦。"吉娅捂嘴笑道。

杜拉相信了："真的？"

蒙克也笑了："别听她胡咧咧，阿姨，我爸是机关干部，可不是矿主。您到阿镇来，我还没像样儿地请您坐坐呢，所以，这顿算我的。"

杜拉似乎心里有些明白了。看着吉娅与蒙克亲密的样子，她心中一时有些茫然——是应该祝贺他们呢，还是劝吉娅应该慎重呢？按年龄而论，吉娅已经年过二十，谈情说爱也未尝不可。但是，这个小青年会是她的终身依靠吗？他靠得住吗？应该先让她在心里画个问号啊！他脖子上戴了一条很粗的金链子，吊坠是一个翡翠小菩萨。他五官端正，脸庞上有几分秀气，除了眉间有一粒黑痣之外，几乎没有任何缺陷。他的头发质地很好，光亮而细软，他把它们扎在脑袋后面，梳成一根标志个性的小辫儿。他的皮肤也很白皙，是长期没有晒太阳而在屋子里闷出来的那种白。而当年乌兰牧骑的队员们由于常年下乡演出，一个个脸庞都被晒得黑黑的。她知道现在搞文艺的孩子们都比较新潮，他这样的装束也并不为过。何况眼下正是一个百花齐放的时代，小年轻愿意怎么穿着打扮，凸显个性，那是他们的自由。问题的关键不在外表，而在于内里——他是个靠谱的青年吗？

他们边吃边交谈。一个小时下来，杜拉已经基本上摸清了眼前这青年的状况——他有一个优越的家庭，从小无衣食之虞，由于有极好的条件，自然而然就上了艺术学院。他真正喜欢的舞蹈是芭蕾而不是民族舞，之所以到阿镇来，纯粹是来"镀金"的。他的目标是在这儿只待三年，然后调回首府歌剧舞剧院，再然后——出国。当他把他的想法儿坦诚地告诉给杜拉之后，又说："我想让吉娅跟我一起出国。"

话已经说到这份儿上，杜拉自然知道他与吉娅是什么关系了。吉娅露出难为情的笑容说：我才不跟你一起去呢！到了国外，举目无亲，哪如国内好啊！说着，她咬碎了一只螃蟹腿儿，用牙签仔细地剔着里面的嫩肉，挑出一大块来，放在嘴里满意地咀嚼着。然后她又咬开一只，把剔出来的肉放进蒙克的盘子里。

杜拉看着他们亲昵的样子，心想他们已经陷入爱河之中了，吉娅跟了他，在生活上是会很优越的。只是，这年轻人他有理想吗？有抱负吗？他显然不关心政治，不关心社会状况，不关心基层百姓的疾苦，他的理想就是参加个舞蹈大赛，获一个大奖，然后出国……可眼下能有这样理想的青年又有几个呢？更多的青年的最高理想不就是多赚些钱，然后结婚成家生子过小日子。倘若有机会成名成家，那无异于中了头彩，成了众人仰视的明星；倘若没有那样的机会（能成名成家的自然是寥若晨星），只能安心过好自己的日子——买进口彩电，买大容量的电冰箱，买漂亮的家具，穿高档名牌衣服，吃自己想吃的美味儿……除此之外，还能要求他们什么呢？

思考到这一步，她也有些糊涂了——人究竟应该追求什么？不就是美好幸福的生活吗？不就是小康安乐衣食无忧的日子吗？至于精神呢，就不好界定了，什么样的精神境界才是理想的境界呢？每个人都有自己不同的看法，所以大家的价值观才有那么大的差异。但是无论怎么说，有一道最起码的底线，那是人类共同的价值观形成的，譬如黑的就是黑的，白的就是白的，如果颠倒黑白，那就是突破了底线；再譬如鹿就是鹿，马就是马，如果指鹿为马，那也是突破了底线。说得更实际一些，人性中有美的也有丑的，爱是美的，而恨是丑的，可如果否认爱而颂扬恨，这难道不是突破了共有价值的底线吗？可是这些年，身边有多少人思索过这个问题呢？

她不希望自己的孩子变成一个精致的利己主义者，所以，她从小就教育吉娅心怀爱心，心存善念，"强制"她到阿镇来锻炼。但现在看来，这种所谓的"锻炼"似乎也收效不大。难道说，过去的那一套现在真的已经行不通了吗？

返回的路上，夜色迷茫，风儿如泣如诉。杜拉的心也充斥着一片迷茫。

52

从少女到少妇是一个漫长而不易觉察的过程。阿镇从寒春到盛夏却非常短暂，魔幻般地似乎在转眼间就完成了。

中午太阳炎炎似火，但到了夜晚却泛着一丝丝的凉意，风也渐渐有了寒冷的气息，总体上有一种秋天将至的感觉。这期间，杜拉一直住在阿镇，她闭门谢客，几乎用了一个月的时间，几经修改，才写好了那封起诉书。虽然在写之前，她学习了大量的法律文件，对于起诉程序已经基本上了解了。但她还是有些不放心，想让关剑看一眼。

杜拉心中最初的怒气现在慢慢地平静下来，她开始更加理智地思索这件事情。她相信自己是在从事一件正义的事情，面对的敌人是躲藏在阴暗处不敢见阳光的邪恶。胸中自有一股正气支撑着。她把起诉书打印出来之后，同时给关剑发了一封邮件。做完了这一切，她顿时感到无比轻松。

正午时分房间里特别宁静。一只苍蝇安静地卧在墙壁上，一动也不动，似乎也在享受着这份独有的宁静。窗外有两只麻雀在树枝上叽叽喳喳，似乎在争论着什么问题。杜拉端起咖啡杯，走到窗子前向楼下望去。外面小区的小公园各种花儿开得正旺，那是一种妇人成熟之美，慵懒而华贵。一只肥猫大摇大摆地从楼下的人行步道上穿行过去，全然不理会卧在树荫下午休的狗。狗吐着舌头散发着热量，表露出对任何事情都漠不关心的样子，可它的耳朵却时常警觉地竖立起来，似乎在捕捉附近什么重要的信息。

吉娅这两天很少回家，乌兰牧骑又有了任务，要为某重要会议准备一台高质量的晚会，这几天正在加班加点地赶节目，排练特别忙。大家都知道了吉娅与赛额吉的特殊关系，对她变得尊敬起来，这反而弄得她也不敢偷懒耍滑了，处处都要展露出自己最好的表现。每每这时候，杜拉突然觉得孤独起来。就连杯中的咖啡冒着的泡沫都显露着一种淡淡的幽静。从敞开的窗子外面时而飘忽进来一股青草的气息。就这样站了一会儿，喝干了杯子里的咖啡，重新坐回到笔记本电脑前，发现屏幕上的字迹不知为什么变得丑陋起来，总觉得它们歪歪扭扭不成样子。她换了几种字体，都不太满意。从回到阿镇算起，已经好几个多月了，可剧本创作时断时续，都是干巴巴的文字，没有一点儿情感。老黑隔几天就会打电话过来催稿，她有些烦老黑了，心情不悦时，只是任手机铃声一直响着。或者，她干脆把手机调到静音，谁的电话也不接。

面对着电脑苦思冥想，她吸了一支烟，把浓浓的烟雾从鼻孔里喷出来。本来，她戒烟已经三四年了，可是现在却烟瘾复发，抵制不住了。她努力想把自己的思绪从赛娜的那件事情上拉回来。刚刚回来一会儿，思维却再次开了小差，跑到更为遥远的草原上，似乎是被姐姐赛娜牵着线走着，一忽儿往东，一忽儿又往西。

这样可不行！她果断地合上了笔记本电脑，站了起来，打开手机，拨通了关剑的电话。她想问关剑有没有收到她的邮件，如果他已经看过了，能不能陪她一起去趟当地法院的立案厅。不料，电话那边始终是无人接听的声音。一连打了十几回，始终是无人接听。再打，电话关机了。

怎么回事？难道关剑故意不接电话？

也就是说，他开始躲避我了？

心开始忐忑不安起来。杜拉掐灭了烟头，也就在这时，她听到从门口那边发出了轻微的敲门声，她过去打开门，可外面却空无一人，低头一看，原来有人在门外放了一个信封。

她微微怔了一下，然后蹲下去，小心翼翼地把那信封捡起来。信没有封口，她从信封里取出一张崭新的A4纸展开，发现那是一封匿名信。

文字是用四号黑体打印出来的，内容十分恶毒。杜拉搜刮自己肚子里所有恶劣的语言也寻找不到那么恶毒的语句——恐吓、谩骂、污辱、威胁……总之只有一个意思：如果杜拉敢冒天下之大不韪，做出对某些人不利的事情，她不仅会身败名裂，而且在阿镇死无葬身之地……

杜拉心中一惊，怎么自己的起诉书还没有送交法院，对方就已经得到了消息？是谁把这消息透露出去的呢？

关剑？只有对他说起过这件事情啊！难道，他已经把这信息透露给了包金？

杜拉再次感到了被人出卖的愤怒。

她决定去找关剑问个明白。

出了门，下楼，她准备开车直接去关剑的律师事务所找他，面对面和他谈谈。可当她走到自己的那辆牧马人吉普车前时，发现有人用油漆在她的车门上涂抹了一个血红的大字"滚"！

一时间，愤怒的火焰再次熊熊燃烧起来，于是她的"牧马人"像一匹狂怒的野马似的奔跑起来，一直跑到关剑的律师事务所门前她猛地急刹车停下。当她正要下车向事务所里走去时，却突然冷静下来，见了关剑又怎样？当面质问他？是不是他向包金告了密？他会承认吗？他肯定不会承认的，他会用律师职业性冷静的口气反问她："你有证据吗？"

"当然没有证据。"

"没有证据却跑来兴师问罪，只是你胡乱猜疑而已，你太过分啦！"

如此一来，三十年的朋友会从此成为仇敌。她慢慢转身回到了吉普车里，心里说不出是一种什么样的滋味——看来，想当斗士是一回事，而是否能成为斗士是另一回事。她抬眼望去，附近有几个闲人似乎都显得鬼鬼祟祟，一个从她身边走过，似乎还用居心叵测的目光瞟了她一眼，马上扭头走开。附近停着一辆轿车，车内坐着的男人似乎也正在监视着她，看见杜拉的目光，他马上把车窗的茶色玻璃升起来，隐没在车内。杜拉觉得，一道阴险的目光始终追随着她，她无法甩掉。

  她去洗车场将那个血红的大字清洗干净，开着车慢慢往回走。暮色已经降临，光线开始变得昏暗起来。西方天际，残阳正慢慢地坠落到一片血一般的云海中。

第五章　包金

53

茶余饭后，包金按平时养成的习惯，打开电视机，只看《新闻联播》，对于其他电视节目却没有多大兴趣，尤其是文艺演出，他更是懒得看。也许是当年在文艺团体待的时间久了，他用专业的目光审视电视屏幕上那些男男女女的演员，觉得他们一个个都矫揉造作，基本功底子不扎实，尤其是那些年轻的歌手，连节奏都把握不准，居然也能是红极一时的歌星。作为一名内行的领导，他自信自己当年抓的那些节目都是一流水准。事实上由他创作的歌曲和舞蹈确实都曾获得过自治区甚至于全国的大奖。

他看《新闻联播》其实也并非喜欢看，那些枯燥乏味的内容他并不喜欢，那固定播出的三段式内容他都猜出来。他只是出于政治嗅觉，从中捕捉一些来自上层的信息。正因为他具备了敏感的政治嗅觉，所以他才能准确地把握时代的脉搏，知道下一步应该如何工作，而不至于犯路线性的错误。这个习惯成为他这些年在仕途上一直上升的法宝。

此刻，电视的"国际新闻"正在播出金大中与金正日在平壤会面，半个世纪来，南北双方首脑第一次握手。六十万平壤市民夹道欢迎……

老婆金花对国际新闻毫无兴趣,她近来追剧《还珠格格》,每天正点收看,雷打不动,看得鼻涕一把眼泪一把,把个容嬷嬷骂了又骂也不解恨。只是现在尚不到电视剧播出的时间,她正集中精力喂她那只心爱的宝贝波斯猫。包金则不喜欢清宫戏,几乎一眼都不瞧。他觉得现在人们都学会了钩心斗角,与看这种宫斗戏有很大的关系。

"我说,这个礼拜咱们应该到白书记家去坐坐啦……"金花是那种喜欢絮絮叨叨的女人,她一边抚着波斯猫的毛,听它闭着眼睛发出舒适的呼噜声,一边对着沙发上的包金说话。

"上个礼拜不是刚去过嘛。"他不以为意地回应着。茶水的温度正合适。他喜欢喝绿茶,喜欢喝当年的龙井,其实是喜欢看透明玻璃杯里那翠绿的叶片在清清的水中自由漂浮,上上下下地游动着。一杯原本纯净的白水在不知不觉中就变成了一汪翠绿的春泉。这是一种非常诗意的变化。可惜,许多品茶人却注意不到这个奇妙的变化。

他自认为自己与其他官员不同,因为自己懂艺术,身上布满了艺术细胞,不像身边那些官员俗不可耐。他们喝酒抽烟谈女人,研究官场奥秘,没有丝毫艺术情趣。他与他们不同,他是搞文艺出身的,身上散发出来的气质与他们截然不同。同样的话,从他们嘴里说出来,味同嚼蜡,可若由他说却妙趣横生。这些年他创作歌曲,既谱曲也写词,有一首歌曲获得自治区艺术大奖,还得过其他形形色色的小奖,许多文艺团体都在演唱,他也由此获得了许多荣誉。这荣誉给他的仕途铺上了一层与众不同的光环。

"上个礼拜是他太太生日,这个礼拜是他老爷子的百天祭日啊。"太太说。

"噢，没搞错吧？"他有些错愕，这老婆真是百事通，连人家的阴寿都了解得这么清楚？

"我已经打电话问过其其格了，不会弄错的。"其其格是白书记的夫人。

"哦。"他应付地哼了一声，其实心里有点烦，每天这种无聊的应酬占用了他许多的时间。但是这种应酬还不能不去。在这方面他觉得自己远不如老婆，她不但消息灵通，而且将是是非非搞得清清楚楚，把方方面面的人事关系梳理得头头是道。她总是能高屋建瓴给他指出行动的准确方向。

他始终不愿意承认的一点就是自己的升迁是沾了老婆的光。当然，她的家族在阿镇的势力盘根错节，无论哪个部门，都有她家族的人，或多或少都有某些权力。但是自己是凭着真才实学起家的啊，是一步一个脚印干出来的，完全不是凭着裙带关系上来的。可是，老婆家所有的人，以及身边的熟人朋友，无不认为他是凭借老婆家族的关系才得以升迁的。这很伤他的自尊心，只要有机会，他就会向人解释申辩，想证明自己。可他越是这样说，越是让人相信他是凭老婆的关系飞黄腾达的，有越描越黑之嫌。

如果不是因为赛娜猝死，他也许还沉溺于悠然自得的生活中，自我感觉良好。赛娜的非正常死亡，使他体验了悲伤的滋味。是兔死狐悲的感觉吗？当他看到当年的小朵兰时，在心中产生了一种莫名其妙的恐惧。他不知道这恐惧缘何而起，更不知道这个朵兰有什么好可怕的？当那一刻，他凝视着朵兰那一对深褐色的眸子的时候，他的心还是感觉到了一阵莫名的恐惧和不安。那天老队员们相聚一起饮酒时，虽然她脸上始终挂着微笑，但令他有一种芒针在背的感觉。这是怎么回事儿呢？

好在这几天工作忙，便把那种感觉给淡忘了。可是就在他刚刚看完了电视，准备回到书房再看几份文件时，老婆金花接了一个电话。那个电话印证了他这些天心里的恐慌。

放下电话，金花的脸上阴沉得要降雨，是可怕的大雷雨。他太熟悉她脸上的这种阴沉了，每次的大雷雨都是他人生中的一场噩梦。

"你完蛋了！"她说。她这句无头无脑的话只是为了增加他内心的惶恐。

他望着她。

"有人要上法院告你呢！"

"谁的电话？"

"你的老队员。"

"关剑？"他马上猜到了。当年那些乌兰牧骑老队员当中，只有当律师的关剑与他来往密切，他也曾帮他关照过几个不大不小的案子，关剑一直对他心怀感激。

"你遭报应啦。"老婆的话里似乎有一丝幸灾乐祸，并不急于说出关剑电话里的具体内容，"都是风流惹的祸啊，自作自受！"

他沉默着。不用说，他已经猜出是什么事情了。

果然，见他不语，金花憋不住了，告诉他："关剑在电话里说，朵兰准备起诉你，说你性侵了她姐姐赛娜。"

尽管有思想准备，可听到这话，他心里还是一哆嗦。

无论如何，被人告上法庭都不是一件光彩的事情，何况是性侵这类吸引人眼球的案件。

更何况，自己的身份地位特殊，如果法庭真的立案，那可不是一般的影响啊！

见他依然沉默不语，金花这时反倒转变了立场，开始与他结成统一战线了："这个女人太不知天高地厚啦，居然敢起诉你？你别担心，法院不会给她立案的，我要让她身败名裂！"

"她在国内还是有些影响的，你可不能乱来。"他思虑着说。

"我可不管她有狗屁的影响，不就是一个写剧本的戏子嘛，就算她住在皇城根，我不信她能手眼通天！我要叫她灰溜溜地滚出阿镇！"

包金相信老婆不是口出狂言，凭她家族在阿镇的势力，她完全能做到一手遮天。这件事情既然她要出面摆平，自己也就不必放在心上了，只是，晚上在床上少不得要被冷落，这些天老婆是不会给他好脸子看的，被冷言冷语地奚落是少不了的，他得做好忍气吞声的思想准备。

54

包金年轻时也是一表人才，这是大家公认的。

其实最早的时候，他是被后来的太太金花推荐到阿镇乌兰牧骑的。当年，恩和在重组乌兰牧骑时四下网罗人才，时任革委会副主任是金花的大哥，他向恩和推荐了一个演员。听包金朗读了一段毛主席的"最新指示"之后，当即决定录取包金进乌兰牧骑。

包金进乌兰牧骑后演出的第一个节目是对口词。对口词是当年比较时髦的一种演出形式，一般由两个人表演，也有四人或者多人表演的。包金与另一名队员的对口词对接紧密，吐字清晰，语调激昂，颇有火药味儿，而且形体动作也配合得非常好，一挥拳，一跺脚，充分体现了当年造反小将们的风格。恩和觉得这个小伙子虽然是凭某种关系硬塞进来的，但他的确是个可塑之才。

来到乌兰牧骑之后，包金如鱼得水，充分发挥了自己的特长，凡是语言类的节目他都争取出演，从快板书、"三句半"到"活报剧"再到"小话剧"……舞台上时时刻刻闪耀着他高大的身影。尤其是当报幕员，使他大出风头。那时报幕员通常是一男一女搭配，与他搭配的正是赛娜，他用汉语报幕，赛娜用蒙古语，二人配合得当，有人戏称他们是"金童配玉女"。他听了这话，心中暗自得意了许多天。每当演出时，他就盼着出场报幕的那一刻。当他与赛娜并排站在一起时，他有意挨她近些，有时无意间抬起的胳膊肘能碰到她的胸脯，那偶然间的接触犹如过电一般，一股麻酥酥的感觉刹那间传遍全身，他感到一阵幸福的眩晕。

他的努力成功了，他成了台柱子，引起了领导的重视，很快，被提为乌兰牧骑的指导员。那时，政治指导员相当于后来的支部书记，地位在队长之上。

他是什么时候暗自喜欢上赛娜的？那应该是情窦初开时的一种非常朦胧的感觉吧？一次，报幕时他与她挨得太近被一位年龄稍微大些的女队员看到了，那位大姐不知是出于无知还是恶作剧，认真地对赛娜说："你不能和男人挨得太近，那样会怀孕的。"从那以后，她开始与他保持距离，如果他想与她挨近些，她马上躲闪开来，与他保持一定的距离。

那次他的胳膊无意间碰到了她的胸脯（他向天发誓，那真的是无意间的接触，绝不是有意的！），他感觉到了她发自内心的恐慌。偶然间经过她宿舍的窗口，看见她正在用一条软尺量腰围——确切地说是在量肚子，他觉得有些奇怪：她是担心自己的腰长粗了吗？

可是一连几天，她都会在宿舍里悄悄地丈量她的肚子。他越发感到不理解了，心中的疑团折磨得他心神不安。一次他们二人在侧幕等待上场时，他忍不住问她为什么天天量肚子。她的脸刹那间红了，然后瞄他一眼，低声恨恨地说："还不是你，挨那么近！"他惊诧了："那又怎么了？"她低声说："男女挨得太近会怀孕呢，怀孕肚子就会变大呀！"那一瞬间他差点儿大声笑出来，但心里却为她这份天真无邪而感动——多纯洁的女孩子啊！她简直就是用冰雪雕塑出来的雪人儿，没有一丝瑕疵、没有一点儿污垢，她的纯洁令人感动。

从那时起，他开始留意她的一举一动，一颦一笑。但很快，他发现了一个事实，这令他非常沮丧——她与白岩来往过密！

是的，他不否认，白岩有许多地方比自己优秀，譬如舞蹈，白岩是北京舞蹈学院舞蹈系的高才生，就是整个自治区恐怕也找不出第二个人可与他媲美；再说他的外貌，身材均匀，肩阔腿长腰细，那是一个跳芭蕾舞演员最完美的黄金分割比；气质就更不用说了，他高雅不俗，谈吐风趣幽默；至于学识，他读的书太多了，可以说上至天文下至地理，文学作品囊括古今中外所有的文学名著，他没有没读过的。所有的女孩子都会喜欢上白岩的，这一点他深信不疑，只是不相信赛娜也会喜欢上他——赛娜可不是那种轻浮爱好虚荣的女孩子啊，她身上延续着红色基因，血管里奔腾着革命的热血，她是纯洁而高尚的化身，怎么可以喜欢上这么一个从里到外都散发着小资情调的男人呢？

可事实是无情的——他们越来越亲密了！

所幸后来发生了那次的重大事件，使事情的走向转到了另一个方向。

白岩出事儿那天夜里，一直没有回宿舍。包金坐在宿舍里，不停地吸着烟，焦虑不安地等待着。他知道白岩在赛娜那里。他说不出是一种什么心情，在宿舍里坐卧不安。有几次他走出宿舍，走到女生宿舍的窗户下，清楚地听见了白岩的声音，他似乎在朗读一本书。

是的，白岩太优秀了！无论是他的学识，还是他的教养，还是他的基本功，都一直遥遥领先，远在他人之上。他外貌俊朗，气质优雅，这种男人是最容易让女孩子喜欢上的。所以，他毫不怀疑赛娜会爱上白岩的。一想到此时此刻，赛娜躺在白岩的怀里，静静地听他读书——他一手捧着书，一手抚摸着她的秀发……这情景强烈地刺激着包金，使他浑身燥热。有几次他已经举起一只手，准备轻轻地敲敲窗户，向屋子里的人发出警告：这是危险的！军代表早已经有明确规定：乌兰牧骑的队员谁也不能谈情说爱，如果发现了，一律严惩！这是在为好朋友担心吗？或者，是出于一种妒忌？"不，不，为什么要妒忌呢，白岩是我的朋友，赛娜是全队最漂亮的女孩子，他们相恋，我是要为他们高兴的啊……但是，他们这样明目张胆地在一起，后果可是非常严重的啊！应该警告他们，应该及时发出警告……"

但是他终没有勇气敲击那扇窗户，而是转身默默地离开了。那一刻他听见自己的心在哭泣："赛娜啊赛娜，你太令我失望啦……"

难道自己真的喜欢赛娜吗？当年，他扪心自问，承认喜欢，可又断然否认——不，不是那种男女间的喜欢。"我只是喜欢她的才艺，觉得她是棵好苗子，需要关爱和扶植，需要被保护起来，谁也不能伤害她，尤其是男人……我是指导员，保护她是我的责任啊。"他不敢审视自己的内心，自卑和自负同时主宰着他的心。他无法说清楚自己对她最真实的感受。

那夜，白岩一夜未归。而他，也一夜未眠。第二天一早，便发生了那件"严重的政治事件"。

55

这是一间光线昏暗异常幽静的小咖啡馆。他与关剑面对面坐着。关剑把头上的帽子压得很低，颇有点儿像特务接头的意思。关剑这个样子令他好笑——又不是干啥见不得人的事情，干吗搞得鬼鬼祟祟呢？

阿镇的咖啡馆也是别具特色的，来客不仅可以品尝咖啡，而且可以喝奶茶，就是当地纯正的蒙古奶茶。他就喝不惯咖啡，嫌那味道苦，近来血糖又高，不敢放糖，所以就要了一壶奶茶。

音乐低低的，若有若无。是国外的一首轻音乐曲，吉他弹奏着浪漫的旋律，好像是《爱的罗曼史》。关剑不停地用一根小木片搅拌着杯子里的咖啡，并不喝，只是不停地搅着。咖啡的香味在空气中弥漫着。他虽然不喜欢喝咖啡，却喜欢闻咖啡的味道。不知为什么，闻到这股味道他就会想到赛娜，她身上或者是发鬓间散发出的香味与这种味道有些近似。

二人都不说话，就这样沉默着。

外面似乎正在下雨，淅淅沥沥的雨点声若有若无。

他先叹了口气，说："我真没想到，这个小朵兰啊她……她这么犯浑……不知天高地厚啊！"

关剑马上接道："谁说不是呢，我怎么劝也劝不住。她这人从小就一根筋儿，当年她姐姐的话她都不听。"

"她怎么会相信那些无中生有的谣言呢？"

"可能，是她听信了北京那个心理医生的话吧。"

"心理医生？"

关剑对他讲了杜拉是如何跑到北京，找到那位当年给赛娜做过心理治疗的苏蒙博士。杜拉从苏博士那里才知道赛娜患有心理疾病，并且曾经受到了性侵。包金听了摇了摇头说：

"完全是胡说八道，这些专家狗屁不懂。关剑，我也不瞒你，我跟赛娜的关系保持了许多年，我是真心爱她的。而且，赛娜也是完全自愿的，我怎么可能会用那种下流的手段去得到她呢？"

"这我相信。其实，赛娜活着的时候，我也听她说起过你，她对你的感情都是真的。"

"有许多事情，我只是不想让别人知道罢了。关剑，今天，我们敞开心扉，我把一切都告诉你。"

外面的雨声消失了，那雨不知什么时候就停止了。时间似乎也凝固了。现实的这扇门关闭了，而历史的那扇门却意外地打开了。

56

他记得阿镇那些年特别爱下雨，有时候连阴雨一下就是好多天。雨后，街路上的坑坑洼洼里积满了雨水，反射着明亮的光芒。孩子们赤着脚往水里跑，弄得水珠四溅，惹得大人一顿斥骂。孩子却笑着跑远了。太阳很快炎热起来，这时候便有一个推着白色小车的女人走过来，吆喝着"牛奶冰棍——五分一根儿——"

唉，那是多么遥远的回忆啊！他牢牢记住了那冰棍牛奶的香味，许多年后，他再也没有尝到过那种味道。

但在赛娜身上，他却依稀闻到了那股牛奶的香味。那时已经进入八十年代，乌兰牧骑开始进入了困难的阶段，经费不足，举步维艰，人心涣散，许多人调走或者下海，开始走向另外一条人生之路。只有赛娜和恩和他们依然痴心不改，继续排练到牧区巡回演出。他由于能写会画，被文化局暂借过去帮着筹办一期文化艺术展览。但他依然隔三岔五回乌兰牧骑去看看，倒不是留恋那里，而是为了去看赛娜，去闻她身上的奶香味。在她简陋的办公室，他流连忘返。尤其是到了冬天，她办公室里的火炉子烧得很热。他坐在她对面，一边喝着她为他沏的红茶，一边与她交谈着。窗外寒风呼啸而过，犹如开过一列列火车，而火炉子上的铝制水壶里却发出即将沸腾时的吱吱响声，白色透明的蒸汽从壶盖的边缘喷吐出来，越来越有力，最后沸腾起来，吹得带哨的壶盖尖锐刺耳地响了起来。赛娜急忙走过去拎起水壶，再用炉钩子把炉盖从地上钩起来，盖在火炉子上，压住了气势汹汹要冲出来的那一股股火焰。然后，她又把水壶里的开水灌在一个玻璃小茶壶里，看着玻璃茶壶里的水渐渐变了颜色，浓酽得宛若红酒，她便把小茶壶里的茶水倒在他的玻璃杯里。他有些感激地端起茶杯品尝了一口。

"香吗？"她笑眯眯地看着他问。

"香！这是啥红茶？"他问。

"普洱茶。"她说。

那时普洱茶刚刚在北方流行，他还是头一回喝到普洱，感觉比砖茶的味道要好一些。

他心不在焉地喝着茶，心不在焉地与她说着话儿。不知为什么，和她在一起，他总是心不在焉，走神儿，思绪如脱缰的野马，不知道跑到了什么地方。

"听说局领导很赏识你啊，看来，文化局是要留下你啦。"她依然用笑眼看着他说。

"呵呵，怎么可能呢！我没学历，再说，也没有裙带关系。"他苦笑了一下说。其实他对她说的正是他近日来的苦闷。

"裙带关系？"赛娜还是头一回听到这个词语，不大明白什么意思。

"噢，就是有亲戚在政府当官儿。有了裙带关系，才好被提拔呀。"

她听了颇不以为然："你是凭自己的努力干出来的，难道说，没有裙带关系就永远不会被提拔了吗？"

"那倒也不一定，不过，得有机会啊。"

"机会是靠人来创造的，我看现在对你来说就是一个机会。"

"可是我……我真舍不得离开咱们乌兰牧骑啊！"他有几分动情地说。

她用明亮的目光看着他，似乎被他这句话感动了——多少年来，他们在一起排练、演出，生活在一个大院里，可以说是患难与共啊！无论谁离去，大家彼此间都有些依依不舍的感觉。

"我们也舍不得让你走呀。"她说，那目光里似乎又多了几分的柔情。

"赛娜，假如说——我只是假设啊，如果我有机会调到文化局，你说，我去呢，还是留下呢？"

她只是略微想了一下，说："当然应该去了，人往高处走，水往低处流，上面提拔你说明你是进步了嘛。"

他有些感激地望着她，觉得她很懂自己，两个人多年来一直惺惺相惜。只是，他对感情的表达太含蓄了，她可能一直没有明白他对她的感情。他想对她亮明自己的内心。

可是怎么对她表明呢？万一她拒绝了，自己的面子该往哪儿搁呢？

他们的话题基本上没有离开乌兰牧骑那些往事和队员们——某某结婚成家啦，某某生了一个大胖小子八斤七两啊，某某身体不好到北京去看病了，某某调到一个机关单位干得还不错……

那天他们聊了很多，多得让他已经记不住都说了些什么。总之他心情格外愉快，甚至于有些亢奋。时间在他的愉悦中飞快地溜走了。当他们发现窗外已经是黑乎乎的一片时，二人都感到有些愕然。

"呀，过饭点儿啦，食堂关门了……"她说。

他觉得这倒是个机会："我请你去下馆子吧。"

"让你破费，不好吧……"她半推半就，"你是下来检查工作的，应该是我请你啊。"

"咱们俩还分谁请谁嘛，都一样，到那儿再说。走吧走吧。"他果断地挥了挥手。

于是他们告别了温暖的房间，走进了十二月雪花飞舞的世界，踏上被一层新雪覆着的白色大地。

57

走出乌兰牧骑的大院，他相信自己的决定是正确的——此情此景，非常适合一对有情人漫步。

大地一片白茫茫，路灯照上去，到处都显得晶莹剔透。雪花依然在天空上漫不经心地飘来舞去，却不密集。在高空中你根本看不到它们，可一旦落入路灯的光圈里，它们就显露出来，轻盈地飘着，非常随意。有时它们会在落地之前再次飞舞起来，似乎在留恋它们飘逸的舞姿；有时它们调皮地钻进人的衣领里，与人的皮肤亲密接触，或者浸湿人的面颊。他感到自己的面颊有些火热，被冰凉的雪花浸润之后，顿时凉爽起来，精神也为之一振。

他们并肩向前走着，软如棉絮的雪地上印下他们两个人的一行行足迹。赛娜回头看着自己的足迹，笑着说："你瞧啊，我的脚印比你走得直！"

他回头看着，也笑道："你是搞舞蹈的啊，脚印也是芭蕾范儿！"

"真想在这雪地上跳一段芭蕾！"她有些激动。

"跳嘛！"他鼓励她说，"反正路上也没人，你跳吧。我给你哼音乐——对了，就跳喜儿等爹爹回家那一段儿——北风吹。"

于是，他唱起来："北风那个吹，雪花儿那个飘……雪花儿那个飘飘，年来到……"

天做背景，地做舞台，她真的跳了起来。他一边哼着乐曲，一边歪着头欣赏着她的舞蹈。不可否认，虽然过了这么多年，赛娜的舞姿依然那么优美，她的腰身依然那么柔软，这可能与她每天坚持练功有关吧。虽然她的专业是声乐，但她从来没有放弃舞蹈，同时她还学会了打洋琴，拉马头琴。一专多能是每一个乌兰牧骑队员必备的真功夫。她的动作依然是那样地准确——燕式跳、吸腿儿转，一招一式，极为娴熟自如。如果穿上芭蕾舞鞋，她肯定会立起脚尖的。脚下的雪花被搅动起来，快乐地在空中飞扬着。她全神贯注地跳着，已经进入到角色当中，似乎真的是一个天真美丽的姑娘在等躲债的爹爹归来……

他们一边往前走着，一边唱着跳着。他也情不自禁地进入了角色——那个出门躲债的杨白劳。二人跳起了"扎红头绳"——"人家的闺女有花戴，爹爹我钱少不能买，买上了二尺红头绳，给我的女儿扎起来……哎咳哎哟，扎呀么扎起来……"

一个亮相，结果她脚下一滑，险些摔倒。他手疾眼快，一把将她扶住，她倒在了他的怀中。一条胳膊勾住了他的脖子。他急忙用另外一条胳膊搂住了她的腰，将她搂得紧紧的。他这时真切地嗅到了她身上的牛奶的香味。这时天地间静极了，他多么希望这个时刻永远定格啊，但是，时间太短暂了，也就是仅仅几秒钟，她从他的怀中挣脱出来，抬头凝视着他的眼睛。他用几乎连自己都听不清的声音低低地说："赛娜，我喜欢你……"

不知是她没有听见，还是听见了假装没有听见，她却顾左右而言他，笑着说："好长时间不跳了，站都站不稳啦，看来还得加强基本功的训练啊。"

"不，不，你跳得很好，是我……我跟不上你了。"

"我们赶紧走吧，不然的话，一会儿饭馆也要下班啦。"她说着，主动地挽住了他的一条胳膊，依偎在他身边，向前走去。

那一刻，他幸福得几乎要眩晕过去，同时，他听到了自己怦怦的心跳声，那么有力，那么响亮。

58

时间的确已经很晚了，饭馆里几乎没有一个顾客。

他们在那家国营饭馆里吃了羊肉馅饼和氽羊肉。这是当年阿镇的人们最喜爱的美味——那馅饼的羊肉馅是连成一片的，里面的油流出来渗透到外面，口感极好；氽羊肉里放着榨菜和粉条，与馅饼是最佳的搭配。他们都有些饿了，他一口气吃了五张馅饼，喝了两碗氽羊肉汤，而她也没少吃：三张馅饼，一碗氽羊肉汤。这几乎突破了她饮食的极限，她从来没有吃过这么多。当他们带着一种满足离开国营饭馆时，饭馆也打烊了，服务员在他们身后关灯锁门。

"这么晚啦,我送你回去吧。"他说。

她没有表态,只是顺从地跟着他一起向前走去。这时候雪早停了,天上的云也散去了不少,从云的缝隙间露出了半弯上弦月,明亮得犹如几百瓦的日光灯泡。铺在地上的雪被月光映照得也明亮起来,但是光线是柔和的,将一切都虚化了——附近的建筑物,路边枯萎冬眠的树木,还有不远处一根擎天柱般高耸的大烟囱,里面冒出冲天而去的浓烟。那是发电厂的烟囱,它日日夜夜都在不停歇地喷吐着烟雾。若是在白天,那烟是乌黑的颜色,而现在,烟也变成了白色,又被月亮雪色虚化,便如一幅水墨画般洇开来。他们一直默默地走着没有说话,似乎所有的话都已经在这之前说完了。而周围的环境由于雪的缘故而变得虚幻而不真实。

这时候他们才发现原来这一段路是这么短,走了不到十几分钟就走到了。当他们停在乌兰牧骑大院的铁门前时,他们同时停住了,互相站定,看着对方,似乎都在期待着对方说些什么。可是彼此却什么话也没说。

过了一会儿,他首先打破了沉默:"你进去吧,天冷。"

她突然抱住了他,在他冰凉的腮上吻了一下,然后头也不回地冲进了大铁门里。

这一切发生得令人猝不及防,他呆怔地伫立在原地,享受着那个热吻。他的脸上犹如印上了一个深深的烙印,而那股牛奶的香味也永远留在了他的腮上……

59

他一只手托着腮帮子,眼神是迷茫的,怀旧的,褐色的眸子有些浑浊。似乎那个热吻不是二十多年前留下的,而是刚刚留下的。

关剑凝视着他,似乎也被他带到了那个童话般的故事里。雪夜送别,情愫萌发,这他是相信的,只是对他所讲的那一个吻,关剑无法证实。他知道赛娜当年不是那种主动性很强的女孩子,所以,应该对这个吻画一个问号。她真的爱过他吗?关剑有些吃不准。

可包金的口气是坚定的、不容置疑的。他强调的是当年他与赛娜的感情是真挚的,在所有人不知道的情况下,他们曾经有过一段极为隐秘的恋情。

"后来我们经常一起去散步,一起偷偷地看电影,一起参加舞会……可是我们太会伪装自己了,我和她的关系居然一直没有被人发现。"他感慨地说。

"这种感情,大约持续了多长时间?"关剑问。

"一年多吧。"

如果他说的是真的,那么,他们的确是世上最高明的隐藏真相的高手啦,一年多时间,乌兰牧骑的队员们居然没有丝毫发现?似乎,有些不可思议。关剑突然产生了一个奇怪的想法:杜拉与包金这两个人,都在努力地完成他们各自的"拼图",他们都在拼接那些零碎的历史片段,竭力想拼出一幅完整的图画来。可是,他们所拼出来的图画却是截然不同的画面。那么,哪一幅画面才是真实的呢?

关剑也有些迷茫了。

"我一生最大的后悔,就是放弃了这份感情,可以说,在对待赛娜的问题上,我是自私的,也是我最不能原谅自己的地方。"

包金呷了一口咖啡。咖啡没有放糖,的确很苦。而那伴侣酷似牛奶,其实没有一丝牛奶的香味。真正的奶香,是从乳牛的乳房里刚刚挤出来的那种味道。当年他们乌兰牧骑下乡演出时，每天早晨，女演员们帮着牧妇挤奶，有时候他若起得早些，就会披一件衣服去观看。

他最喜欢看赛娜挤奶。赛娜的十指修长，动作十分优美。她的十根手指在乳牛的乳柱上灵巧地上下移动着，便有一股股乳白色的汁液喷射到下面的奶桶里。赛娜半蹲在地上，极为娴熟地挤着奶，乳汁有时候溅到她的脸上头发上衣服上，她也满不在乎，依然专注地挤着撸着。他出神地看着，便悟出了她身体所散发出来的牛奶的香味原来是这样来的。她没有发现他在观察着自己，她知道自己的双手正在为奶牛带来欢愉，缓解了它奶胀的苦痛。或者，牛妈妈误以为那是它的孩子正在吮吸着它的奶汁，这使它的内心充满了母爱的欣喜。

"那年我已经调离了乌兰牧骑，所以，我对你们那时的关系……不太了解。"关剑说的是实情。那年他调走之后，先是在司法局工作了一段时间，后来自己为了考取律师资格证书，花费了大量的精力学习各种各样的法律文书，每天忙得不可开交，几乎很少再回乌兰牧骑去看看。有关包金和赛娜的故事，他也是道听途说来的。

"我对不起她啊！"他再一次感慨地说。他的悔恨发自内心，关剑看得出来。

关剑知道，后来，包金娶了书记的女儿，从此开始仕途升迁。他参加了包金的婚礼，尽管听说那是一个平平庸庸的女人，但乍一见到新娘金花还是在心里为包金感到委屈，凭着包金的一表人才，怎么娶了这样一个相貌平平、毫无气质可言的女人呢？但是，当他听说金花的父亲是某某领导，她的两个兄弟一个是公安局局长，一个是组织部部长时，关剑也就恍然大悟了。那时金花在盟法院民事厅当打字员，除了文件打得工整规范之外，其他别无特长，情商很是一般。但她的控制欲极强，自从与包金结婚之后，她把他控制得死死的，决不允许他在外面拈花惹草。一度，他们的夫妻关系曾经产生过危机。究竟是因为什么，外人无从知晓。关剑也没过问。不过后来，随着年龄的增长，也随着包金仕途的一路飙升，他们的夫妻关系又恢复了从前的样子。

"在婚姻方面，我是一个失败者，一个彻底的失败者啊！"包金觉得自己这句话正像刚刚喝下去的苦咖啡一样，把他的五脏六腑都沁透了。

"过去的一页已经翻过去了，现在急需对付的是杜拉——如果她真的把起诉状递到法院，事情可能会很麻烦的。"关剑说，"所以我提前给你走漏风声，就是为了让你有所准备……其实，作为律师，我向你透露这些也是有违职业道德的啊！"

"你说我怎么办才好？需要我出面和她亲自谈谈吗？"

"你出面不太合适，毕竟，你的身份地位特殊。我看，不如请一个人去和她谈，可能会有效果的。"关剑深谋远虑地说。

"谁？"包金问。

"白岩。"

"老白？"

"对，据我观察，杜拉对老白有着特殊的感情，老白的话，她也许会听的。"

包金想了一下说："一会儿，你代表我，去找找白岩。"

"没有问题。"关剑信心满满地说。

"对了，还有一件事情，你也帮我弄清楚。"

关剑抬眼望着包金。

包金犹豫了片刻，终于下定决心般地说："就是那个吉娅，有人说，其实她不是杜拉的女儿，是赛娜的；如果赛娜是她的母亲，那么，谁是她的父亲呢？"

关剑的心里一惊：莫非，包金怀疑那个可爱的小红毛吉娅是他的女儿吗？想搞清这个秘密恐怕不会很容易啊！

60

杜拉第一次来到老白的宿舍时，心中笼罩着一种莫名的悲凉。她没想到，他的住处这么简陋，这么寒酸，他已经完全沦为当年搞收发看大门的梁大爷啦。

他的宿舍紧挨着马棚，那是为了夜里照料那几匹马方便吧。他的房间里也充斥着一股浓烈的草料味儿。床铺靠墙的地方糊着几张旧报纸，被子胡乱卷着，一张漆皮剥落的桌子上放着一个印着"为人民服务"红字的搪瓷茶缸子和一个铝制饭盒。一个用柳条编织的箱子早成了老古董，如今人们连皮箱都很少用啦，用的是漂亮的大立柜还有样子新颖的沙发。所有时髦的家具衣服他这儿一件也没有。环顾着这屋子里的陈设，她觉得自己一下回到了七十年代。

她坐在床边。他用那个大茶缸子给她沏了一杯砖茶。其实他知道她是不会喝的，但是出于礼节，他还是忙碌地把火炉子上的一个铁皮水壶里的开水倒进那个搪瓷缸子里，放在她跟前的桌子上。

她抬眼望着他，似乎在问："这些年，你就是这样生活的？"他也望着她，歉意地微笑了一下，似乎是在答："这样的生活不是挺好的吗？"

"其实，我给你打电话，是想跟你约个地方，咱们在外面见面，我有话要对你说。"他困难地选择着词句，"没想到，你跑来了……"

"没事儿，在哪儿说都一样。正好，我也过来看看你的生活环境。"杜拉淡淡地说。她已经猜测到老白要对她说些什么了，肯定是因为那件事情。

"你姐姐的后事，已经全部料理完了吧？"他问。

"嗯，只剩下一件事情了。"

"哪件？"

"盟里拨款，要为赛娜雕塑一尊铜像，他们一定要让我看了设计和模子之后再走。"

"铜像？做出来啦？"

"还没有，需要在外地加工。不过设计图我已经看了，还可以。"

"唉，赛娜辛苦了一辈子，为她立一尊塑像，也值了。"老白发着感慨。

"盟里给拨了多少款子？"

"据说给了十五万。"

"一座雕塑那么贵啊？"

"需要找比较著名的雕塑家来做，所以会贵一些。"

"那得啥时候能做好啊？"

"还得一个月左右吧。盟里宣传部要搞一个隆重的塑像安放仪式呢，他们希望这个仪式我能参加。"

"那你得参加啊！赛娜在九泉之下也会高兴的。"老白有些兴奋地说。面对杜拉，他依然有些拘谨，半个屁股挨在一张吱嘎作响的椅子上，苍老的面容显示着他曾饱经风霜。他的眼睛已经找不到过去那种明亮的神采，瞳孔变得有些浑浊。杜拉不由想到她曾看到的那些新生儿，他们的眼睛无一例外都是明亮的、纯净的，为什么人随着年岁的增长，眼睛却越来越浑浊了呢？

她注意到他的头发，早已经不是当年那种刚直挺拔的样子，那些白发已经变细变软，每一根都软塌塌地耷拉在头皮上，显得驯服而又善良。毫无疑问，他是一个好人，可是，从另一个角度来说，他又是一个逆来顺受的男人，一个从来不敢抗争、不敢抱怨、不与人争论的男人。他心里究竟是怎么想的？对于如此不公的命运，他从来没有流露出丝毫不满的情绪，也从不向任何人发过一句怨言。他总是满足的，即便是在荒凉的原野上当牧马人他也是满足的，对于迎面而来的一切，他都是从容面对，坦然接受，不管命运塞给他的是幸运还是厄运。杜拉观察着他研究着他，可是却不得要领，真的弄不懂他是一个怎样的男人。因此她有些悲哀：你还是一个专门研究人写人的作家吗？连你一生中最在乎的人都没有弄明白，你怎么可能写好其他的人呢？

的确，每个人都是一个难解的谜，而解开这个谜则需要很多年的时间，甚至于用上一生的时间也未必能解得开。

可偏偏就是这个男人，却在她情窦初开的日子里为她的心灵洒下过一片明媚的阳光，虽然是那样地短暂，却是那般美好。虽然，是自己亲手毁掉了那段日子，但她心底却一直珍存着那份美好。眼下，除了帮助姐姐伸张正义之外，最大的愿望就是帮助这个男人，让他回到生活正常的轨道上来。

也许，一声道歉并不能弥补自己对他所欠的愧疚，那么，是不是嫁给他才算是对他真正的补偿？她曾认真地想过这个问题，但最后却被她无情地否定了——没错，当年，自己是曾对他有过朦胧的爱，但随着时光流逝，他们已经是截然不同的两种人了，犹如两列火车，在不同的两条生活轨道上奔驰，它们是不可能会相交的，如果强行相交，只能是互相碰撞，车毁人亡。

现在面对着他，她又感到迷惘了：难道他现在的生活不在正常轨道上吗？他能适应各种环境，无论哪一种环境他都会如鱼得水，应付自如，所以，自己那种想拯救他的念头是不是有些荒唐可笑呢？

出乎他的意料，杜拉端起了那个搪瓷茶缸子，呷了一口茶。她不像她姐姐赛娜。赛娜有点儿洁癖，从来不端别人的杯子，即便后来出现了一次性纸杯，她也从来不用，无论到哪儿，她总是带着自己的杯子，还带着自己的筷子。

"好久没喝到这种老茶叶的味道啦。"杜拉感慨地说。

"人啊，在哪儿生活过，就习惯哪儿，过去的有些感觉就总也忘不掉。"他说，眼神儿有些迷离。

"老白，你打了一辈子光棍儿，是不是已经适应了？如果现在娶个老婆，你是不是会不习惯呢？"她问。

"还真是呢。"他认真地回道，"一个人生活惯了，就不习惯和别人待在一个房间。哦，你应该和我有相同的感觉呀。"

她沉默了。他说得对，单身习惯了，就会养成一些怪癖。这些怪癖在别人看来是无法容忍的，而自己则习以为常，并不认为与众人格格不入。久而久之，如同甲虫一样慢慢在柔软的身体外面长上一层坚硬的外壳，抗拒着一切外来的入侵。如果让它蜕掉那层外壳那是万万不能的。

"老白，咱们开门见山吧，如果不是十分重要的事情，你是不会急着要见我的，说吧，啥事儿？"杜拉放下搪瓷茶缸子，直视着老白的眼睛说。

老白嗫嚅了一会儿，才说："今天一早，关剑来找我……"

"是包金请他当说客的吧。"杜拉冷笑了一下。

"你猜到了？"老白一怔。

"他怎么说？"

"他说……"老白告诉杜拉，关剑转达了包金的意思，让他来劝说杜拉，放弃那荒唐的念头，不要上法庭，不要撕破脸，如果那样，对谁也不好，尤其是对杜拉，绝对会后悔的。

"就这些？"杜拉抚摸着那搪瓷茶缸子的把柄，不动声色地问。

"哦，还有，关剑说，其实，你完全误会了，事情的真相根本不是你想的那样，包金和你姐姐是有一层那样的关系，但是，那完全是你情我愿的，不存在逼迫，更没有什么性侵。"

他把关剑从包金那里听来的故事，给杜拉复述了一遍。

"那你怎么看呢？"杜拉盯着老白问，"这些年，你在我姐姐身边，你多少知道一些真相吧？"其实从心底来说，她根本不相信包金讲的那个秘密恋爱的故事，那肯定是包金的杜撰。

"我……"老白又嗫嚅起来，"我只知道，包金对赛娜很关心，在生活上对她非常关照，还经常给她打电话。有时候约她出去。"

"出去？去哪里？"

"这我就不知道啦……反正，看上去他们的关系挺正常的。赛娜从来没有表示过对包金的反感。"

"你的意思是——赛娜与包金是两情相悦？"

"他们是不是两情相悦我不知道，我只是在说一个事实。"老白忙乱地摆了摆手，急着要证明自己的清白似的。

"你说的事实就是赛娜并没有受到过性侵？"杜拉尖刀般锐利的目光盯着老白。

老白竭力躲避着她的目光，言语有些支吾："我说的事实是赛娜从来没有提起过这件事情。"

"没有提起过，这件事情就不存在了吗？"杜拉的口气咄咄逼人。

"那只是你的怀疑，没有证据。"

"我有证据——苏博士的录音就是铁的证据。"杜拉自信地说。

老白却轻轻地摇了摇头："就算那是赛娜亲口说的，但也未必就是真的。"

"你是说——赛娜在撒谎？可她为什么要撒谎？"

"她……精神方面出了问题。"老白困难地说。

杜拉现在已经很明白老白说的是什么意思了——赛娜有可能出现了精神分裂症，她可能无法承受心理压力，更无法承受道德的审判，于是，她的内心世界分裂成两个人：一个是强大的头罩神圣光环的楷模，一个是软弱的受到欺凌和迫害的女性。她在这两个人之间穿越着，有时候，她是一个正面的令人敬佩的形象，而有时候，她又是一个被强权压制得精神枯萎的女人。

事实真的是这样的吗？

她觉得自己应该清理一下纷乱的思绪了。

老白见她长时间沉默着，就提醒她时间不早了，女儿小吉娅还在家里等着她呢，她不回去，小吉娅就不吃饭。她这才站起来，什么话也没说，拎起小包向外走去。

老白一直把她送到大院里那辆牧马人吉普车前时，突然想起什么，对她说："对了，他说，想找个机会和你单独见见，好好谈一谈。"

她知道老白说的"他"是谁。她头也不回地打开车门说："你告诉他——我不想见到他,更不想听他说一句话。"

"你呀……"

杜拉在老白的叹息声中上了她的吉普车,驱车而去。老白看见那吉普车启动很猛,车辘轳飞转,箭一般窜出了大院。

61

由于要处理的文件太多,今天傍晚,他一直加班到快八点了,才走下盟委盟公署办公室的大楼。

送他回家的小轿车一如既往地停在楼下等待着他。司机老马非常精干,已经给他开了十年的车。他的驾驶技术十分出色,车开得异常平稳,但却并不慢,该快的时候,车速也很快,却从未出过一起交通事故。他家离得比较远,有时候阿镇的交通也拥堵,但他每天都能准时出现在他家楼下,从没有一天迟到过。后来,他才发现,原来,老马怕路上堵车,每天都要提前一个小时出发,把车停在楼下等待着他——一等就是一个多小时。由于起得早,有时候他实在困了,就趴在方向盘上打个盹儿。他被老马这种认真的工作态度所感动,觉得这人诚实可靠,已经提拔他做了车队队长,并打算在自己退休之前,把他提拔到某部门做领导,解决他的处级待遇问题。老马是一个知恩图报的人,对他更加忠诚,工作上也更加勤勤恳恳。

残阳已经被高楼的森林所淹没。只有一抹红尚涂抹在一些建筑物的顶端。当轿车经过那座著名的庙宇时,他看见那些大殿上金色的琉璃瓦反射着落日的余晖,像水的波纹那样闪耀着光芒。他记得当年他们乌兰牧骑曾经把这座大庙的一个大殿当成了排练厅,在那里排练了许多的节目。他还记得当年小将们砸大庙时的情景,那时他跟在小将们后面冲进了大庙,浑身充满了革命的激情。

俱往矣！俱往矣！时代如流水,冲刷往日的痕迹,许多记忆已经变成了一片空白,不管当年那片空白曾经是什么颜色,但现在一切都不存在了,都变成了虚无,变成了再也难以想起来的过去。

今天路上车少,交通通畅,轿车很快就行驶到他家楼下。他家是一幢独门独院的二层小楼,东边是李书记家,西边是巴盟长家。这是一个专门为厅级领导修建的住宅区,大门口二十四小时有门卫把守,来客都得要登记,由门卫打电话到某位领导家里之后,得到主人的允许,来宾方可进入。院子里种着些花草,一棵丁香树开着花儿。这种树好像除了冬天之外,一年四季总是在开花儿。从铁栅栏的大门向里望去,可以看到有一个爬满了葡萄蔓的小凉亭,还有两把白色的休闲椅和一个小圆几放在葡萄架下。附近没有杂音,显得十分静谧。

他正要下车时,老马突然说:"领导,有件事情,我不知是不是应该跟你说说……"

他心中一怔,平时,老马很少对他谈什么事情,更没有用过这样的口吻。看来,那是一件比较重要的事情。

"说嘛。"

"金主任今天给我打电话,让我帮他到社会上找些人来,去办一件事情。"

他知道老马说的"金主任"指的是自己的老婆金花。找社会上的人办事情？社会上的人一般指的是黑道上的人,办什么事情？他心中一紧。

马师傅继续说:"说是去教训一个女人,或者给她破相,或者,卸一条胳膊一条腿儿都行。"

包金的脸色阴沉下来——太过分了，金花如此胆大妄为、如此心狠手辣是他没想到的。不管怎么说，杜拉也是赛娜的亲妹妹，他不能让她受到伤害，虽然她一心要置自己于死地。那一刻，他意识到自己原来是个心慈手软的男人，是个极为善良的官员。

"别听她胡咧咧！"他板着脸说，"她脑子发热，不正常！这事儿，你别插手。"

"知道了。"老马应道。他人缘好，喜欢交朋友，在社会上认识了不少三教九流的人，如果领导点头的话，他会把这事儿办得妥妥的，不会留下任何把柄。但领导没点头，他就不能有所动作了，只是，金主任那边他不好交代，如果她抱怨他没有按她的意思去做，自己该找什么理由搪塞呢？

看着领导进了小院里，老马发了一会儿呆，然后，开着车离去。

62

包金走进院子里时，金花正在侍弄她最心爱的那只小泰迪狗。小泰迪长得十分可爱十分乖巧，在她面前很会撒娇卖萌，它会直立起来，两条前腿搭在一起做出作揖的样子。这时候金花就会心花怒放，笑得满脸阳光灿烂，把它最爱吃的金枪鱼喂给它。她管它叫"儿子"。

"嘿，儿子，去把那个刷子给妈妈拿来。"听到指令，小泰迪就会小碎步跑过去，用嘴把刷子叼过来，放在她面前，摇着尾巴抬起头怔怔地看着她。"喂，儿子，去把报纸取来。"小泰迪就会跑到院门口，把传达室的人刚刚送来的报纸叼过来。

金花嫁给包金之后为他生了一儿一女，儿子大学毕业后留在了北京工作；女儿正在读研，也在北京。自从儿子和女儿离家后，她就把全部心思放在了这只小泰迪身上，虽然家里有保姆，但她不放心，每天还是要亲自照顾泰迪。

包金看见老婆正在和小狗亲热，对自己回家不理不睬的样子，心里颇为不快。虽然在外面风风光光，但在这个家，他的地位不如一条狗！有几次他想改变这个现状，提议把狗处理掉，但金花马上跟他急眼了，说："你要是敢把我儿子送人，我就敢用刀捅了你，你信不信？"

他信——这个女人不是一般的蛮横，什么事情做不出来呢！他真佩服自己当年有那么大的勇气选择她做老婆。

无论从哪个方面来说，金花都算不上优秀。她是那种五短身材，矮矮胖胖，一张圆圆的大脸上，虽也有浓眉大眼，可就是缺少女人的魅力。她出生于一个优越的家庭，自幼娇生惯养，养成了独断专行、唯我独尊的性格。她认为自己嫁给了出身寒门的包金是出于对他的恩赐，如果不是她，他至今还在那个乌兰牧骑里当个小演员，不会有什么大出息。他今天所有一切都是她一手为他安排的，从科长到处长再到副厅级，哪一样不是她的亲自安排？从组织部部长到宣传部部长，谁敢不给她面子？所以，包金应该一辈子对她感恩戴德才是。

但是，万没想到他色胆包天，居然敢在外面养小三！当然，最初那些年她是完全被蒙在鼓里的，根本没想到他会与她同床异梦。他每天回家很晚，总是说外面的应酬多，没有办法。有时候，他回来的时候她已经熟睡了好一会儿，他也不打扰她，悄悄地去洗漱，悄悄地脱衣服上床，连大灯都不开，生怕惊醒了她。她明显地感觉到他在那方面不行了，几乎没有什么欲望，很少触碰她的身体。而她正是四十多岁的年龄，正所谓"三十如狼，四十如虎"，有时候她的需求异常强烈。而他一躺在床上就像个死猪似的，她很来气，不客气地把他弄醒，要他"交公粮"（这是她从同事那儿听来的时髦词语）。他只好例行公事般比画了几下，总是浅尝辄止。她兴趣上来，不依不饶。但他却不争气，依然是蔫而不举，一事无成。后来，她开始帮助他，动用各种功夫，甚至于把从毛片上看来的技巧使用起来——捏、揉、搓、吮、吸、夹……十八般武艺几乎全都用上了，这才有了些许的收获。看着他的满脸愧色，她不由得想到，他应该是把"公粮"交到了其他的粮库。除了这种解释之外，难道还会有其他的解释吗？

几乎是为了印证她的猜疑，她一个关系最好的闺蜜向她透露了一个惊天的秘密：昨天夜里，有人看见你老公与一个女人在一条漆黑的街道路边里依偎在一起呢。目击者是个司机，与闺蜜相交甚密，昨晚开车回家，明亮的车灯映亮了那条没有路灯的街路，司机一眼发现前面路边树下，有一男一女二人迅速地分开，那司机在与他们擦肩而过的一瞬间认出那男的是包金……

"那女的是谁？"她急切地问。

闺蜜摇了摇头，说司机没看清。

她突然莫名其妙地兴奋起来，好哇，怪不得这家伙在床上表现不佳呢，原来是在外面偷腥呢！

那女的是谁？是谁？

她决定对丈夫进行秘密跟踪。

几乎用了一年的时间，调用各种手段，开始对包金进行了秘密调查。她利用自己的优势，让在公安局当局长的二哥金巴布置秘密监控。金巴起初并不认同妹妹的计划,担心监控一旦被曝光会影响到他仕途升迁。但妹妹又哭又闹,说这事儿若不查清,她就要上吊自杀。金巴没有办法,只得应允了。于是,他手下最铁的几个刑警弟兄开始调查包金这些年的活动轨迹,并且查阅了他的电话记录。渐渐,一个女人的名字进入了他们的视野——赛娜!

只有赛娜与包金有过私下的秘密接触。

她听到赛娜这个名字,起初并不相信。她对赛娜的印象很好,她也知道赛娜与包金过去是乌兰牧骑的老同事,他们私下有些来往也算是正常。可是很快,她越想越感到不对劲儿:赛娜至今还是个老姑娘,没结过婚,也没有相好的男人,这里面肯定有问题;再者,包金升迁之后,那些乌兰牧骑的老队员都来家里探望并祝贺,唯有赛娜从来没到过她家。她为什么不来?答案只有一个——做贼心虚!

她让那几个刑警继续密切盯着赛娜,最好能抓住实实在在的证据。

功夫不负有心人,终于,她得到了包金在半夜悄悄去赛娜家的录像,虽然那图像有些模糊不清,但二人在床上翻云覆雨的画面还是令她热血沸腾。她把那段录像看了一遍又一遍,心想:难怪他对我没有激情了呢,原来,他把他的情感和爱液全部给了这个女人!

那一刻她没有像一般的女人头脑发热,感情冲动,失去理智,恰恰相反,她异常冷静,仔细思索了处理这件事情的各种方案:第一个方案,把这件事情抖出来曝光,公之于众,她作为一个受害者无疑会得到大家的同情,花心丈夫肯定会受到大家的谴责,而她,那个表面上道貌岸然而实际上淫荡的女人也会受到组织对她严厉的处罚;第二个方案,事情不公开,她直接去找那个女人,出示证据,打蛇打在七寸上,一举将她击败,让她从此断了与他藕断丝连的念头,然后夹起尾巴乖乖地做人;第三个方案,把功夫做在丈夫这头儿,让他做出选择:马上离婚,还是与她断绝关系。

再三思索,她选择了第三个方案。

如果她决定要离婚,可以采取第一个方案,轰轰烈烈闹一场,把那对奸夫淫妇搞臭,虽然出了气,但结局不是她想要的;第二个方案也可行,但是她不想放下架子,不愿意去和一个偷走她男人的贱女人去谈判。她是一个聪明的女人,也是一个务实的女人,包金虽然并非她理想中的男人,但是,他也有自己的优点,且不说一表人才,就说他的好脾气,那是许多男人所没有的。他很听她的话,她说东他绝不会往西。而且,随着年岁的增长,她越来越意识到,少女时代早已经远去,少妇时代也已经结束,她已经步入了中年,随之而来的就是老年。到了这个年龄,如果再奢想什么白马王子那也太扯啦!务实是她最大的优点。她对如今的官场并不陌生,她知道大凡手里有些职权,都会秘密地养一两个或者更多的"小蜜",即便被人知道,大家也顶多一笑置之,成为茶余饭后的谈资而已。严格说来,那个女人也不年轻了,算不上是"小蜜",当年他们同在乌兰牧骑,只是割舍不下旧情罢了。包金背着自己与她偶尔偷偷情,也算是情有可原吧。既然认可了这个现实,如何正确处理便是必须得解决的首要问题了。

解决方案她也想出了三种:其一是让包金发誓,永不再与那女人来往,而自己则表达出宽容大度,可以与他维持现有的婚姻;其二是让他写一份保证书,如果他旧习不改,与那女人一旦旧情复发,她会用那张纸将其告上法庭;其三是让他把那女人调离阿镇,发配到边远地区,彻底断绝他们之间的往来。

三种解决方案她选择了第二种:让丈夫写保证书。

当包金感激涕零地把保证书交到她手上时,她突然觉得这么做是不是有点儿便宜这小子了?或者说,是便宜了那女人?

那时各地正好在搞"社教",派城市的机关干部下乡对农村牧区搞"社会主义教育"。她逼着丈夫把给文化口的那个名额摊派到赛娜头上。赛娜什么话也没说,收拾行装,跟着工作组下了乡,一去就是一年多。

一年后,赛娜从乡下回来,人瘦了一圈,脸黑了不少,显得十分憔悴。回到家中,第一个前来造访的客人是金花。金花拎了几样营养品,脸上挂着虚伪的笑容,说老包最近身体不适,所以派她前来探望赛娜。从她虚假的热情中,赛娜一眼就明白了她到此前来的真正目的。金花刚一走,赛娜把她带来的礼品扔进了垃圾箱里,她怕那里面有毒……

63

金花一眼就看出丈夫今天的脸色不好,黑沉着一块乌云。但是她并不在意,因为他经常这样阴着脸,她已经习惯了。当他还是个科级干部时,经常被上级领导训斥,在单位努力掩饰,回家后一脸乌云。其实,她对他脸上的风云变幻早已经熟悉甚至于漠视了——早年官小地位低,被上级领导训斥了,在单位不敢表露,回到家就拉着脸子,脸上阴云密布;后来官职提升,可遇到不顺心的事儿依然会把那烦恼写到脸上,带回到家里。她很讨厌他这一点:男子汉大丈夫,心胸要开阔大度,得装得下事情。她为此而看不起他。

其实她与包金也算是青梅竹马。早年,他们同在一所学校读书。包金来自乡下,有几分穷酸,冬天天冷,他穿着一双毡疙瘩和老羊皮外套，而她呢，是城里高傲的公主，衣服精致而华贵，不是水光滑亮的貂皮，就是火红的狐狸皮。看到她，他总会想起一个叫"冬妮娅"的女人，只是，她远不如冬妮娅漂亮，无论身材和相貌，都无法与那个梦中情人相比。后来，他躺在床上常常想：如果，把赛娜的容貌和身材与金花的身份地位做一个交换那该有多好啊。

她分明是看不起他的。不但蔑视，而且歧视，常常当着同学的面儿羞辱他。譬如，她会掀动他裤子上的补丁笑着问大家，像不像一片屁股帘子？惹得同学们哄堂大笑；或者，她会从他那个脏兮兮的书包里取出他的课本，将那本开了花的课本展示给大家，问像不像一团擦屁股纸？同学们又哄笑起来。其实没人知道，那课本是被他给翻烂了。他知道自己不够聪明，所以要笨鸟先飞，在课余时间拼命地翻看课本。

他恨她，从心里恨，但表面却从来没有表露出来。但是在选班长的时候，她却第一个举手说："我选包子……"

包金怔住了，呆呆地望着她。"包子"是他的绰号，是她给起的绰号。他一直认为这绰号伤害性不大，但侮辱性极强。同学们纷纷举手赞成——不知是慑于她的淫威，还是她真的有非常好的人缘儿，只要是她赞成的事情，其他同学是没人反对的。他被选举为班长，那是他第一次当上"领导"，初次尝到了权力的滋味。

放学时，她似乎是有意无意和两个女同学站在学校门口聊天。当他背着书包从学校里走出来时，她把头歪向他，送给他一个莫测高深的微笑。

他读懂了那微笑——那是恩赐，她要他默默记在心里。

很快到了高中毕业，大部分同学都下乡插队，接受贫下中农的再教育。她没有走，虽然她阿爸已经被打成了"走资派"，但她大哥却由于是造反派的头头儿被结合进革命委员会，出任副主任。大哥一句话，让她留城到机关单位做了打字员。那时，打字员是技术含量比较高的职业，打字机下面放着一块铅字盘，排列着大约有几百个常用汉字，打字员必须得把那些汉字所在的位置牢牢记住，然后需要哪个字，就把手柄移到那个字的上方，摁下手柄键，那个字被机械柄抓住，迅速向上击打到圆筒的油墨纸上。她的记忆力出奇地好，很快就记住了那些字的位置，没几天就能娴熟地击打手柄按键，将文字打印在油墨纸上。她发现自己非常适合这项工作。她打的文件不但速度快，而且错别字少，有时原稿中的错误也会被她发现而纠正，经常受到领导的表扬。

　　包金原本是要下乡插队的，偏偏在走的一个星期前在街上遇到了她。她那时刚刚下班，骑着一辆弯梁的凤凰二八自行车。这种型号的自行车非常罕见，即便手里有自行车票也买不到。这辆与众不同的自行车让她在小镇出尽了风头，回头率非常高。这个自行车还有一大亮点，就是它的铃铛——一般的自行车是用手摁一下，铃声响一下，而这个车上安装的是"转铃"，两个铃铛壳相对着扣在一起，用手往下摁，那两个亮晶晶的铃铛壳就一同旋转起来，因为惯性它们会不停地旋转着，并且发出一连串清脆的铃声。包金原本已经骑着他的破旧的"红旗牌"自行车拐进了一条小胡同里，可就在这时，他听见了那悦耳的铃声。与众不同的铃声吸引了他，他不由回头望了一眼，看见金花高傲地骑着"凤凰"驰过来，她穿着一件绿色的呢子大衣，雪白的羊羔皮无檐帽，在冬天的雪地上显得格外醒目。她一刹车闸，自行车在他面前停下了。

　　"包子，是你啊，真是巧呀。"她望着他笑着说。

　　"听说你已经上班了？"他的口吻带着明显羡慕的味道。

她潇洒地把垂到胸前的雪白的羊绒围脖往后一甩，盯着他说："是呀……你呢，下乡插队？"

"嗯，我又没你们家那条件，只能下去了。"他流露出愁苦的样子。

她盯着他认真地看了一会儿，突然笑了，说："哎，我有个办法可以让你留在城里。"

"能有啥办法？"他以为她在调侃自己，并未激动。

"为了歌颂当前的大好形势，咱们阿镇要恢复乌兰牧骑，听说正招演员呢，你想不想去？包子，你的形象呀声音呀都还行。"

他的心为之一动："去了就不用下乡插队了？"

"当然啦，那就是正式参加工作了，你就可以留在阿镇啦。"她面带得意之色，一副救世主的样子，仿佛完成了一件多么了不起的事情。她心里有缜密的布局，表面上是为他的前途着想，其实是在搭建自己未来的生活。

"我去我去！"他一下激动起来，但马上又为自己的失态而懊悔，太不稳重了，在她面前起码应该矜持一点儿。

"走，我现在就带你去见一个重要人物。"不等包金回应，她已经骑上她那辆"凤凰"向前驶去。

他急忙推着自行车小跑两步，一撒腿也骑到车上追随而去。

到了革委会的大楼里，见到了那个"重要人物"，才知道那重要人物原来是她的大哥。大哥一个电话打到乌兰牧骑，接电话的队长恩和马上答应让包金过去面试。面试通过，金花陪他从乌兰牧骑的院子出来后，他正要与她说几句感谢的话，她却把头一歪盯着他说：

"我知道你要说啥，得，把感激的话儿烂在你肚子里吧，以后，别在心里恨我就行啦。"

说完，她骑上自行车飘然而去。

由此，开始了他的红色演艺生涯。

长征是宣传队，长征是播种机……

《长征组歌》中需要一男一女领诵，人选是包金和赛娜。二人配合默契，抑扬顿挫，声情并茂，获得观众的热烈喝彩。在这偏远的小镇上，能得到聆听《长征组歌》的艺术享受，大家喜出望外。那个节目从此奠定了他事业的基石，为他日后的发展铺平了道路。

在一个小镇上一台晚会能连续演出四十多场实属罕见。最后一场演出是完美的收官之作，当地的领导以及从军区来的首长观摩了演出，并在谢幕之后上台亲切接见了演员。他与赛娜站在台子中心，与领导首长握手。所有的演员一个个都面带幸福的笑容。首长在他面前停下步子，夸奖说："演得好演得好，你的声音很好啊，革命激情很充沛嘛，不要骄傲，要再接再厉。"他的脸上绽放开一朵花，大双眼皮下的眼睛里闪烁着熠熠之光，连连说："谢谢首长，我会再接再厉的。"尽管他并不十分明白"再接再厉"这个成语确切的含义是什么。

卸妆后走出剧院，他的心情依然激动不已，推着自行车正要走，忽听见附近有人轻声叫他："嗨，包子……"

他一回头，看见她站在附近路灯的阴影里。那是十一月初，第一场雪已经覆盖了整个小镇。白色的雪地上，只能看见一个黑色的人影轮廓，但她脖子上那雪白的羊绒围脖却十分显眼。他推着自行车向她走去。

"祝贺演出成功。"她走到路灯光能照射到的地方。这时，观众早已经散尽，马路上几乎没有一个行人。

"你看演出了？"他问。

她点点头："嗯，我已看了八场。"其实她少说了三场。

"真的？我怎么没看见你呀？"他略微有些吃惊，没想到她会对他们的演出这么重视。

"我一般都坐在后面，不想让你看见。"她瞥了他一眼。在灯光和雪色的映衬下，他发现她的腮上印着一片红晕，不知是由于寒冷还是出于姑娘的羞涩。

面对着她，他一时不知道应该说些什么。两个人沉默了大约一分钟，还是她先打破了那令人难堪的静默："你能送我回家吗？我一个人，有点儿害怕。"

"行啊，我送你……哎，你没骑车子啊？"

"车子坏了，胎给钉子扎了，没气了。"

"那我带你走吧，上车。"这一瞬间他突然找回了作为男人的自信，在她面前也忽然有了些许的尊严。

"我不敢坐后面，怕摔下去呢……我坐大梁吧。"

他一只手握着自行车的车把，另一只手松开，侧身，让出空间来，让她进来。她进来后往自行车的横梁上坐时有些吃力，他顺势抱住她，把她抱上去，然后他推着车子小跑两步，一个撒腿上座，双脚奋力蹬着自行车，沿着马路向前行驶而去。

新雪在路上薄薄地覆盖了一层。自行车的轱辘碾轧上去发出吱吱的响声，有点儿像老鼠在阴暗处发出的叫声。他双手握着车把，这样，就把坐在前横梁上的她整个搂进了怀里。她的头依在他的前胸，她的头发有时被风儿吹起来，撩拂在他的面颊上，这使他有些心猿意马。从她的头发里散发出一股子浓浓的香味，也许是她用了高级的洗头膏吧。她总是会使用些比较高级的东西，处处都显示出比之他人的优越和高傲。

她家离剧院并不远，没走一会儿就到了。那是一处红砖瓦房的院落，屋顶的红瓦早已经被白雪覆盖。院门上挂着一把锁头，她从衣袋里摸出钥匙，打开锁头后，回身望着他。

"你进去吧。"他的一条腿还跨在自行车上，对她摆摆手，显得很爷们儿的样子，"看你进去了我再走。"

"屋子没开灯，我害怕黑……"她的声音是怯懦的。

"你家就你一人啊？"他有些奇怪。

她告诉他，爸爸妈妈被打倒后都去了五七干校，而两个哥哥都成了家搬到了外面去住，所以，家里只有她一个人。

"你能送我进去后再走吗？"她的口气可怜巴巴的，似乎在哀求他。这对于她来说可是头一回啊。

好吧，帮人帮到底，送人送到家。他把自行车支在院门口，跟着她一起进了院子。

房间里很暖和，这房子是属于盟领导级别居住的家属房，早已经统一供暖，不用自己点火生炉子。他好奇地打量着房间，屋子里的陈设许多都是他不曾见到过的，洋气而华贵，包括墙壁上悬挂的那幅巨大的油画——那是一幅西方的油画，画面上一男一女二人，那美女无力地瘫在男人的怀里，半裸着上身，挺拔的乳房袒露着异常醒目。这画面令他脸红心跳不已，不敢多看。

"哦，那是世界名画，美女海伦，是她引发了特洛伊战争。"她给他介绍说。

他心里暗暗奇怪："破'四旧'时这些资产阶级的玩意儿居然没有被烧掉？难道她家没有被抄过吗？"

"哎，你坐呀……对了，我给你看看我的影集。"她脱去外衣，只穿一件紧身的肉色小褂，胸前那两个小山般的凸起物十分显眼。

他坐在沙发上。她从抽屉里取出一本影集来，在他身边坐下，翻开，一页一页地让他观看，并且指点说明着照片中的人物以及拍摄的时间地点。

"你看，我小时候……是不是挺可爱的呢？"

他看到一张照片，是黑白又上了彩色的。照片上的小女孩儿胖嘟嘟的，一双大眼睛好奇地盯着镜头，有几分可爱的样儿。

"啊，那是你吗？"

"是啊，不像吗？"她往他身边凑了凑，几乎贴在了他的身上。

"像，仔细看有几分像。"他认真地说。他心里想的完全是另外一回事儿——是不是应该走了？应该马上就走？被她身体紧贴的那半个身子火一般灼热，使他内心深处骚动不安。

"哎，你再看这张……"她再次往他身上紧贴过来，一只手自然而然地搭在他的肩膀上。她说话时，热乎乎的气息喷在他的脸上。他微微转了一下头，便与她的脸正面相对。他感觉到她搂着他的那只手在用力，将他的脸与她的脸贴在一起，她的唇与他的唇紧紧地黏合住了，与此同时，他感觉到她那两个小山般的凸起物温柔地压在他的胸上，令他感到一阵过电般的麻酥。

他心底便发出一声哀叹：

"完了……"

64

保姆李姨家里有事儿，把做好的饭菜端放在桌子上，就离去了。当餐桌前只剩下他们二人时，包金脸上的乌云依然没有散去，眼睛里似有雷电爆出，直击坐在他对面的金花。

"你干得好事儿！"他愤愤地把筷子掷到桌子上。

"我干啥了？"金花一头雾水。

"我告诉你——不许你伤害她！"包金以前对她从来没有用过如此严厉的口吻。

她顿时明白了——原来是为了那个女人！

一股火气呼地从心底蹿上来，直冲她脑门："怎么，心疼了？哦，是不是因为她差点儿成了你的小姨子？难怪人们说小姨子有姐夫半拉屁股呢。"

"下流！无耻！"愤怒中，他简直不知道应该说什么才好。

她忽地站起来："谁下流？谁无耻？我告诉你包子，别给脸不要脸，蹬着鼻子上脸啊！人家都要把你告上法院了，你还替她说话？你也不想想，一旦上了法院，你那点儿丑事被她揭出来，丢人现眼的是谁？是我还是你？你他妈的一辈子就被毁了，你知道不知道啊？"

"那也不能用下三烂手段啊。"他也不示弱，只不过声音降低了一些。

"对她这种女人还想怎么着？说实话，杀了她都不解我心头之恨。"她咬牙切齿。他再次感受到这女人内心的阴冷与狠毒。

"她是国内著名编剧，不是一般的人。"

"那又咋的？狗屁著名，到了阿镇，那是我的一亩三分地，就不能由着她胡作非为。"

"我警告你——这事儿你别插手，我会稳妥处理的。"他努力压抑着心中的怒火，拿起了筷子，在菜盘里翻来翻去。

"就你？优柔寡断，啥时候了，你还怜香惜玉啊？你是不是也悄悄地爱过人家啊？才女嘛，男人都会喜欢的……"她开始阴阳怪气起来。

"得得得，别和我胡诌八扯，总而言之一句话，你别插手就是了。"他再次把筷子拍在桌子上，也站起身来，坚定地说，"金花，我不想让这件事情越闹越大。她之所以要告我，是她对我有误会，只要这误会消除了，这件事情也就平息了。"

"误会？"她有些不明白了，期待的目光望着他，等待他说出是什么误会。但他没有说，转身走开了，向二楼的楼梯走去。她这时有些服软了，对着他的背影喊了一句："不吃饭了？"

他没有搭理她，似乎没听见的样子。也真是怪，以前，他对她总是俯首帖耳，从来不敢发火，可最近他是怎么了？是谁给了他这么大的胆子？会不会是因为我两个兄弟快要退休了，马上要失去权力了，他才这般有恃无恐？或者，是他自己已经官运到顶了，打算急流勇退了呢？

她赌气地坐下，拿起筷子，大口大口吃起来。她有个毛病，越是不开心就越是喜欢吃，所以越吃越胖，体重严重超标。现在她发现自己发胖的原因了——都是让他给气的！

"没有我，你狗屁不是！"她再次骂出那句经常挂在她嘴边的话。

65

包金决定去找杜拉，当面锣对面鼓，把事情说开来。他相信杜拉只是听信了一面之词，只要他把他与赛娜的关系讲给她，她是会原谅自己的。

是的，在对待赛娜的问题上他是有过愧疚，但那也只是两个人情感上的纠葛，并非性侵，赛娜的死更是与他没有任何关系。

上午九点钟，他猜测这个钟点小吉娅已经去了乌兰牧骑排练，家里只剩下杜拉一个人了。果然，当他敲开赛娜故居的房门时，开门的正是杜拉。

杜拉乍一看见站在门外的是包金，不免一怔，她的目光明显带着防范和敌意。包金的脸上强挤出一个微笑：

"朵兰，我想和你谈谈。"

"我和你没啥好谈的。"杜拉说着就要关门。包金抢先一步，把一条腿放在了门里，这样，杜拉就无法关上门了。

"你听我说——朵兰，有些话我必须要对你说，非说不可。"包金的态度十分坚决。杜拉想了一下，将门打开。她倒要听听他是怎么说的，如何解释与赛娜的关系。是狡辩，还是抵赖？是吐露真情，还是编织故事？

"我只占用你一个小时的时间。"他看了一下腕上的手表，然后轻车熟路地走到沙发前坐下。"首先，我要向你道歉——对于那封恐吓信以及弄脏你的吉普车，都是我太太指使人干的，我是事后才知道的，我已经严厉批评了她。"

杜拉从鼻子里哼了一声。

"其次，我想与你说一说我与赛娜的关系——我不否认，年轻的时候，我曾经暗恋过赛娜，暗恋了许多年……"他从口袋里摸出一盒中华香烟来，抽出一支，含在嘴上，用打火机点燃，轻轻吐出一股青烟来，继续说，"无论是在事业上还是在生活方面，我一直帮着她……"

"你到这儿来，不会是向我表功的吧？"

"表功？"他苦笑了一下，"如果不是你误会了我，要把事情闹大，我是不会向你重提旧事的。你可以打听一下，那些年，我对她的帮助少吗？她是怎么走红的？不错，她是凭自己实力获取了应得的荣誉，但是，如果没有组织上的提携，仅凭她一个人的能力，会获得那么高的声誉吗？"

杜拉听着他说着，心里很乱——他是在向我表功呢，可我想听的，是他的认罪，他对赛娜曾经犯下的罪孽他会承认吗？这时候她已经走到写字台前坐下，同时一只手摸进衣服口袋里，把总是揣在里面的那支录音笔的开关摁了一下，一声极轻微的"嘀"声只有她能听得见，那是录音笔开始工作的提示讯号。

她对他直呼其名，再不叫他"指导员"也不称他"包盟长"："包金，既然你要把一切都谈开，那好啊，我手里有赛娜的录音带，她对她的心理医生讲了一切。按她所讲，她吃的安眠药，是你送给她，并且怂恿她每天服用的，是不是？"

"是我送她的，但我并没有让她每天服用啊。怎么服用，她得听大夫的医嘱。"他的话几乎滴水不漏。

"她在被安眠药催眠的情况下，你趁机奸污了她，这是事实吧？"杜拉单刀直入，锋利的目光刺向包金。她以为包金听到这质问会流露出惊恐的神色，起码也会有一秒钟的不安。使她没想到的是包金听了这话之后并没有什么特别的反应。

"你是说——我强奸了她？笑话！"他的冷笑很冷，犹如给房间里降下一层冻霜。

"难道不是吗？你瞒着赛娜，偷偷留了一把这个房间的钥匙。什么目的？不就是想趁着赛娜在半昏迷时你好闯入，达到占有她的卑鄙目的！"

他沉默了几秒钟，缓缓从口袋里掏出一把钥匙，放在面前的茶几上："我是有一把这个家门的钥匙，但这不是我偷偷留下的，而是在房子装修好之后，赛娜送给我的，为了我进出方便。"

"不可能！"杜拉叫起来，"赛娜决不会把她家的钥匙留给一个她并不喜欢的男人，这怎么可能呢？太荒谬了！"

"当你知道我与赛娜真正的关系之后，你就不会觉得荒谬了！我不否认，我与赛娜，保持了多年的情人关系，那完全是你情我愿。"

"我不相信！我是她的亲妹妹，如果真是那样，她为什么不把这事儿告诉我呢？她从来没有说过一个字儿。"

"告诉你？那些年，你与赛娜关系紧张，大有老死不相往来的样子，她怎么会把这么隐私的事情告诉你呢？"包金把烟头掐灭，看着杜拉说，"我们俩曾经海誓山盟——我们的恋情只有我们二人知道，绝不会告诉第三个人。这一点我们都做到了。阿镇很小，可直到今天，知道我们这个秘密的人并不多……不，几乎可以说是没有一个人知道。"

"我只知道赛娜爱的人是白岩。"

"是，是白岩，可那是三十年前的事情了。她对白岩，只是朦胧的初恋，随着白岩的离去，那份初恋早已经死去了。不然的话，许多年后白岩平反归来，他们为什么不再续前缘呢？"

这句话把杜拉问住了，一时，她无言以对。

"为了这事儿，你在电话里和她吵翻了天，是吧？这是赛娜亲口告诉我的。"他又从烟盒里抽出一支烟来点燃。

"就算你说的是真的，那你为什么不娶她？"

"因为，我已经结婚成家了。"

"结了婚可以离呀！如果真的是两个人真心相爱，是没有什么可以阻挡他们走到一起的。"

他低下头，开始沉默了，脸上呈现出极为复杂的表情。杜拉以为自己占了上风，一时有些得意，也从写字台上摸过自己的烟盒来，点燃了一支香烟。

许久，他开口了，开得似乎十分艰难：

"我承认，在这件事情上，我是自私的，对不起她……其实，我是一个懦夫，感情上的懦夫……"

66

包金与金花的婚礼曾经轰动了阿镇，那气派那场面是刚刚进入八十年代的小镇上的人们所从来不曾见到过的。

清一色的黑色轿车足有二十多辆。人们很奇怪，这些轿车是从哪儿冒出来的？平时，阿镇街上很少看见高级轿车。每辆轿车车头挂着一朵大红花。电视台的摄影师被请来全程跟踪录像。跟随在后面的几辆小型运货车上满载着电视机、洗衣机等高档电器家具。当接亲的车队在新娘娘家门前停下时，顿时鞭炮和"二踢脚"惊天动地响了起来，那爆炸的声响将婚礼推向高潮。人们看到几个漂亮衣着的伴娘簇拥着新娘从院子里出来，在人们欢乐的笑声中上了第一辆迎亲的轿车。一群孩子在附近叫着喊着起哄着，等待撒向他们的大把水果糖。

八十年代初大多人家还不习惯在外面办婚礼，一般都是找个大院，支起几口大锅，办起流水席。在商议婚礼时金花嘲笑那样办太土了，咱们要去饭店办。那时阿镇没有几家像样的饭店。于是神通广大的金家二兄动用关系，把盟政府机关饭堂布置一新，搭起了一个临时台子，到处张灯结彩花红柳绿，又由乌兰牧骑调来几盏聚光灯照到台上，气氛一下子被搞得异常热烈。

主持婚礼的是乌兰牧骑的老队员董平。当年董平是艺校毕业的声乐演员，他嗓音洪亮，吐字清晰，现场发挥的感觉极好。后来他调到电视台做了播音主持，盟里的重要新闻都得由他来播出。改革开放初期，他给自己弄了一个兼职婚礼主持，一时声名鹊起，大凡有头有脸人家的孩子结婚，都以能请得到他来主持为荣。

宽敞的大厅里摆了二十多桌酒宴，几乎座无虚席。熟悉的人们自然而然坐在了一起。乌兰牧骑的老队员们就坐满了两桌。婚礼的酒会高潮一浪高过一浪。当新郎新娘过来敬酒时，大家已经喝得微醺，起哄让新郎和新娘表演节目。新娘笑着推着新郎说："我哪儿会表演呀，让他，他是当演员出身的，他会，让他表演。"于是新郎亮开歌喉，唱了一曲。大家起哄说："唱得不好，感觉气不够啊，是不是昨晚开夜车交公粮把元气用尽了？"众人哄笑不依，罚他喝一杯，又要他唱。他又高歌一曲，大家兴致刚起，不依不饶，还说唱得不好，要他交代昨夜交了几次公粮，更有甚者，非得让二人当众亲嘴儿不可。闹到这地步，金花拉下脸子，骂道："想看亲嘴儿，回家跟你老婆亲去。"众人见新娘子真生气了，顿时安静下来，不再闹了。新郎怕坏了气氛，赶紧对客人说抱歉话。新娘却拉扯着新郎到下一桌去敬酒。

转到乌兰牧骑老队员那两桌，新郎的眼睛亮了一下，虽然那亮光稍纵即逝，但还是被细心的新娘捕捉到了。顺着他的目光，她看到来客中的一个人——一个女人，赛娜。

从始至终赛娜都安静地坐在那里不吃也不喝，只是低头想着什么心事，偶尔与过去的老队员交谈几句，也是声音很低，贴着耳朵说话。当新郎新娘敬酒敬到她面前时，她站了起来，接过酒杯，轻声说了句："祝贺你们。"然后她将那两杯喜酒一饮而尽。她刚要坐下时，新娘一把拉住她，笑道："你与包子是多年的老队员啦，一起工作那么长时间，关系非同一般，两杯酒可不行。"有人跟着起哄："是啊，是应该多喝几杯。"金花从桌子上取了一只喝茶用的大玻璃杯，满满地斟了一大杯白酒，那一杯足有半斤。她把茶杯递到赛娜面前，盯着她说："感情深，一口闷，感情浅，就舔一舔，你看着喝吧。"包金有些着急，想夺过那大杯酒，可是没有成功，金花护着杯子不让他碰。这时大家全部安静下来，望着赛娜，不知道她应该如何应付。乌兰牧骑的队员都知道，平时，赛娜几乎是滴酒不沾的，现在让她一口喝下这么大一杯，那不要她的命吗？

谁也没有想到，赛娜没有丝毫犹豫，她接过杯子，两只手捧着，仰起头来，几乎是一口气将那满满一杯子酒灌进了肚子里。金花似乎呆怔了一会儿，看着赛娜把酒喝光，笑道："谁说你不能喝啊？瞧瞧，真是好酒量啊！难怪包子总是夸你呢，无论干什么都能独当一面，是女中豪杰嘛。"

没人知道，那一大杯酒让赛娜在床上躺了三天三夜，呕吐不止。也没人知道，她为什么会接过那一大杯酒一口喝下？只有包金心知肚明——这杯酒，是她为他喝的，或者说，是为了祭奠他们隐秘的关系而情愿以醉消愁。

67

上午十点左右，阳光已经完全从窗户流入房间，尤其是阳台那边，明亮的阳光有些刺眼。

"我承认，我不爱金花，可金花的家族在阿镇有很大的势力，对于我日后的升迁会起决定性作用，所以，我牺牲了与赛娜的爱情，走进了婚姻的坟墓。这是我一生中最大的悔恨。"包金又掐灭了一根烟头，用很低的声音说。杜拉觉得他是在演话剧背台词。

"坟墓吗？我看是你的乐园吧？"她用刻薄的语言挖苦着他。

"随你怎么说，朵兰，我只想说，这对赛娜是不公平的，这也是后来她情绪不稳定、失眠，以至于精神分裂的原因吧。"

"精神分裂？你有何根据？"

"她瞒着所有的人跑到北京去看心理医生，不是精神上出了问题又是什么？"

"她精神是有很大的压力，但绝不是什么精神分裂。"杜拉愤愤地说。

"我觉得到后来，她有了双重人格。一方面，她是一个楷模，一个杰出的演员，一个好领导好干部；另一方面，她饱受精神折磨的痛苦，压抑着自己的感情和欲望。她不结婚，不谈恋爱，只知道拼命地工作，这是导致她猝死的根本原因。"他低声真诚地说。

"在她去世的前一夜，她曾给我打过电话，说非常想见见我，可我……我已经答应了陪金花去看电影……虽然我没有去，可我给老白打了一个电话，让他过去陪陪她，看看她是什么情况。我觉得她的情绪有些反常。"

"白岩去了吗？"

"去了。那天夜里，我看完电影回来，老白给我来电话，说他刚刚从赛娜家里出来，说她起初情绪是不太好，后来，他们聊了一会儿，她的情绪稳定下来，他就告辞出来了。要说我心中有愧的话，就是那一晚，我应该过去陪陪她啊！"她看见泪花在他的眼眶里闪烁着。如果他还在演戏，那他真的是一个天才的演员。

他说完这番话之后站起来，拿起放在沙发上的呢子礼帽，轻轻拂了一下，似乎怕那帽子上沾上尘土。他把礼帽戴在头上，对杜拉客气地说："我已经把我想说的都对你说了，信，由你；不信，也由你。但我真心劝你，这官司你是打不赢的。为了你的名声，当然也为了我的名声，别再干傻事儿啦，朵兰，你现在是名人，名人官司最容易被舆论炒作。你应该像孔雀爱惜自己的羽毛一样爱惜自己的名声啊。"

这次他的话很真诚，没有念台词的感觉。他眼眶里的泪水依然存在着。他不想让杜拉看见，从口袋里取出一副墨镜戴上。

他走到门口时想起了什么又转过身来，看着杜拉问："我想知道——吉娅是赛娜的女儿吗？"

杜拉犹豫了一下："当然不是。"

"我希望你能告诉我实情。"

当他向门外走去时，杜拉看见他宽厚的脊背上写满了孤独和忧伤。

那一刻杜拉真的糊涂了——也许，他说的才是实情？

她决定再和老白认真地谈一谈。

68

她把约谈地点选在了那家奶茶馆。她不知道几天前包金也曾约老白在这家奶茶馆里密谈过。也许是因为这里安静而又隐蔽的缘故吧，阿镇的人们在谈论一些比较重要的事情，总爱到这家奶茶馆里来。

下午三四点钟对于没有午休的人来说正是慵懒困倦之时。奶茶馆里的音箱播放着轻柔而略带忧伤的马头琴乐曲。她和老白都能听得出来演奏马头琴的乐师是他们乌兰牧骑的黎波。黎波虽然是汉族，但自幼生活在牧区，对民族音乐有着独特的理解，所以才能把马头琴拉得如此出神入化。后来他去了日本，又去了美国，把马头琴的优美的音色带到了大洋彼岸。

杜拉与白岩面对面坐着，在静谧中各自品味着散发着奶香的奶茶，足足沉默了有五分钟。

"其实，即便你不找我，我也正打算找你聊聊呢。"老白先打破沉默，但他的话说得有些艰难，"有些事情，我没告诉你……哦，是关于赛娜的。"

这正是杜拉希望听到的。她没有打断他，只是安静地凝视着他那一头耀眼的银发。他的苍老使她感觉到他们已经是两代人了。

"她和包金的事情，我多少知道一些。我落实政策刚回来那几年，就听到过一些风言风语。但是我不相信。直到有一天……"说到这里时他停下来，好像有意要卖关子，其实他是在字斟句酌，选择那些不会激怒杜拉的语句来陈述。他知道这时候杜拉是非常容易被激怒的。

似乎是打开了一本尘封多年的影集，那些黄旧而模糊不清的照片一张张显露出来，述说着陈年往事。老白的嗓音虽然呈现出苍老的嘶哑，但依然保持着那种铜质般的感觉。她再一次想起当年他的潇洒英姿。

69

许多个夜晚老白是在那幢红砖楼下踱步度过的。那片居民住宅区的中间有一个小花园,到了夏天,花花草草繁茂起来,茂密的树荫就成了人们的乐园。而冬天,冰雪雕琢着楼房、假山、石子路、凉亭、小桥和草坪,孩子们在这里堆雪人打雪仗,在纷乱的雪花中老年人会回忆起自己的童年,而年轻人则在雪地漫步中憧憬明天的美好。

假山附近有一座小凉亭,里面有木制的长条座椅,是为人们休息用的。夏天会有一些老人或者是妇女在这里聊天说笑,而到了冬天几乎没人会在这里忍受那份寒冷。一般到了夜晚十点之后,这里几乎空无一人,小区里家家户户窗户上的灯光也错落有致地相继熄灭。人们在静谧中香甜地睡去。而只有他,这时候才会从远处踯躅着走来,走到那个小凉亭子里坐下。从这个角度正好能看到她主卧室的窗户。她窗子的位置很好找,一般人家的窗口所投射出来的灯光大都是白炽光,而她窗口的灯光一直是紫色的。当年装修房子的时候,她就告诉老白,卧室的灯光一定要紫色,她只有在紫色中才能睡得安稳。红蓝绿黄颜色的灯泡市场上有卖的,可是紫色灯具就难买了,他跑遍了整个装修市场也没有买到。后来他托人去北京才买回了两个紫色灯泡。

那夜落着雪花。他踩在初雪的地上,雪地上马上印出一个清晰的脚印,但雪很大,用不了一刻钟,那脚印就被新下的雪覆盖住。他看了看手表,马上就要到十一点了,每天这个时候,那窗口的紫色灯光就会熄灭,黑暗就会将那个四方形的框子填满,方才的紫色成为梦幻。他呆望了一会儿,然后慢慢转身,快快离去。

日复一日,年复一年,这样的夜晚,他不知徜徉了多少回,风雨无阻,霜雪难挡,准时来准时走,就像到圣地来朝圣的教徒,虔诚而笃信。有时,伫立在小凉亭里,他会回忆起许多年前的那个夜晚，那是他们第一次亲密接触，也是最后一次。男人与女人的肌肤之亲是如此铭心刻骨，因为那是他一生中的第一次。那是他的初恋，也是爱的终结。

他搂着她，给她朗读《白净草原》。她头发里散发出好闻的香味，她的秀发在他的脖颈上和胸前拂来拂去，似乎在挑逗他压抑在心底的情欲，他有些走神，朗读得心不在焉。但她全然不觉，听得入神。她听到神秘的林怪、飞舞的精灵、深不可测的夜色时，吓得使劲儿往他的怀里钻，那正是他所期待的……

历经了多少苦难，走过了漫长的岁月，那份爱真的消失了吗？也许她早已经忘记了那一切，每天沉溺于荣誉的光环里，享受着艺术带给她的快乐。而他其实一直没有释怀，那个爱情童话在他的记忆里已经变得不那么真实，每天都在他的追忆中增添着新的色彩和浪漫。

终于有一天，浪漫的气球乍然被戳破，那颗坚强的心突然破碎。

一个黑色的影子出现在他的视野中。

是一个男人的身影。他坐着一辆黑色的小轿车，穿一件黑呢子大衣，如果是冬天，头上会多一顶獭皮帽子。下车时他会在原地伫立几秒钟，然后迈着坚定的步子向那座居民楼走去。他的身躯有些臃肿，但那步态是他熟悉的。仅凭那步态他就知道这个黑影是谁了。

他仰头望着——那紫色灯光的窗口出现了那个黑影。很快，灯光熄灭了，紫色消失了，房间里的故事猛烈地撞击着他的胸膛。

此后，几乎每隔几天，那个黑影就会出现——走进楼房，紫色灯光消失。千篇一律的程序。有时，那辆黑色的小车会停在楼下，他隐约听到楼上房间里的电话铃声。片刻，她匆匆下楼，左右环顾，迈着细碎的步子向那辆小车走去，拉开车门，上车，小车悄无声息地开走……

到宾馆开房间？还是她在外面有一处隐秘的住房，在那里幽会更有情趣也更肆无忌惮？在席梦思上翻云覆雨时可以放开声音，呻吟或者嘶喊也不会有人听到？她上车之后，他慢慢地坐回到凉亭里的长条木头凳子上。寒霜浸透了一切，他感觉到屁股下面冷冰冰的。但他没有起身，一直在那里呆坐着，仿佛把身子焊接在那木板上。破晓时分，那黑色小车又悄无声息地驶来，车门轻轻打开，她从车上下来，脚步匆匆，头也不回进了楼里。

不知经过几次，他终于忍不住了，决定和她谈谈。

那时吉娅还没到阿镇，她一个人独居。礼拜天的下午，她午睡醒来，开始收拾房间。她是一个酷爱干净的女人，把房间收拾得一尘不染。晚饭十分简单，一碗小米粥和一小碟咸菜。饭后，她坐在梳妆台前开始化妆，把一片片切得薄薄的黄瓜片贴在脸上，听人说这样可以保湿美颜。对着镜子她开始用眉笔描眉，细细的柳叶眉更加清晰。大约半个小时后她揭去脸上的黄瓜片，在脸上敷了一层淡淡的粉底霜。镜中出现一张美丽的面容，虽然马上年过四十了，但由于保养得好，丰腴的面容犹如刚三十。突然，她发现鬓角有一根白发，急忙拔去，心里不由滋生出几分哀愁。岁月无情，年龄不饶人啊，眼看着青春岁月就要过去，进入中年，然后是老年，而她的艺术生命会延续到晚年吗？

就在这时传来敲门声。

谁呢？

平时极少访客，家里早已经安了电话，人们有事儿会打电话的，即便登门造访也会事先打电话预约一下。这个不请自来的人是谁呢？

打开门，看见外面站着老白。

她觉得老白有重要的话要对自己说。请老白进屋之后，她给他斟了一杯龙井茶。那是前几天包金去杭州开会带回来的当年的新茶，茶叶被泡开过一片片竖立起来，像浮在水中的柳叶。

"你是要出去吗？"老白瞟了她一眼，那目光比较复杂。

"过一会儿才走呢，你有事儿就说吧。"她对他亲热地笑了一下。给他预留一个小时的时间，算是对他的特殊优待。

"我想和你谈谈。"老白的神情是严肃的，这令她心中一沉。

"嗯，说吧。"

"你出去，是要见他，是吧？"老白的眼睛盯着她。这话说得有些突然，令她一时不知所措。

"谁呀？我不明白你在说什么呢。"

"我都知道了——他经常来，有时候接你出去过夜……"他扭过头不看她，仿佛是自己做了什么亏心事儿。

"你监视我？"她开始愤怒了。

"没有，只是……只是偶然看见了。"

"你无权干涉我的私生活。"她的声音强硬起来。

"我并不想干涉你的私生活，但是，我觉得你不应该这样做，应该断绝和他的关系。这种事情是最容易毁掉一个人的，尤其是你，还是名人。"

她沉默了一会儿，埋着头，似乎是很痛苦的样子。然后她慢慢地抬起头来，凝视着老白吐字清晰地说：

"老白，我知道你是真心关心我爱护我，为我着想，可是，你已经长期不在体制里了，你根本不知道体制里有多少潜规则。如果没有一个靠山，一个真心帮你的上级领导，所有的一切都会离你远去。"

"你说的是那些特殊待遇吧？分房子，评职称，涨工资……"

"不，那些并不重要——我说的是艺术上的成就，必须得有人包装你、举荐你、给你机会，若不然，你努力到老也没用，只会一辈子碌碌无为。"她语速加快，像一个被冤枉的孩子急忙为自己申辩。

他摇摇头说："你早已经功成名就了，你的艺术造诣表现在舞台上，而不是凭裙带关系。不依靠他，你凭自己的实力也会达到艺术的顶峰。"

她在心里承认他的话有一定道理，但思维此刻被一股暗流卷进一个怪圈里，即使她想挣脱也无济于事。这个老白啊，他的思维还停留在七十年代，与其说是单纯不如说是迟钝，不懂得与时俱进。她不想再听他喋喋不休的规劝，苦口婆心的絮叨于她毫无益处。她站起来，看了一下手腕上的手表：

"好了，我该走了。"

仿佛是为了帮她，电话的铃声恰在这时响起来。她过去接电话，嗯嗯了几声，说我马上下去。放下电话，她转身穿外衣，系上围巾，一边穿戴一边对他说：

"你别和我一起下楼，稍等两分钟再出去，我不想让人看到我们在一起。记得帮我把门锁好。"

说完，她拉开房门，在迈步出门那一步时似乎犹豫了一下，然后一只脚还是跨出了门外。

他呆坐了大约五分钟。然后他从沙发上站起来，正准备出去时发现卧室的灯还开着。他走进卧室，摁下门边的开关，等那紫色的灯光消失后，他才走出那幢住宅楼。

70

杜拉把背靠在沙发上,使自己更舒服一些。她感觉卡在肋骨间的那颗子弹头正在强烈地往外顶着,使她一阵阵闷痛。老白停下他的叙述,喝了几口奶茶。他的胸膛起伏着,看得出他的情绪也有些激动。

她起初并不相信老白的叙述——赛娜怎么可能会是包金的秘密情人呢?不可能,绝不可能!但老白是个诚实的人,如果他说的那一切是他亲眼看到的,难道会是假的吗?

可是等等——老白当然不会对她撒谎,可如果是包金要他这样说的呢?当年他和包金的关系就不错,现在,包金当了官,成了举足轻重的人物,如果他请老白来充当说客,老白会拒绝吗?

看着他那一脸真诚,她更加疑惑了,应该相信谁呢?

"你是想告诉我——赛娜从来没有受到他的性侵?"

"我只想告诉你我亲眼所见。"他没有回避她犀利的目光,与她对视。

"朵兰,你对你姐姐太不了解了,她是一个复杂的女人。"他接着说。

对于他说的这一点她是承认的——赛娜从来就不是一个简单的女人,她的思维总是与众不同,在处理每一件事情上她总会做出一些出人意料的决定。她有时候胆大包天,敢在牧区漆黑的夜路上独自行走二十里地,可有时候又怯懦得要命,见了一只老鼠也会尖声喊叫;她有时候对人如火炭般热情,可第二天又会像冰块一样寒冷;她有时顾影自怜,颇有点儿自恋情结,可有时却丝毫不爱惜自己的身体，在乡下帮助牧民们起羊粪砖一干就是半天，把十个指头都磨出了血泡……但是，如果把她的形象从那么洁身自好、那么清高自负，浑身上下充满了艺术细胞的女人，一下转变成一个与人苟且偷情并且主动送上门的荡妇——对，用"荡妇"这个词并不过分！那么，她真的是一时难以接受。

"老白，我这里有赛娜的录音，那是她被催眠之后，对她的心理治疗师说出的真心话，那难道不是真相吗？"

"看来你是不相信我说的啦，也罢，朵兰，该相信什么我不能强迫你，只能由你自己来判断了。"他的脸上流露出失望的神情。

"我会做出正确的判断，你放心。"她停顿了一下，又问，"我听包金说，赛娜去世前的那一夜，你去过她那里？"

"是，去过。"

"你怎么想起那一天去呢？是有什么不好的预感吗？"

"是她打电话让我去的——我觉得，是她有了不好的预感。"

71

他摁了几次门铃，敲了很久的房门，可屋子里始终没有动静。他不敢敲得声音太大，那样隔壁的邻居会打开房门或者从他们家的猫眼里窥视他。这么晚了，一个男人不停地敲一个独身女人房间的门显然会引起人们的猜疑，这样会给赛娜造成不好的影响。

他有些奇怪，也就是半小时前，她给他打电话，说希望见到他，有些话想对他说说。电话里她的声音软弱无力，似乎生病了。近来她的身体是有些不好，她很少出现在排练厅去监督队员们练功，也不再督促大家认真排练，以优质的节目去迎接乌兰牧骑会演。她常常在办公室里呆坐着，一坐就是几个小时不动。有几次他去她的办公室送报纸，还以为她睡着了。当他把报纸放在她面前的办公桌上时，她才微微抬头瞄他一眼，算是打了招呼。

伫立在门外，他默默转身正准备离开，房间的门却无声无息地开了。她只穿了一件淡粉色的睡袍，头发披散着，一副病恹恹的样儿。进了屋，他关心地问她是不病了。她挤出笑容说，最近总这样，没精神，总想睡觉，可又怕睡觉，一睡着就会做噩梦。他劝她明天去看看医生，她摇头说我这病他们看不了。他说那就去北京，北京有全国一流的专家大夫，他们总能看得了吧？她摇头说，我这病世上怕是没有一个医生能治得了，还是听天由命吧。

他刚想在沙发上坐下，她却牵住他的手，轻声说："到卧室吧，我想躺着，你给我朗读一段《白净草原》好吗？"

莫非她是想重温一下当年的旧梦？他无法拒绝她的请求。

卧室的灯依然是紫色。但他丝毫不觉得这种色彩浪漫，反而觉得灯光的色彩投射到人的身上脸上，有一种阴森森的感觉。

她从床头拿起那本书来，递给他。

他奇怪这么多年来，她居然还保留着这本旧书，而且，他记得这本书应该是在朵兰那里啊。

她斜倚在软包装的床头上。两只手放在脑勺后面，目光有些呆滞。他在她的身边坐下，打开那本中间嵌着一个弹孔的书，选了一段，低声读起来。

大约过了十分钟，他看见她始终闭着眼睛，似乎睡着的样子。他停下来。当他的声音不再响起时，她睁开眼睛问："怎么不读了呢？"

"赛娜，我觉得你现在的情绪不大对头——是不是最近压力太大，马上要进行全盟乌兰牧骑会演了，你是怕拿不到好成绩，会让领导不满意？"

她摇摇头："我已经不去想会演的事儿了。这几天，我总是在想朵兰……"

"那就给她打个电话呗，或者，让她来看看你？"

她再次摇头，哀叹一声："你不知道我们俩的隔阂有多深啊！她伤害我，我也伤害她——我们彼此往对方的心窝里扎刀子，看到对方的心在流血，就能获得一种奇妙的愉悦。"

"亲姐妹能有多大的仇呢？是你把问题想严重了吧？"

"不，不，你不知道，你真不知道，我们是怎样互相伤害的……唉，怕是这辈子也无法弥合那裂痕啦。"她闭住眼睛，他看见她的眼角噙着一滴晶莹的泪珠。

"那她——不是把小红毛吉娅送到你身边，已经表示了和好的意思啊？"他想了一下说。

"不，那不是和好的表示，那是……是挑衅。"

"挑衅？"他有些不理解了。

她却沉默了，似乎不愿意再说下去。

当他刚想开口安慰她时，她却幽幽而伤感地说："我不是一个称职的母亲啊！"

这句话使老白有些糊涂——难道，是潜伏在她身上的那种被称之为"母爱"的因素开始发酵了，当她浑身上下都充满了母爱的细胞时，得到的便是痛不欲生的感觉。

他紧紧地攥着她的手，以为这样会安慰她，可感到的却是她的手一阵痉挛。

静默了一会儿，她抬头望着他问："知道我们为什么争吵吗？"

他摇了摇头。

"因为你。"

"因为我？"

"是的，她认为你的不幸是我造成的，我应该向你赎罪，公开道歉，并且，用婚姻作为赎罪的代价。"

"她让你嫁给我？"

"她发了毒誓——只要我一天不承认自己的过错，她就一天不能原谅我，与我永不来往！"

原来是这样啊。一时，他心中百感交集，不知应该说什么才好。

"老白，说真的，就是今天，我也不认为当年我有啥过错啊？有过错的是她——她胡乱指认你，才使你蒙受了不白之冤。要说我有什么过错，唯一的过错就是没有公开站出来，说那天夜里我们俩在一起……"

"当然不能说啦，如果说出来，那你的一辈子就完啦。"

"我只对指导员一个人讲过。"

"包金？"

"嗯。他叮嘱我绝对不能对任何人说那夜我们俩在一起。他是为了保护我。而且，多少年来他一直守口如瓶，所以，我至今为此而感谢他。"

他开始有些理解她了——为了报恩，所以委身于那个人？

"现在想起来，当年小朵兰是喜欢上你了，所以当她看到我们俩在一起的时候，就妒火中烧，才做出那荒唐的举动。"她幽幽地说。

"不会吧？"他犹豫了一下说，"那时候她才多大一点儿呀。"

"女孩子成熟得早，而且她……心理成熟得更早。唉，当年我怎么就没想到这一点呢。"

"可是她……她从来没有对我表示过啊。"

"她表示了——在她的作品里,你看过她写的《老赛镇》吧?"

"看过。"

"那个为了爱而从楼顶上纵身跳下来的少女,后来又与那个她一直苦恋着的男人有过一夜情的女主角,就是她的原型;而那个一直仇视她,与她争夺爱人的安娜,就是我。"

他仔细想了一下,觉得她分析得有道理。

"那个安娜,自私自利,只顾自己的声誉而全然不讲姐妹之情,甚至把肚子里的孩子做了人工流产……你说,她把我写得有多坏吧!这就是我在她心目中的形象。"

"影视剧作品大都是作了艺术加工的,安娜是她虚构出来的人物,写的不可能是你。"

"绝对是我——艺术源于生活,这是我们当年经常说的一句话。起码,我就是那个原型。"她再次流露出哀伤的神情。

轮到他沉默不语了。他没想到,姐妹俩的裂痕居然这么深,看来,弥补这裂痕得需要许多年的时间啊。

她无力地松开了她的手:"老白,我要睡觉了,你走吧。"

他默默地站起身来。

"你走之前,帮我到五斗橱那儿,最上面的抽屉,把药给我取来。"

他按照她的吩咐去做了,取来药瓶,倒了一杯白开水。

她接过药瓶却没有立即服用,看着那药瓶又陷入了沉思。

"你太依赖药物了,我觉得,最好别再吃了。"离开之前,他真心劝说,"是药三分毒,它会损害你的神经系统。"

她叹息了一声:"你不懂我啊,知道我为什么严重失眠吗?知道我为什么忧郁吗？知道我为什么终身不嫁吗？你什么也不知道啊……"

说着，她慢慢拧着药瓶的盖子，拧得很慢。

他从来不曾看到过她如此羸弱的样子，原来她的刚强只是她的另一面。当他走到门口准备拉开那扇房门时，听见她在他背后声音弱弱地说：

"白岩，你能不能不回去了？今夜陪陪我吧。"她的声音很低，似乎是在哀求他。

他犹豫了大约几秒钟，没有回身，只是冷静地吐出几个字来："那会影响你的名声……"

这句话其实是在他心里说的，自己说给自己听的。

他果断地拉开房门，轻步走了出去。他万没想到那是他们最后的诀别，就在他离开不久，死神光顾了这个房间，无情地夺走她的生命。他痛恨自己的懦弱，没有答应留下来，陪她最后一夜——如果他留下来，也许她就不会服下那么多的安眠药片，死神也就不会无情地夺走她的生命了……

第六章　苏蒙

72

杜拉没想到苏蒙博士会突然出现在阿镇。

记得不久前他们在北京分手时，苏博士似乎欲言又止，想对她说什么，可是却一直沉默着。杜拉有些半开玩笑对他说："如果想我了，你就到阿镇来吧，那里也曾是你的故乡嘛。"

苏博士微笑了一下说自己工作太忙，不然的话，早就想回去看看了。

她说："要去就要趁早，马上就到秋末了，天气会越来越冷。"他说："我知道，毕竟我曾在那儿生活过一段日子啊。"

杜拉请他去奶茶馆喝茶。两个人面对面沉默了一会儿，苏蒙打破僵局说：

"没想到我真的会来吧？"

"没想到——是出差，还是私事？"

"出差，是为了私事出差。"苏博士喜欢冷幽默，说话也经常带着点冷幽默。

"喝得惯这里的奶茶吗？"

"当然，故乡的奶茶怎么会喝不惯呢。"他说。

杜拉打量着苏蒙。苏蒙依然是一身素色的西装，打着卡其色的领带。他的头发梳理得长短适中，黑色的皮鞋依然是一尘不染。毫无疑问，他是一个温文尔雅又有修养的男人，同时，他是一个性情乐观豁达的中年人，可他目光深处却隐约可见一丝忧郁，而这丝忧郁不细心的人是看不到的。杜拉是研究人灵魂的，所以从见到苏蒙的第一面，她就窥到了那丝忧郁。

"你肯定不是想我才到这儿来的吧？"杜拉也学会了他的冷幽默。

"有些话，上次没来得及对你细说……你走以后，我把你的《老赛镇》又仔细看了两遍……"他呷着茶慢慢地说，显然，他是下了很大决心，才准备要面对杜拉说出一切。

"又看了两遍？"杜拉惊奇地看着他，"你是准备要当剧评家吗？"

"不，杜拉，以前我虽然看过这部剧，但没有认真看，更没想到里面的主人公是你们姐妹俩，还有那个被诬陷的男主人公，哦，就是绰号'黑马王子'的那位——只因为打碎一尊圣像，他的厄运开始了，那件事情毁了他一辈子。"

"其实，剧本进行了大量的虚构。"杜拉解释说。

"这我知道，但是，里面主要的故事内容却是你的亲身经历，难道不是吗？"他盯视着杜拉。

"算是吧。"杜拉勉强回道。她最不愿意别人把她作品里的故事与她自己联系起来。

"在全剧中我看到了一个勇于反省自己，敢于赎罪的女子，为了赎罪，她甚至于献身，这令我非常震动。唉，我们国人不懂得忏悔，不管曾经做过多少恶事坏事，但他们总是把责任推给社会，推给那个时代！即便是他们在运动中整了那么多的好人、无辜者，对他们的肉体和思想都进行了无情的摧残，手上沾满了鲜血，但他们从不认为是自己的过错——我不过是在忠实地执行某种政策或者是路线，错的是政策和路线，或者是制定这政策和路线的决策人物，错不在我。所以，这些年很少见迫害别人的人向那些被迫害者赔礼道歉，真诚地说一声对不起……"

"你专程跑来找我，不会是来和我讨论这部电视剧的吧？"杜拉用狐疑的目光盯着他。她隐隐觉得，他是有非常重要的事情瞒着她。

果然，他停顿了一会儿，又慢慢地说："我思索了好多天，决定把一切都告诉你，所以我就赶来了。"

杜拉问："是关于我姐姐赛娜的吗？"

"不，是关于我自己的……"

杜拉有些诧异：他自己的什么事情要对我说呢？而且，看样子是要非说不可的。

苏蒙又端起茶碗喝了一会儿，放下碗，一碗奶茶已经见底了。

"看来，你还是没有忘记家乡的奶茶啊。"杜拉微笑着说。

"可不，故乡的味道怎么会忘呢！我记得，你们当年有一场歌舞，里面有一支歌伴舞……让我想想，对了，是这么唱的……"

苏蒙一边思索着，一边轻声吟唱起来："一碗奶茶暖心怀，欢迎你们到草原来……阿妈烧的香奶茶，阵阵香飘十里外……"

经他这一唱，杜拉想起了那段歌舞，早已经被她遗忘在记忆深处，却没想到苏蒙居然记得如此清楚。她有一个预感，苏蒙一定还有许多隐秘的事情没有告诉自己。

他端起茶碗又喝了一口，用手理了理光亮的头发。其实那头发一点儿也没乱，他只是习惯性地拢了拢头发，然后他取下眼镜，用食指和拇指捏了捏鼻梁。戴好眼镜后，他的目光直视着杜拉，问：

"你还记得当年你们乌兰牧骑的北面是一片家属区吗？"

"记得，好像是工程公司的家属房。"杜拉回忆着。

"没错，是工程公司。那时候，我在那里当临时工。"

"你不是说，那时你在阿镇读书上学吗？"她有些诧异。

他愧疚地摇了摇头："在北京，我没有对你说实话。其实，少年时代的我是一个盲流，来到阿镇后，在工程公司当临时工，是泥瓦匠的小工，就是给泥瓦师傅挑泥搬砖干粗活儿的人，一天活儿干下来，又脏又累。"

杜拉心中暗暗吃惊，她没想到看上去文质彬彬的苏博士居然还有这么不堪回首的一段经历！

"我们宿舍就在你们乌兰牧骑大院的房后。夜里躺在床上，能听到你们排练时的吹拉弹唱，还能听到你们女孩子快乐的欢笑声。对我们那些社会最底层的人来说，你们是在天堂上生活，是一群快活的仙女，而我们呢，则只能仰视，感觉你们可望而不可即。"

73

他躺在床上，一天的劳累使他全部的筋骨都变得松软无力。身体正在发育成长时期，那种少年维特式的忧郁一直伴随着他。

他酷爱读书，但社会把他抛进了一个无书可读的世界；他渴望获得知识，但时代将他压抑在一个没有知识的时代。十三岁时他不知从哪儿找到一本被撕得没头没尾的书——《红楼梦》，读了之后从此变得多愁善感。时常，大观园里那群可爱的女孩子一个一个鲜活地从他眼前幻灯片似的掠过，但只要一睁开眼睛，看到的身边只有一群肮脏不堪的汉子，他们无论干活儿时还是回来休息时，嘴里永远释放着污言秽语，谈论的也总是男人女人裤带以下的内容。巨大的孤独感恶魔一样纠缠着他,他想摆脱也摆脱不掉。夜里躺在床上,前面大院里传来阵阵音乐声和少女银铃般的笑声,他闭着眼睛静静地听着便开始在幻想的王国里畅游。久而久之,模糊的幻想越来越实际,那些美丽的女孩子似乎就在眼前翩翩起舞。

诱惑,仅仅一堵高墙之隔,无法挡住墙那边的诱惑。

宿舍的工友有时候也谈论墙那边的女人,对她们有一个专有名词"浪棒"。在阿镇,浪棒是骂那些作风轻佻且不正经的女人的,她们虽然漂亮但生性淫荡,她们是专门为了勾引男人而生的。最能代表"浪棒"的当然是那些女演员,她们浪得彻底,浪得无耻,浪得无以复加,浪得令男人头脑发昏。

终于有一天,他再也无法抗拒小恶魔的诱惑,再也无法按捺住好奇的心理,他决定潜入到乌兰牧骑大院去,亲眼看一眼那些诱惑他的小恶魔。

他知道有的工友为了窥视那些女演员的私处,居然钻到厕所下面,忍受着那污秽和恶臭而一饱眼福。同宿舍的一个当过知青的家伙人称"老柴"在这方面是老手惯犯,有一次他钻到女厕所下面正偷窥得血脉偾张,不料上面又匆匆来了一个老女人,正赶上闹肚子,刚刚把裤子扯下来,"哗"的一下来了一个天女散花,粪便的稀汤呈扇形喷开,将老柴浇了一个满堂彩。虽然老柴回到宿舍后急忙清洗,前后换了三盆水那水还是黄色的。那股臭味儿在宿舍里弥漫了一个月还不曾消散。

想想这事儿就觉得特别恶心。他是一个酷爱干净的男孩子,绝对不会为了一饱眼福而去做那龌龊之事。他决定翻墙过去,然后爬到排练厅的窗子上去近距离观望那些女孩子。

乌兰牧骑后院的砖墙特别高,足有三米,而且墙的顶端还插着密密麻麻锋利的玻璃碴子，这正是为了防止有人逾墙而过。一般的少年可能会望而生畏，打消翻墙的念头。但他有的是办法。他先是准备了一根三米多长的粗麻绳，把一个铁钩子系在绳子的一端。当夜幕降临时，他拿着那一团绳子来到高墙下，先听墙内的动静，确信墙内无人，他抓住那系着铁钩子那端的绳子约一尺处，开始让那铁钩子在空中划着圆圈飞旋起来，转到最快时，他瞄准方向，猛然松手，那铁钩子带着绳子"嗖"地飞上了高墙，铁钩子落到了墙那边。他小心翼翼地拉扯着绳子，能感觉到铁钩子在墙那边收缩着，然后咯噔一下卡在墙那边的砖缝里。他绷紧绳子试了试是否牢靠，铁钩子与砖缝咬得很死，承载他的身体重量没什么问题。他开始了探险般的攀缘，双手紧紧攥着绳子，双脚踩在砖墙上，身体与墙面形成了一个四十五度的锐角，就像走路一样，一只脚向上迈，另一只脚紧跟上，他的心里油然冒出一个成语：如履平地！他为自己的胆大妄为而激动不已。

当他攀到墙头最高处时，就用胳膊肘去撞击那一排犹如猛兽般龇牙咧嘴的玻璃碴子。他在墙顶上开辟出一条安全的通道，但那些低矮的深埋在墙头水泥里面的玻璃碴子依然有可能会弄伤他的身体。他早有准备，把一块厚厚的麻包片搭在墙头上。做好了这一切的准备工作之后，他轻轻一跃，身轻如燕，整个身体已经坐在了墙头上。

墙那边是一个高高的草垛。这令他惊喜不已。他异常轻松地借助着草垛跳到地面上。这时，离排练厅的窗户只有一步之遥了。

从窗户里射出明亮的灯光。可听到排练厅内鼓乐齐鸣，然后音乐响起，似乎是《安代舞》的音乐。还能听见一双双马靴踩着地板咚咚咚的响声。他再次小心翼翼地扒着窗台的边沿做一个引体向上，然后两条胳膊架在窗台上，清楚地看到了排练厅里的景象。

舞蹈刚刚进入高潮，俊男靓女们双手舞动着两块方形的红丝绸，不停变换着节奏分明的舞步。他们跳得很整齐，时而男的在前排，左挥两下，右摆两下，时而女的上前，也是左挥两下，右摆两下。

　　趴在窗户外面的偷窥者一时看得眼花缭乱。片刻，音乐停下来，演员们也各自散开休息。他正打算离开那扇窗户时，却见一个女孩子款款朝这边走过来，面对窗户，似乎望着外面。

　　他陡然一惊：难道她看见我了吗？他吓得没敢动。很快，他发现原来是虚惊一场，那女孩子并没有发现他，只是对着窗户上的玻璃左右照着自己。他这才想到，里面亮而外面黑，一个在明处一个在暗处，所以她是不会发现自己的，她只是在看窗玻璃上自己的倩影。

　　这么一想他顿时不慌乱了，继续趴在窗台上怔怔地欣赏着那女孩子——她长得好美呀，圆圆的脸庞，圆圆的眼睛，长长的睫毛。似乎两颊还印着两个笑涡。她活动着腰肢，像做广播体操那样左右下腰，前后弯腰。她又往窗户这边走了几步，她的脸庞几乎就要挨住玻璃了。她把窗玻璃当镜子，左照右照，顾影自怜。她离他居然这样近，能看到她脸上的汗毛孔。她的皮肤是那样地细腻，粉雕玉琢似的。他差点儿伸手触摸到她。幸亏有一层玻璃挡在中间。

　　这是他在偷窥的第一天见到的第一个女孩子。

　　后来，他听见有人喊她的名字——赛娜！

　　　　　　　　　　　　　74

　　故地重游，杜拉与苏蒙一起来到当年乌兰牧骑的大院里。

　　政府拨款在新城区盖起了豪华气派的艺术大楼，那里面有宽敞的舞台和排练厅以及办公室，乌兰牧骑已经搬到了新楼，而这座大院开始荒凉起来，一副破败不堪的模样。

他们走到后院——当年的大草垛早已荡然无存，可那厕所还在，前面的排练厅依然如故。杜拉指着排练厅高高的房顶说：当年我曾从那上面跳下来过。苏蒙吃惊地看着她："那么高，你没摔坏啊？"她微笑了一下，目光带着忧伤，说："没有摔坏，毛发无伤，知道为什么吗？因为下面有人接住了我……"

几只家巴子从电线上飞上了房顶，也许，它们的巢窠就在那些波浪般起伏的红瓦下面。她痴痴地望着，心想：不知道这些家巴子是不是当年她上房掏鸟儿时，那些鸟儿留下的后代？如果是的话，它们是当年那些鸟儿的第几代儿孙呢？起码也得有几十代了吧？

他的目光落在排练厅的窗户上，指着其中的一扇窗户说："看见那扇窗户了吧？当年，我就是在那个窗口看到你姐姐赛娜的。"

杜拉歪头看着他觉得有些不可思议——她无论如何也不能把眼前这位优雅而风度翩翩的男人与当年那个飞越高墙趴在窗台上偷窥女孩子的小流氓联系在一起。是的，当年，她们管那些偷窥者统统称之为"小流氓"！那都是些社会渣子。有时候女孩子们结伴走出大院，他们犹如一群苍蝇跟在后面骂她们"浪棒"，她们迈着芭蕾舞般优美的步伐向前走去，对那些小流氓不屑一顾。

"当年，你悄悄翻墙偷窥过几次？"她盯着他问。

他被问得有些窘迫，低着头说："大概有七八次吧……"

"天哪，七八次啊，那你把我们那些女孩子全都给过目一遍了吧？哎，那你注意到我没有？"

他摇摇头："没有，对你真的没有一点儿印象。"

她感觉有点儿失望——当年，自己就那么普通不引人注目吗？

是因为尚未长大没有女人味儿，还是因为自己相貌平平不被男人注意呢？

他们一边聊着一边走进了排练厅。在排练厅的南端是一间间不大的房间，其中有乐队用的小排练厅，还有几间更衣室。他们走入一间更衣室，看见一个破败的橱柜歪斜地倒在地上，几个旧矿泉水瓶子胡乱摆在窗台上。墙壁上钉着几个衣服挂钩。窗子上的玻璃大都破碎，一副破旧不堪的窗帘被外面进来的风吹得飘起来。一个墙角上已经被趁机而入的蜘蛛结了一张大网，网上粘着些苍蝇或者蚊子的尸体，一只硕大的虎皮纹蜘蛛在网中间虎视眈眈地盯着他们，仿佛他们两个是居心叵测的入侵者，要占领它的领地。

苏蒙的目光一时有些痴迷。

杜拉观察着他脸庞上那些极细微的变化："这间是我们女生的更衣室啊，怎么，难道，你也偷窥过这里？"

他只是沉默着。

"不说话就是默认啦。"她说，"你看到了什么？"

他依然没有说话。这越发引起了她的好奇："你不会是偷窥到我们哪一个女孩子的裸体吧？"

她的话音刚落，他点了点头。

"真的看见过啊？是谁？"

"是你姐姐——赛娜……"

75

偷窥是非常容易上瘾的，犹如吸食毒品，只要成瘾就不好戒掉。从那天夜里第一次偷窥开始，他再也无法克制自己不去进行下一次。有了下一次，还会有下下次。

借助于绳索、铁钩、草垛，他早已经轻车熟路、来往自如，颇有点儿像武侠片中会飞檐走壁的那些武林高手。他心里明白他与那些大侠不能相比，人家飞檐走壁是为了除暴安良，而自己却是在做一件不光彩的事情。

是的，是不光彩！偷窥是一种令人不齿的行为，而偷窥女孩子更是一种卑鄙下流的变态。他在心里千万遍骂自己、谴责自己，可就是无法改掉这一恶习。因为这偷窥会给他带来一种无限的快感。后来他不满足只从一扇窗户向里窥视，而轮流窥视不同的窗子。结果这么一来又有了重大发现——他发现了女孩子们的更衣室！

舞蹈演员在练功时是需要换上练功服的。可能是防止外人偷窥，窗子里面下半部分用旧报纸糊着，趴在窗台上是看不见里面的。但他是何等机敏之少年啊，那一夜，鬼使神差，他无声无息就跃到窗台上，稍微踮起脚尖，从窗子最上面的报纸没能遮挡而留下的一线缝隙间，看到了房间里的情景。

不看不要紧，一看，他全身的血液几乎凝固了。

那天晚上是要化妆彩排。赛娜怕一会儿人多女演员都拥到更衣室来换演出服太挤，就提前半小时独自来到更衣室换装。那是晚饭后到开始夜晚加班排练的一段空隙，也是大家比较安静的时候。她一件件脱去外衣，换上一件白色薄纱的衣服，那是《白毛女》中喜儿的扮演者穿的衣服，还有一个白色长发的假发套。当喜儿在山洞里遇到前来的大春，二人有一段表现百感交集的双人舞。当然，扮演大春的非白岩莫属。

当时的情况是赛娜穿上白色纱衣后发现自己里面的紫红色乳罩显露在外面，暴露出明显的乳罩的形状。这样当然不行，肯定会被批评的，要知道这天前来审查节目的不是旗领导也不是盟领导，而是军管会的首长。据说首长曾看过上海芭蕾舞剧团的演出，所以他对这段舞蹈的要求会非常严厉、一丝不苟。如果赛娜有白色的乳罩就好了，直接换上便是了，但她偏偏没有白色的，她的内衣内裤都是紫色。她想了几秒钟，决定里面不穿乳罩而直接把演出服穿上。

于是她很快脱去了乳罩，将紫红色的乳罩挂在墙上的挂衣钩上，然后转身，面对着这面窗子——她万万没想到，恰恰是在这个窗户上端那条狭小的缝隙间，一双冒火的眼睛正在窥视着她。

在穿上那件白色的演出服之前，她又习惯性地把窗玻璃当成镜子，左右转动身躯，开始欣赏自己的裸体——她的皮肤白净而光滑，在左乳下方有一粒鲜红的朱砂痣；她的双乳饱满而匀称，粉红色的乳头高傲地挺立着；她的腰的确很细，小腹平滑而富有弹性；她的臀部是浑圆的，微微向后翘起，恰好与前胸的凸起形成呼应对称。这样，她无论前面后面还是侧面都有漂亮的曲线，勾勒出女性特有的美感。

趴伏在窗子外面的他此刻在视觉上受到极大的冲击，那份过电般的麻酥、那种欣赏美的愉悦、那澎湃激荡的热血，轮番冲荡他年轻的躯体。他将整个身子紧紧地贴在窗玻璃上，连呼吸几乎都停止了，只是呆呆地望着。如果他会魔法的话，他一定要将这一时刻定格，好让他永远欣赏这幅令他神魂迷醉的图画……

他身体的某个部位似乎急剧膨胀起来，撞得窗玻璃砰然响了一声。这声音惊动了她。她急忙穿上白色的演出服，似乎有些吃惊地望着窗子。他急忙蹲下去，一动不动，注意聆听着里面的动静。过了大约两分钟，他直起腰再次向里面窥视，发现里面已经没有人了，只有悬挂在墙上的那条紫红色乳罩还在微微地晃悠着，以此来证明刚刚发生的事情是真实的，并非梦幻。

那一瞬间他突然做出一个大胆的决定：潜入到更衣室去，偷走那个乳罩。

他不知道从哪儿冒出的贼胆子，居然从窗子上跳下来，从正门向排练厅走去。在进去之前他左右张望了一下——没人过来，院子里空空荡荡。他心里踏实了。倘若与她相遇怎么办？就说自己是电工，是来修理电路的吧。

走廊里的光线有些昏暗，这更给了他信心和勇气。他几乎是小跑到女更衣室门前，略微停顿片刻，然后轻轻推门。

更衣室果然空无一人。

他直奔墙上挂着的那个紫红色物件，飞快取下，一把揣进怀里，然后又急忙向外而去。

幸好，他出来时听见宿舍那边传来喊叫声，是队长呼唤队员们到排练厅准备彩排了。宿舍的走廊里传出纷乱的脚步声。他知道再不离开就来不及了，飞奔到那干草垛前，三跳两跃，跳跃到高墙顶端，那里有他早准备好的绳子。他抓着绳子向墙外滑下去，双脚落地，那颗激跳的心儿也跟随着落地。绳子结是个活扣，他一扯那活结，绳子就从高墙上端飘落下来。他把那团绳子在附近的草丛中藏好，然后，才从容地向宿舍走去。

这才惊讶地发现不知什么时候天空中飘舞着一片片雪花，初雪已经将大地染白。已经打春了居然还下雪？他踩着那新鲜的雪，放慢了脚步，好让心中激奋的火焰渐渐黯淡下去。可是周身依然灼热。他解开衣服领的纽扣，大口大口地呼吸着略带潮湿的空气。当身体冷静下来之后，却感觉到胸口依然发热，从怀里摸出那紫红色的物件——原来那灼热来自它。

他把那物件放在鼻子下面使劲嗅着，顿时嗅到了年轻女子那令人心荡神迷的体香。

那味道让他醉了一夜……

76

杜拉知道苏博士对她的讲述隐瞒了许多细节，她也知道那些细节是他难以启齿的。那年他还不满二十岁，正是荷尔蒙蓬蓬勃勃生长的时期。一个情窦初开的男孩子控制不住自己的冲动，这是可以理解的。毕竟，他只是窥视，没有其他过分的举动。可是，盗窃难道不是一种犯罪吗？

面对她的质问，他惭愧至极地笑了笑："不能算是盗窃吧。后来我从书里找到一个准确的名词——恋物癖。"

"我想起来了，那晚彩排结束后，赛娜嚷嚷说她放在更衣室的乳罩不见了，以为是哪个女队员拿错了，一个个挨着问。大家都说没看见。后来她居然怀疑是我给偷去了。"

"是吗？让你当了替罪羊啊。"他有些自责地说。

"是的，我还和她吵了一架，我说我稀罕你那破玩意儿啊，我又用不着；她说你怎么用不着，眼看着你的也一天天大起来了，咋就用不着呢？我气鼓鼓地说你别诬陷好人啊，我说没拿就是没拿，我要是拿了，我会告诉你的。那时候，我们姐妹的东西不分彼此，什么都混着一起用。"

他平定了一下自己的情绪，接着说："应该说，是赛娜打开了我的情欲之门。所以，在以后的岁月中，我一直关注着她的消息。当我从报纸和电视上知道她成了名人，我是真心地为她感到高兴和自豪呢。其实我们很早就有了联系——是我主动联系她的。现在你明白她为什么会去北京找我了吧？"

"明白了。我不明白的是，后来过了大约一个月吧，赛娜突然说她丢失的乳罩找到了。是你归还给她的吗？"

"对，我一直打算把它物归原主。"

"为什么隔了那么久才还？"

"有点儿舍不得……"他羞愧地说。

"你用它帮你手淫了吧？"她一针见血地追问。见他没有回答，她接着说："不说就是默认。我研究过青春期的男孩子们，他们很多人都会偷女孩子的贴身物件儿，帮助他们手淫发泄。其实这也正常，不是什么见不得人的事情。只是，那东西已经被你玷污弄脏了，她说那上面有一种奇怪的味道，洗也洗不掉，只得扔掉了。"

"扔了？"他有些意外。

"对，扔了。赛娜是一个有洁癖的女人。其实你根本不用把它再送回来……"

"唉，我不愿意背着一个小偷的名声啊。谁知道那一送，却惹了一场大祸……"

"什么大祸？"她有些不解，盯着他问。

他沉默了一会儿，才说："接下来才是我要向你坦白的关键。"

"还有比偷乳罩更隐秘的事情？"

他点了点头："有……"

77

破晓时分，天蒙蒙亮，大多数人还在睡梦中香甜地沉睡着。他知道这个时候路上行人极少，而且，那所大院里的排练厅也不会有人，他要最后再翻越一次高墙，把那个紫色物件儿放回到原处。

入春后，起初天气还是寒冷的，可很快，在昏天黑地的大黄风中，冷冻了整整一个冬天的土地在不知不觉中悄悄变得酥软。如果走到野外，你会看到在残雪下面有绿色小心翼翼地冒出来，好奇地打量着这个对它们来说陌生的世界。

他的少年时期是在山沟里度过的。那时，家里粮食不够吃，饿肚子是家常便饭。他记得外屋的土坑上堆着一堆山药蛋，那就是他们全家人一个冬天的口粮。饥饿是儿时最早的记忆也是最深的记忆。那代人在饥寒交迫中依然放声歌颂着伟大的时代英明的领袖以及幸福的生活。

最早悄悄从土层里钻出来的是一种叫"辣辣根儿"的野草，它的长条叶片伏在地上，它的根茎在土地里扎得深。把它的根挖出来洗一洗放在嘴里咀嚼，会有一股子辣味儿，吃得多了也能安慰一下嗷嗷待哺的肠胃。很快苦菜也冒了出来，那可是救命菜，许多人家那些天都会全家出动去挖苦菜。这之后，会有马兰花最先开花，说它是报春花并不过分。那紫罗兰般的颜色会令他欣喜不已，他会采一大把带回家去。那时所有野生的植物的根茎叶片花蕾种子他都会采摘下来尝一尝，饥饿使他学会了尝百草。沙蓬和灰菜采摘下来是喂猪的食物，可是，无米下锅时把它们煮熟了放上点儿盐拌一拌，也是一道菜；而一种名叫"哈拉海"的植物虽然手不敢碰，一旦碰触上它就会如过电一般又麻又疼又痒，但戴上手套用剪子把它顶端的嫩苗采回去，用开水一焯，再凉拌起来，也是一道美味儿。此外，还有什么地皮菜、野蘑菇、地丁丁、榆树皮和叶、蒲公英、野燕麦……都是可以食用的野味儿。

他一路上匆匆走着，心里却回忆着故乡山沟里生活的情景。怀念故乡吗？也许别人会怀念，会写文章讴歌乡愁，可他，却从来没有对家乡有过一丝眷恋之情。唉，是那贫寒的日子伤透了他的心啊。

距离偷取那紫红色物件已经有一个多月的时间了吧，天气转暖已经不用穿棉衣了。他换上了球鞋，这样，翻越那堵高墙更是容易了。这些天他一直在想她——她丢失了这个宝贝，是如何焦虑不安？肯定把那个窃贼咒得要死，还对他恨之入骨。可现在，他又开始想象当她在更衣室里意外地发现她的宝贝失而复得，神奇地出现在她面前，她该何等惊讶？激动，还是觉得神秘、不可思议？

他的计划进行得非常顺利。当他进入到更衣室时，整个排练厅空无一人。他从怀中取出那紫红色物件，小心而珍重地将它放回原位——挂在墙上的衣服挂钩上，然后转身，准备从原路出去。

可是，刚走到门口时，就听见一阵脚步声传来。他立即判断出有人是朝排练厅走过来了。

怎么办？当然不能再出去了，如果出去，肯定会与那人撞在一起。

慌乱之中，他退到了排练大厅。

而那脚步声也跟着他走了进来。他听见一个小姑娘轻声哼着《北风吹》，从她的歌声中能听出她内心的无忧无虑。

慌不择路，他急忙寻找着可以打开的窗子。许多窗子都严严实实地关着，很难推开。他看到一张桌子紧挨着窗台，就爬上了那张桌子。

困兽，他是一头困兽，急于冲出这个可怕的笼子。

他手忙脚乱上了桌子，刚刚推开窗户，却没留神撞到了一个白色的物件上。那物件坠落到地板上，发出一声惊天动地的巨响。这

第六章　苏蒙

响声几乎把他吓傻了。他回头瞟了一眼,看见破碎的陶瓷在地板上飞溅起来,泛起一片白色的浪花。

情知闯下弥天大祸,哪里还敢逗留,急忙从那张桌子上跳到窗台上,再一个纵身,身体已经落在窗子外面的草地上。

几乎同时,那小姑娘已经走进了排练厅。一双练功鞋搭在她的肩膀上左右摇晃着。她当然听到了那爆裂的巨响,似乎还惊叫了一声,望着那一片破碎的瓷片发呆。

他不知道那进来的小姑娘是否看到自己,也许,只是看到了他的背影吧?只要没看到他的面容就行,何况,她也不认识自己。一边想着,一边飞奔到草垛上,从高墙上一跃而下,消失在刚刚泛起的那一层淡淡的晨雾里……

他告诉杜拉,当天,他辞去了那份小工的工作,买了返乡的车票,坐着一辆老掉牙的大客车回到了故乡。没有人知道他不辞而别的原因。他原本就是一个不被人注意的小人物,他的存在或者消失不会引起任何人的注意。

他还告诉杜拉:回到乡下老家后,他一边务农劳动一边苦读,又去县里参加了一个高考补习班。恢复高考的第二年,他考取了大学,离开了那个穷山恶水的小山村……

尾 声

若干年后，当大疫情在全球肆虐横行时，杜拉在整理姐姐的遗物时竟然意外地发现了当年那尊被打破的陶瓷塑像。她感到极为震惊——她清楚地记得，当年，事件发生的第二天夜里，那尊破碎成几块的陶瓷像被一块破布包着，指导员包金带着她和赛娜一同来到乌兰牧骑的后院，挖了一个坑，将那布包埋到了土里。这是一个从此封存起来的秘密，而知道这个秘密的，只有他们三个人。

可她无论如何没有想到，那尊被打碎的塑像已经被精心黏合起来，恢复了原本的样子。不知是使用了什么黏合剂，居然复原得天衣无缝，几乎看不出它曾经破损过。是赛娜独自一人用了漫长的时间完成了这项修复工作？还是有人协同她一起完成的？如果有同谋的话又是谁呢？老白？包金？

难道，赛娜一直在用这种方法来修补或者是救赎自己那颗曾经破碎的心？

正是这尊破碎的塑像，曾使一个无辜的男人一辈子生活在黑暗之中啊！庆幸的是那个旗手早已被打倒被判刑被清算……

一天早晨她从梦中醒来，神智一阵恍惚，想到当年去牧场探望老白的情景，却只能想起她写在剧本里的内容，其他一切都模糊不清了。她急忙翻出《老赛镇》的DVD找到那一集仔细看，发现小泥屋里拍摄的一切都是她经历过的样子，丝毫不差。她更加疑惑起来："也许那是赛娜的经历，我只是借用了她的故事而已？"可是，又想起老白亲口告诉她，赛娜从来就没去找过他，更没有到过那个小泥屋，况且，他在牧场住的并不是小泥屋，而是一顶破旧的蒙古包……

这时候她大梦初醒。

那一刻，她的胸口感到一阵剧烈的阵痛，是卡在肋骨间的那颗子弹头又在作祟——应该做手术把它取出来啦。她心想，回北京就住院。至于那部剧本《红色恋人》，她一直找不到一个合适的情节作为结局，苦思冥想了好多天，依然没有找到灵感。

一天，偶然从赛娜的遗物中再次看到了那条红丝巾，胸口突然异样地疼痛起来。犹如鬼使神差，仿佛有一股无形的力量驱使她拿起那条红丝巾，来到那个已经成为破仓库的排练厅，将丝巾系在房梁上——那个位置正是塑像破碎之处。她将头颅伸进丝巾挽成的套子里，脚下的桌子被踩翻，于是整个身躯就被悬挂在空中……她完成了一次真正的赎罪，也完成了一次人性的升华。

那时，胸口又一阵剧痛，突然一个坚硬而冰凉的东西从肋骨间顶出来，砰然落地，正是那颗在体内陪伴了她已经三十多年的小铅丸。

这是真实的结局，还是剧本的结局？

2022 年 4 月完稿于青城
2023 年 1 月润色于北京

图书在版编目（CIP）数据

赛娜与杜拉 / 路远著 .—北京：作家出版社，2023.12
内蒙古文学重点作品创作扶持工程
ISBN 978-7-5212-2572-3

Ⅰ . ①赛… Ⅱ . ①路… Ⅲ . ①长篇小说—中国—当代 Ⅳ . ① I247.5

中国国家版本馆 CIP 数据核字（2023）第 207473 号

赛娜与杜拉

作　　者：	路　远
责任编辑：	朱莲莲　丁文梅
装帧设计：	张子林
出版发行：	作家出版社有限公司
社　　址：	北京农展馆南里 10 号　　邮　　编：100125
电话传真：	86-10-65067186（发行中心及邮购部）
	86-10-65004079（总编室）
E-mail:	zuojia@zuojia.net.cn
http://www.zuojiachubanshe.com	
印　　刷：	唐山嘉德印刷有限公司
成品尺寸：	152×230
字　　数：	227 千字
印　　张：	19.5
版　　次：	2023 年 12 月第 1 版
印　　次：	2023 年 12 月第 1 次印刷
ISBN 978-7-5212-2572-3	
定　　价：	52.00 元

作家版图书，版权所有，侵权必究。
作家版图书，印装错误可随时退换。